读客

读客当代文学文库

当代文学看读客，名家名作都在这

漫长的正义

艾玛 著

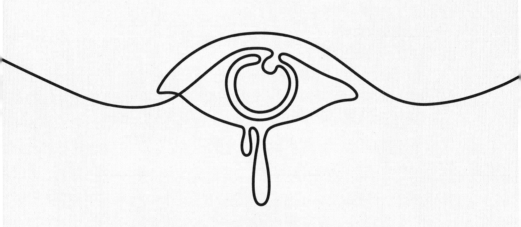

北京日报出版社

图书在版编目（CIP）数据

漫长的正义 / 艾玛著 . -- 北京 : 北京日报出版社 ，
2023.11

ISBN 978-7-5477-4635-6

Ⅰ.①漫… Ⅱ.①艾… Ⅲ.①长篇小说－中国－当代
Ⅳ.① I247.5

中国国家版本馆 CIP 数据核字 (2023) 第 115232 号

漫长的正义

作　　者：	艾　玛	
责任编辑：	张志新	
助理编辑：	曹　云	
特约编辑：	景柯庆　　　陆雨晴	
封面设计：	张　鹏	
出版发行：	北京日报出版社	
地　　址：	北京市东城区东单三条8-16号东方广场东配楼四层	
邮　　编：	100005	
电　　话：	发行部：（010）65255876	
	总编室：（010）65252135	
印　　刷：	嘉业印刷（天津）有限公司	
经　　销：	各地新华书店	
版　　次：	2023年11月第1版	
	2023年11月第1次印刷	
开　　本：	890毫米×1270毫米　1/32	
印　　张：	8	
字　　数：	196千字	
定　　价：	49.90元	

在最黑的夜里我也能认出你

——献给X

目　录

楔　子

　　夏日炎热的傍晚，象城市场街袁记香卤家的独子，十八岁的少年袁宝出了门，横穿市场街往河边走去。没人知道他去河边干什么，或许他想到河里洗个澡，或许他只是去闲逛。象城的夏天总是溽热难当，傍晚和清晨是一天中最凉快的时候。袁宝走到河堤上时，看到不远处的河滩里有人在鞭打一匹拉沙子的老马，这马不知何故，只是原地倒腾四蹄，就是不肯往前挪一步。马的主人，一个赤裸着上身、身材瘦小、皮肤黝黑的乡下男子暴跳起来，一边怒骂着，一边更加用力地抽打那匹老马。

　　"别打它了！"

　　河堤上的少年袁宝冲马夫喊道。

　　暴怒的马夫没有听到，回答袁宝的只是更加凌厉的鞭哨声。袁宝冲下河堤，张开单薄的双臂，挡在了马夫和马之间。马夫愣住了，一张汗津津的黝黑的脸上满是惊诧，他一时没能明白发生了何事，所以就只是举着马鞭，呆呆地看着袁宝。在马夫不知所措的惊诧的注视下，袁宝很快变得羞愧起来，他涨红了脸，转过身去抱着那匹马的脖子啜泣起来。后来，一个路过的邻居把他带回了家。

当天晚上，这件事就在市场街传开了。人们对这件事的理解充满了温情，大家很自然地认为，这是一个农家出身的少年对一头沉默而勤劳的牲畜发自内心的怜悯。市场街原本叫小市村，街上绝大部分居民都是原来小市村的村民，大家都有着或长或短的种田种地的经历。在他们脚下的这片土地还没有浇上水泥、柏油之前，牛、马、驴这样的牲畜曾是他们生活中不可或缺的伙伴，它们和他们一起劳作，一起流汗，吃得却远没有他们好。怜悯这些不会说话，但却跟他们一样一生辛劳的沉默的伙伴，被市场街人视为一个合格的农人理应具有的美德。而他们的后代，在市场街狭小的安居房和拥挤的水泥街道上长大的孩子们，已经无法理解他们的这种感情了。袁宝的这个令人吃惊的举动，使市场街人开始相信这种美德可能依然在他们下一代的血管里默默流淌，城市并没有完全地败坏他们。

不过，仅仅在两天后，关于袁宝为何会抱着马的脖子哭泣一事，就有了另外的说法。两天之后的《象城晚报》头版刊出了一则新闻——《十八岁少年奸杀十七岁少女，警方七日内侦破擒凶》。报纸上说，发生在一周前的"花季少女横死小巷案"顺利告破，警方通过排查，锁定犯罪嫌疑人袁宝。经突审，嫌犯袁宝交代了当晚十点多，他看完电影后尾随受害人秦晓玲至其租住屋内，对其实施强奸，并将其残忍杀害的犯罪事实。

当市场街的人们读到这则消息时，警察来市场街逮走袁宝时带给他们的震惊还没有完全过去。市场街人忙于生计，很少看报，一周前的那桩乌衣巷凶杀案他们也多是听别人道来。有好看热闹的闲人曾去凶案现场打探究竟，带回来的各种小道消息也曾令谨慎的市场街人半夜爬起来检查门窗是否关好。不过，乌衣巷与市场街毕竟隔着几条街，那不幸的女孩也没人认得，市场街人除了再次对嘈乱的城市感到失望外，倒也并不特别在意。城里，啥事没有？！

报纸是一个来买菜的退休老人扔在一家菜摊上的。老人表情严肃，穿着干净朴素，戴着一副玳瑁框的眼镜，一看就是那种深明大义、洁身自好地度过了大半生的好市民。老人把买好的菜拎在左手上，屈起右手的一根手指敲了敲被他扔在一堆红辣椒上的报纸，用痛心疾首的语气对卖菜的中年男子说道：

"血的教训啊！做生意要紧，教育孩子更不能耽误啊！"

很快，这张报纸就传遍了市场街，且沾满了各种肉味、活禽味、豆腐味、酱菜味，还有或辛辣或清新的蔬菜味，形成了一股难以言说的味道，这味道的复杂程度大约只有市场街人的心情可堪一比。市场街没出过什么有大出息的孩子，鱼档范家的小鲤姑娘考上了象城师范大学，学写外国字说外国话，这在市场街算是摔跟头捡到钱——意外中的意外。孩子们没出息是不错，但也没听说有谁胆大妄为到去干杀人放火的勾当，何况还是袁宝这样一个平日里极安静老实的孩子！市场街的人一时无法相信。袁宝这孩子，碰见杀鱼都会别过脸去。不过，看着报纸上那些印得方方正正的黑字，市场街的人们最终还是选择了相信。城市到底还是使孩子们变坏了，这是城市化以来小市村人最深刻的感受。无所事事的孩子们既不好好读书，又不好好干活儿，成天游手好闲，在城市各个阴暗的角落里钻进钻出，天长日久，难免会做下什么。袁宝这孩子看上去像是个听话的，不过，爱泡电影院、录像厅，却是真的。电影里什么坏人没有？这么想过后，市场街的人再想起袁宝抱着马脖子哭泣这件事时，无不带着点又惋惜又轻蔑的口吻说道：

"犯下这等杀头的大罪后，一看到鞭子，就晓得害怕了嘛！"

十八年之后，在加拿大不列颠哥伦比亚省一个叫弗农的僻远小城里，一名叫罗大为的中国男子，跟一个叫丽兹·戈德曼的当地女子讲到了这个发生在象城市场街的故事。

他是怎么想到要给她讲故事的？后来罗大为自己也想不起来了。也许是她要求的。"亲爱的中国先生，讲个中国故事听听？"他们最初交往的那阵儿，这句话她可没少说，而且几乎都是在他们亲热过后——他怎么好意思说"不"？

当然，这不是他给她讲的第一个中国故事。

罗大为并不擅长讲故事。罗大为有个女儿，在中国上海工作。女儿小的时候，给她讲故事的都是他的前妻。他能想得起来的只有案例。就像当年他在中国大学课堂里讲的那些，都是些非常具有代表性的典型案例。他给丽兹讲第一个中国故事是在他的车里，故事与狗有关。罗大为用的是英语。他跟丽兹总是说英语，当然某些特殊情况下也说中文。他初次向她求欢，说的就是中文，那次他多喝了几杯，疯狂而绝望地想念象城，想念家。

"救救我……"他把花白的头埋在丽兹奶酪般丰腴滑腻的脖颈儿处喃喃低语。丽兹显然听懂了，虽然她不懂中文，但她满怀爱怜地用她的身体回应了他。酒醒后罗大为羞愧难当，感觉自己像古时候那些无力担当的可怜书生，他们通常双膝一跪，为自己哀求："娘子，救小生则个！"多少年过去了，一身斯文衣一口斯文话里面还是同一个无用的身躯，同一个卑微的灵魂。

在选择使用何种语言时，罗大为就像个狡黠的扳道工。大部分时候他愿意把自己扳到英语的频道，那是另一个异乡，没人能清楚道出他是谁，也没人知道他经历了什么。而他的母语里藏着太多秘密。罗大为手中拎着啤酒瓶，说起英语的时候像个异己分子，如果他的灵魂肯抽身出来退到一边观察，也一定会被他自己吓一跳。

与狗有关的故事发生在罗大为的家乡罗家坳。罗家坳的两个村民因宅基地纠纷闹得很不愉快，尽管在村委会的调解下事情得到了处理，但仍有一方觉得受到不公平对待而气愤难平。出于发泄的目的，这位村民便用了对方的名字——大田，给自家的一条狗命名。每当他的小孙子拉完屎，这位村民就站在稻场上，大声唤自家的狗："大田，回来吃屎！"如此富有创新性的羞辱方式在罗家坳还是头一回，人们笑着，对那位村民佩服得不行。叫大田的村民无计可施，却又忍无可忍，于是做了另一样在罗家坳从来没人做过的事——花钱请了个律师，一纸诉状将对方告到了法院。以前，罗大为在象城大学法学院的讲台上讲这个案例时，学生们总是未及讨论，就已笑得不行。但丽兹没有笑。

"这是虐待！怎能这样对待自己的狗？！"丽兹特别不能接受的，不是狗叫人名，而是让狗以人屎为食。

罗大为暗自惊讶，加拿大的狗也是狗啊。他以为既然是狗，就免不了吃屎。狗吃屎在中国被认为是天经地义的，甚至被认为是狗性的一部分，"狗改不了吃屎"嘛！不过罗大为很快就理解了丽兹，丽兹不能接受狗吃屎，或许就像自己最初不能接受超市里居然卖狗饼干，而且比人吃的饼干还贵。给丽兹讲过狗的故事后，罗大为出门就特别注意起狗来。有一次，他到住处附近的麦克唐纳公园晨跑，看到一个晨练的白人男子蹲下来和自己的狗亲嘴，于是他一下明白了加拿大人不让狗吃屎的真正原因，谁会去亲一张吃过屎的嘴？罗家坳人也很爱自己家的狗，但他们从不和它们亲嘴——他们连自己老婆的嘴都不怎么亲。

有一点令罗大为感到轻松，给丽兹讲完故事后，接下来不会有烧脑的谈话。在丽兹这儿，故事就是故事，故事背后的庞杂世界不为人知、无人触碰。故事结束，对话往往也结束，丽兹即使有些不解，抑或是感慨，依然都只是与故事本身有关。但对一个案例来说，故事结束之后，对话才刚刚开始。以前他和他的前妻就是这样，感觉就像两个人比赛挖地道，越挖越深，最后抵达之地，往往令彼此吃惊。凡事都有另一面，他还记得给丽兹讲狗的故事的那天，故事讲完后，他和丽兹躺在放平了的车座上，太阳隔着窗玻璃照得他们懒洋洋的，丽兹很快睡着了。他把一只手搭在丽兹光溜溜的大腿上，有些怅然若失，他竟然想到了哥尼斯堡的康德。在东普鲁士总督费尔摩尔伯爵家的宴会上，伯爵夫人请年轻的康德致祝酒词，并谈谈他在学术上的新发现。康德端起酒杯，站起来后说道：“亲爱的朋友们……”那时他正痴迷于天体学，可是他又怎能跟面前这些贵妇人说天体学呢？康德沉默了一会儿后，调皮地说道：“朋友是不存在！”贵妇们于是爆发出一阵空虚的大笑。

给丽兹讲袁宝的故事，应该是在一个下雪的周末的夜晚，那个晚上下了那一年冬天的第一场大雪。

丽兹工作的乡村绿地酒店后面的停车场里，有从奇利瓦克市来的卖玉米棒的流动货车，那天丽兹下班后拎了一袋玉米棒到罗大为的住处吃晚餐。晚餐很简单，罗大为拌了蔬菜水果沙拉，做了丽兹爱吃的虾仁炒饭，又把丽兹带来的玉米切了一根丢进一锅肉汤里。甜点是从他隔壁西人美食档位上买来的苹果派。乡村绿地酒店对面有家叫西弗卫的超市，罗大为在这家超市的美食广场里有个档位，卖炒牛河粉、虾仁炒饭、牛肉洋葱炒饭之类，生意还算过得去。晚餐时开始下的雪，但雪并不大。令他没想到的是，等他们亲热过后，丽兹穿戴好打算起身离开时，大雪竟已埋没了车道，她只得留了下来。

丽兹把穿好的衣服又一件件脱下来，搭在餐厅的一把椅子上。

罗大为的餐厅对着后院，从窗口倾泻而出的灯光在后院雪地上开了扇昏黄的歪斜的窗，一团团棉球般大小的雪花正无声地往这窗里奔涌而来。罗大为知道这是一场大雪，这个叫弗农的小城每年十月就开始下雪。他有些懊恼，转身去给丽兹弄点喝的。临窗的餐边柜里还有瓶晚餐时没喝完的酒——本地使命山酒庄出产的红酒，他拿出来给丽兹倒了半杯。这么多年来，从福莱到世佳宝，又到基洛纳、弗农，他从未留女人过过夜。他已习惯了一个人的夜晚。罗大为看着窗外下着雪的静谧的后院，记起来汽车广播好像播过要下大雪的消息，他竟然没记住是哪一天。他呆呆地看着窗外，一句话不说，情绪有些低落。

丽兹只穿着白色衬衫，坐在桌边安静地看他忙碌。等他把酒端到面前时，她眨巴着大眼睛，带着一丝歉意说道："我可以睡沙发的。"

"哦，不要担心。"罗大为捻着自己的胡须，在桌子的另一边坐下来，说，"另外一个房间，前两天才打扫过，只需铺上床单就好。"

　　另外一个房间，是罗大为为女儿小星准备的。三年前，小星从温哥华的一所大学毕业后回了中国，现在在上海一家广告公司工作。这三年来小星从未回过弗农，但罗大为还是像从前一样，在家里为女儿准备了一个房间，每周清扫一次。

　　罗大为和丽兹就这样面对面坐在桌子两边，一人手里握着一杯酒。窗外依然在下大雪。一只小松鼠冒雪来到露台的栏杆上寻找食物，罗大为在那儿放了一只饱满的松塔。不过丽兹批评过他："你无权这样做，很快它就不习惯去别的地方寻找食物了，你要是忘了，或是不想给它食物了，它就要挨饿，这不公平。"罗大为认为丽兹小题大做。

　　"我不会忘了，也不会不想。"看着那只冒雪而来的小松鼠，罗大为在心里说。

　　"中国也下雪吗？"

　　"有些地方下，有些地方不下。"

　　丽兹对中国很好奇，因为她身上有些许中国血统。在不列颠哥伦比亚省的历史博物馆里，还有她曾曾外祖母年少时的一张照片。那是开馆时丽兹的外祖父捐献的。丽兹的曾曾外祖母的父亲是当时英属哥伦比亚省的华商领袖，不过，祖上的荣光已经像丽兹血管里的中国血一样，所剩无几了。丽兹的手机里有张她曾曾外祖母的照片，是她从博物馆网站上翻拍下来的。罗大为看过她手机里的那张照片，照片中的女孩十二三岁，戴着华丽的头饰，面如满月，细致的单眼皮，花朵儿似的。女孩穿的是中国清末少女服饰，绣花夹衣下系着侧开衩的长裙，带马蹄袖口的衣袖特别长，一双手隐而不见，只从一侧袖口垂下一条柔软的绣花手绢。除了一头卷曲的黑发，丽兹身上已找不到任何跟这女孩相似的地方。

丽兹小的时候，她的母亲曾给她讲过一个仙女与放牛郎的中国爱情故事，那种一年只能见一面的爱情令她唏嘘。丽兹母亲身上只剩下八分之一的中国血统，故事也讲得不那么中国。这个下雪的晚上，等丽兹再用英语复述起来时，罗大为听着都笑了。在丽兹的故事里，牛郎简直是美国西部片里的牛仔，潇洒地骑在一匹骏马上，放牧着望不到边的牛群。

丽兹也笑。她连中文都几乎不会说，除了"吃了没"，她还会说一句"我爱你"。故事不地道，也在她预料之中。

"那你讲个中国故事听听？"她起身坐到他身边来，捋着他的胡须说。

罗大为就在那晚又为丽兹讲了个"中国故事"。跟以往在课堂上讲案例不同的是，这次他的开头冗长了些……一个中国少年，在傍晚时分穿过热闹的街市去河边，看到河滩里有个农夫鞭打一匹老马，少年哭了。后来，罗大为每每想到这个夜晚，就疑心自己是不是对这个故事做了太多的演绎。抱着马的脖子哭泣，听上去只能是尼采这样的人才能干得出的事，哭过之后就疯掉了，这多么可信，像是一个神经纤细而发达的天才所为。

"好小伙儿！"丽兹说。

一个心地善良的小伙子的故事，她没觉得有什么特别的。这倒并不是因为她知道哲学家尼采与都灵之马的故事才觉得没有新意，丽兹上完高中就工作了，她对哲学没兴趣，不怎么知道尼采，她对哲学家也不感兴趣，她的世界很简单，也不需要哲学家。在她以前的男友中，有个叫史蒂夫的没读过多少书的年轻伐木工人，在高速公路上撞死一头小鹿后，当场哭得跟都灵的尼采似的，她用了多少个吻才止住他的眼泪啊。不过，后来，在同一条高速公路上，心肠柔软的史蒂夫在回弗农跟丽兹过情人节的途中，为避让另外一头鹿，把汽车开进了陡峭的积雪的山谷。

接下来的故事，事关一桩杀人案，丽兹的表情严肃起来。罗大为讲得很快，他讲到凶案时，突然感到沮丧，不知自己为何选择了这个案例。也许是开头诱惑了他。少年与马的故事，是十多年前他的一个女学生告诉他的，当时他什么也没说，却心内潮涌，久久难以平静。可以说，从未有一个故事如此触动他。这么多年来，他也从未对别人讲起过，这个雪夜，他好像只是一低头，顺手就把它拾了起来……罗大为三言两语飞快地说着这个故事，完全没有了在课堂上讲案例的严谨。他匆匆讲完后，丽兹叹了一口气。丽兹生于一九八三年，她出生之前十来年，这个叫弗农的小城就已取消死刑了。因而听完故事，丽兹只是问："是他干的？"

"判决说是的。"

"在中国……死刑？"

"嗯，死刑。"

"上帝啊。"丽兹叹了一口气。过了一会儿，她忽然又问道："他叫什么名字？"

这个问题令罗大为感到意外，他犹豫了一下，答道："袁宝。"

那天过后，丽兹时不时会到罗大为家去过夜。丽兹工作的乡村绿地酒店是弗农市最大的一家酒店，楼高七层，是弗农最高的建筑。如果哪天晚上她不轮班，她就把车停在酒店后的停车场，打电话让罗大为去接她，第二天早上再坐他的车上班。自从那个雪夜她留宿罗大为家后，他们的关系，不知不觉中又进了一层。渐渐地他们开始在同一张床上度过整个夜晚。罗大为的家里，渐渐多了些丽兹的东西，一把电动牙刷、一件吊带睡衣、几件女人的内衣裤，还有一个白瓷马克杯——有个周末，丽兹去教堂做义工后顺路带过来的。杯子上印着一句英文，中文意思是："承认离弃罪过的，必蒙怜恤。"罗大为戏称它为Mercy Cup——"慈杯"。丽兹用这个杯子喝水喝咖啡。如果丽兹打算去罗大为那儿过夜，事先她会用非常合乎礼仪的口气询问罗大为是否方便。这样的日子往往是她感到孤单，想他了，想跟他亲热亲热了。丽兹从不掩饰这一点，Girl's Right。当然罗大为也没什么不方便的，他也不好意思不方便。在中国，女孩一旦跟你上过床，立马就成自己人了，谁还跟你客气啊，谁还好意思跟她客气啊。西弗卫超市每天五点关门，罗大为收拾好后，开车到对面的酒店去接丽兹，身边放着两份炒饭做晚餐。从乡村绿地酒店到罗大为的家，开车要三十多分钟，在车上他们会边听收音机边聊这马上要过去的一天。他们的中午都很忙。罗大为每天中午要炒不少于三十份的炒饭，他一个人也能应付，因为他能在那块日式铁板操作台上同时炒好几份。中午是酒店退房的高峰期，也是丽兹最忙的时候。她在罗大为的车里会谈到她遇到的那些客人，有的客人在离开的时候房间就像没住过人一样，有的客人会把房间弄得一团糟，有的会留小费，有的除了垃圾，什么也不留。有的客人能把任何东西落下，丽兹在客人离开后的房间内捡到过假牙、眼镜、按摩棒、胸罩……甚至还有结婚戒指。

"婚戒啊，你能想象吗？"丽兹笑着摇头。

罗大为只是笑。他不知道该怎么跟她说，当年他和前妻结婚时，都不知道什么是婚戒，他们也没有什么婚礼。两个人去单位开证明，在民政部门拿证，给同事发糖果……就算是结了婚。

罗大为租住的房子是一栋有三间卧室、带一个车库的老旧平房，罗大为租用了其中的两间。另外一间卧室锁着，继上一个租客——一个汽车配件推销员搬离后，房东还没有为它找到新房客。后院很大，连接着一片小树林。夏天的时候，罗大为会在后院种菜。冬天，他的菜种在一间地下室里。曾经有人在这间地下室里种过大麻，罗大为把那些废弃的PVC管利用起来，改造成了蔬菜架子，又自己摸索着解决了光照、温度以及湿度的问题。那些香葱、生菜、罗勒全都长势旺盛。他似乎在这方面很有天赋。在弗农，其实不只在弗农，整个欧肯那根河谷地带都属于干旱的半沙漠性气候，这一带盛产优质葡萄，遍布大大小小的酒庄，蔬菜的价格相对较贵。但罗大为种菜却不是为了省钱，也根本省不下来，主要还是为了在闲暇时光里也有事可做。罗大为总是在自己的档位上摆一盆迷迭香，或是罗勒，夏天通常是香薄荷。起初，来吃炒饭的客人见他炒完牛肉炒饭装盘后，顺手从盆栽上揪一小段迷迭香作装饰，会面露微笑。渐渐地，人们习惯了，夏天的时候，要冰柠檬水的客人会问也不问，自己就摘片薄荷叶扔到自己杯子里。

有个晚上，罗大为往一个白陶花盆里移栽了几棵生菜，做成了一个好看的盆栽。早餐时顺手揪片生菜叶子夹到三明治里，是他和丽兹都喜欢的。罗大为端着生菜盆栽从地下室上来时，丽兹正站在小书架前翻看他的藏书。在炒牛河粉之前，他计划过要写一本书，所以淘了不少书做参考资料。丽兹突然转身看着他，问道：

"那个晚上，袁宝到底干了些什么？"

"什么？你在说谁？"

"那个去河边的少年，袁宝？"丽兹说"袁宝"的口音听上去十分别扭。

"哦。"罗大为愣了下，端着盆栽去了餐厅。丽兹手里端着杯加冰的苏打水跟了过去。罗大为把盆栽搁到餐桌上，看着窗外。后院的积雪厚得像床褥子，而且会越来越厚，一直要等到来年四月末才能彻底融化掉。罗大为看着窗外那片月光一样朦胧而暗白的雪地，简短地答道：

"他去看了场电影……"

"看电影时，他遇到了那个女孩？"

"是的。"

"他们做爱了？"

"判决说是强奸。"

"他杀了那女孩？"

"——是的。"

"上帝呀！"丽兹叹了一口气，站在他身后问道，"会不会弄错了？"

他原以为丽兹不会再想起这个故事的，他三言两语匆匆讲完的这个故事，丽兹会有什么兴趣？罗家坳吃屎的狗，后来再未听她提起。她从未去过中国，不会觉得有什么特别的，不会刨根问底……而且，她听完这个故事不会明白他到底向她倾倒了什么。这一刻，他意识到自己当初过于乐观了些。他将手指伸到盆栽里，把泥土往下压了压。他有些犹豫，犹豫着要怎么回答。丽兹站在他的身后，他能听到她啜饮苏打水的声音，四周却异常寂静，窗外也是如此，一切都在雪被下沉睡。

"亲爱的，你能再跟我说说袁宝吗？"

罗大为沉默着，没有回答。

"你知道吗？史蒂夫……"丽兹站在他身后，道，"像史蒂夫这样的人，决不会伤害他人，决不会那样对待女孩子。"丽兹慢慢叙说起来，她讲到了史蒂夫如何为小鹿哭泣，还有她和史蒂夫的第一次，史蒂夫看到她疼痛，竟至于心生不忍、难以为继……罗大为听到这里，没等她讲完，他就猛地转过身去，一把把丽兹搂进怀里。罗大为一句话也不说，只是悲伤地低了头，吻她。

这个晚上过后，罗大为又断断续续地给丽兹讲了与袁宝有关的另外一些事，当然，难以避免地会讲到另外一些人。时间基本上都是丽兹来他这儿度周末的时候。最初是艰难的，但语言的力量不容小觑，上帝就是用语言创造了世界。尽管罗大为说的依然是英语，但这一回，他人的语言对他却失去了庇护力。经他之口说出的那些异乡人的话，像张网，时不时将他捞进他曾试图逃离的过去，带给他真切的难堪与深切的痛楚，就好像一切都是真的似的，就好像一切都跟他有关……

第一章

一九九六年夏

1

也是一个炎热的夏日的傍晚，十八岁的袁宝骑着辆前后轮都装着塑料七彩轴花的老式单车，灵巧地穿行在市场街拥挤的街道上。街道上空有两条派出所悬挂的红色横幅，一条是"严厉打击违法犯罪，维护人民群众生命财产安全"，另一条是"露头就打，除恶务尽"。袁宝骑着车，飞快地从这两条横幅下穿过。四十分钟之后，距市场街三条街道之遥的群艺电影院里，周星驰主演的《武状元苏乞儿》就要开映了，袁宝已提前买好了一张电影票，八排十二号，不偏不倚的好位子。袁宝的单车篓子里还放着两把雨伞、一件透明塑料雨衣。雨伞是袁宝要捎给父母的，雨衣呢，是袁宝为自己准备的。临出门前，袁宝爬上十七级台阶，到市场街尽头的小平台上观看天象，夕阳像个火红的小球挂在河对岸的高楼后，铅灰色的云层布满了整个天空。"日落西山一点红，半夜起来搭雨棚。"袁宝看出夜里要下雨，于是赶紧回家拿雨具。袁宝不想在看完电影回家的路上像狗一样被雨驱赶，也不想被雨浇个透湿。袁宝总是斯斯文文、干干净净的，是个很注重仪表的少年。袁宝的爸爸妈妈在市场街出口处拥有一个摊位——袁记香卤。袁宝那辆跑起来花团锦簇的单车蛇一样从市场街摆得密密麻麻的摊位中间穿过，袁宝骑到自家的摊位前停了下来，他没有看到他爸袁祖成，他妈罗英正在给一个女孩称卤毛豆。袁宝往焊接在三轮车上的玻璃柜台里瞧了瞧，卤香耳已经卖完了，还剩一大块猪头肉、小半盆卤猪手；豆干、海带结卖完了，毛豆、酸笋子还剩了一些。袁宝等那个女孩走后，问他妈罗英道：

"我爸呢？"

"我让他送点猪头肉给你姐夫。你这是要到哪里去？你吃了吗？"罗英看到儿子，笑容满面地起身应答。在这个世界上，罗英最喜欢的人就是她的这个儿子了。罗英看到儿子换了件干净的白色短袖汗衫，浑身散发着肥皂的清香味，一头乌黑的头发显然也是刚刚洗过的，又柔软又蓬松，要不是隔着个柜台够不着，罗英定会伸手摸一摸。

袁宝听说他爸送猪头肉给他姐夫，脸一下拉了下来。袁宝极不喜欢他的姐夫万建军，可他姐夫却和他一样喜欢吃他爸妈卤的猪头肉，而且吃得比他还多。万建军就像梁山上的好汉，一顿可以吃上好几斤。万建军吃了猪头肉后，长不出肉，单是生出许多力气来，这些力气他并没有完全用到养家糊口上，有许多力气无处可去，他就用来打老婆。当然，如果他长期吃不上猪头肉，可能会照一日三餐打——万建军很巧妙地让袁宝的爸爸妈妈生成了这样一种想法，所以他隔三岔五就能吃上丈人卤的猪头肉。

袁宝沉着脸，一言不发地把雨伞递给他妈。

"要下雨吗？"罗英接过雨伞，看看儿子的脸色，又低声道，"你姐夫，他改了不少了。"袁宝不吭声，一只脚撑在地上，两眼直瞅罗英旁边那个拉了车西瓜来卖的乡下男人。这个男人有一张黄黑色的瘦长的脸，眉毛粗大，神情狡黠，袁宝觉得此人很有些像万建军。袁宝郁闷地皱了皱眉头。

"你吃过了吗？你又要去看电影是吧？今天的猪头肉稍稍咸了点，你记得买瓶水喝。"罗英叮嘱袁宝道。

袁宝没应声。夜里这场雨可能小不了，就是不知道什么时候下，袁宝把两只脚都蹬在脚镫子上，却并没有马上走。他保持着骑车的姿势，原地不动，似乎在想什么。罗英知道儿子还有话说，于是怀着期待看着他。过了好一会儿，袁宝说道："——早点收摊吧。"

"晓得了，宝！"罗英手里拿着雨伞，满脸含笑地看着儿子越骑越远。

袁宝自小就是个不善言辞的孩子，他两岁半才会说话，但这些和他无师自通看云识天气一样，在他妈妈罗英眼里，都是天赋聪慧的表现。聪明的人从来都是与众不同的。新村里这么大的男孩子，有几个是省心的？有几个像袁宝这样聪明、懂事的？小市村当年拆迁时，就地安置，各家各户都分到了几套房子，还有不少的钱。有的人家，就因为有个不争气的儿子，很快，房子折腾完了，钱也折腾完了。罗英家里，女儿出嫁了，一家三口，分到两套房、五万多块现金，房子和钱，到现在还一点都没折呢。四号楼这套房自住，七号楼同样大小的一套房出租。罗英打算等袁宝将来结婚时，就收回七号楼那套房子，装修一下后，给袁宝夫妻俩住。那套房也在一楼，也有个小院。到时这个院子种菜，那个院子种花，不知有多好！这些事罗英在心里都想过几万遍了。

罗英看着儿子远去的背影，想，将来也不知哪个女人有福，能嫁给袁宝这样的好孩子。嫁给袁宝这样的，还能有什么不如意的呢？租住七号楼那套房的老范夫妻俩，有个漂亮的女儿，比袁宝大六岁，上着大学，人精一般。老范的老婆在孩子们很小的时候就开玩笑喊罗英"亲家"，说"女大六，乐不够"。虽说大家心里都清楚，这事越来越不靠谱，但至少说明袁宝这孩子的好，人都瞧在眼里呢。

　　袁宝从小就有两大爱好，一是看电影，二是看云。逢年过节，袁宝不要鞭炮，不要新衣服，只要到河对岸去看场电影就好。只要听说哪里放露天电影，不管有多远，也不管第二天要不要上学，袁宝铁定是要去看的。除了看电影，袁宝还喜欢看云。袁宝的零花钱，都用来买《气象知识》之类的科普读物了。袁家那时还是象城郊区小市村的菜农，有七亩三分菜地，时常要靠小袁宝来指导家里的农业生产。小时候的袁宝识得各种各样的云，什么高云低云直展云，卷云层云积雨云，小小的袁宝都能分得清。袁宝走在路上，走着走着会时不时抬头望天，有一次他还因此掉进了菜地边上的粪坑里，搭帮一个正在浇地的菜农眼疾手快，连忙用一把粪瓢把他捞了上来。小市村的袁宝，常常在傍晚时分，爬到门前土坪边的大枣树上去看云。袁宝站在树杈上，能看到比小市村和象城加起来还要大的天空。他待在树上，一直要到天完全黑了才会下来。他的天气预报，十有八九是准的。袁宝说："天上钩钩云，地上雨淋淋。"村民们于是赶紧抢在雨前把白菜苗种了。袁宝说："西北恶云长，冰雹在后响。"村民们于是赶紧又往菜苗上铺上厚厚的草垫。小市村的人都喜欢跟袁宝开玩笑：

"袁宝，中央台都没测到有雨呢，他们没有你厉害。"

袁宝总是很谦逊地说："中央台管的地方太大了嘛。"

只有一次，袁宝说西南方向有地震，小市村的西南方是象城黑石区，那一阵没听说黑石区有什么地震——那时候人们所能想象的远方通常就只有那么远——村里的大人于是打趣袁宝：

"袁宝，你莫不是像李安世一样偷吃了狗肉？不灵了嘛！"

李安世是小市村的算命先生，以前他除了算命测姻缘，还能驱邪捉小鬼。有一年，借住他家的几个钻井队的小伙子打了一只野狗，用野山椒和姜片炖得喷香。李安世一时没忍住，偷吃了几块，一身的功夫一下去了八成，自此只能勉强给人算个命，还落了个饿痨鬼的坏名声。袁宝年纪虽小，却也不愿与他相提并论。

"哪个狗日的偷吃了狗肉嘛！"袁宝急忙辩解，一张小脸憋得通红，把大人们逗得哈哈笑。

袁宝八岁那年，一个疯疯癫癫、穿得破破烂烂的游方和尚路过小市村，见到坐在门前吃地瓜干的袁宝后，不肯走了。他游说袁宝的父母，想让袁宝跟他去学佛法。袁宝家里自然不肯。袁宝妈妈尽管常常有事没事都去庙里烧个香，但说到儿子，当然是另外一回事了。"舍了吧。"这僧人被拒后还不肯走，只管在袁家门前胡嚷嚷，后来还是袁宝爸爸生了气，拎着把锄头将这疯和尚赶出老远。这件事在小市村很是热闹了一阵，大家一致认为那和尚其实是个拙劣的骗子，想骗个小男孩去换钱花。大家又有了新的理由开袁宝的玩笑，说他不该吃地瓜干，吃地瓜干吃出了古怪。"舍了吧。"有一阵，村里人一见到袁宝就这样说。袁宝后来再也不在人前吃地瓜干了。这件事后来很快就过去了，不过，村里人因这事给袁宝的一个新绰号——小和尚，一直到小市村变成市场街，才渐渐不再有人这么叫了。

袁宝十三岁那年，城市像条肮脏的巨大的舌头，从河对岸一下伸到了小市村。菜地被扒了，粪坑被填了，满村的果树也几乎被砍光了——它们大都生长得不是地方，那些地方要修马路，要盖楼房。小市村的村民们都住到了突然从村头那座小山丘旁冒出来的十二栋楼房里，房子被带铁蒺藜的小栅栏围着。像大人手腕那样粗的樟树，被截去枝丫、绑上草绳，种到了栅栏边。一条可以并排跑两辆大卡车的马路，从山坡上直铺到河边，路的尽头竖起一块巨大的青石，上刻"市场街"几个字。这簇簇新的一切令小市村的村民们很是兴奋了一阵，有自来水和抽水马桶的生活，原以为是到了共产主义社会才能享受到的，谁承想来得如此快呢？大家把浇菜的粪桶小心地收在阳台上，好多年后，确定自己不会再被打发去种菜了，这才大胆地把早被风吹得干裂的粪桶拆成木柴，扔到四四方方、既能烧水又能做饭的节煤炉里。

只有一个人自始至终都没有高兴过，那就是袁宝。

住到楼里后，袁宝遇到了两大难题。一是如厕，他坐在马桶上，怎么都拉不出屎来。另外一个难题，就是那棵大枣树没了，袁宝一抬头看到的天空，被楼房顶那些方正锐利的角线割成了一块块的。以前，袁宝家的厕所就对着他家的菜地，他蹲在埋在地里的一口巨大的缸上拉屎时，顺便能看蚂蚁搬家，能观察蜜蜂如何给豌豆花和油菜花授粉。他的姆妈罗英体会到儿子的难处，特许他每晚天黑后到院子的一角去方便。后来，他姆妈种在院墙根下的一棵苦瓜藤意外地爬到了卫生间的窗台上，袁宝才结束了狗一样去院子里拉屎的日子。至于另外一个难题，袁宝想过一些解决的办法，比如市场街顶头的那个小山丘，政府把山顶平了平，福彩中心取之于民用之于民，跑来安装了几样健身器材，从十七级台阶上去后，可以一边推按摩揉推机一边看亮晶晶的河水。天气好的时候，袁宝站在平台上看到的天空像匹布，从市场街上空直铺到河对岸的高楼大厦里，虽说比不上从前所见，到底还是比较完整的一块。但是呢，云彩，却没有以前好看了，灰蒙蒙的，看着也没有多大的意思了。再说小市村人一变成市场街的人后，也不怎么关心天气了，他们不再找土地要菜，城里的蔬菜批发市场，什么样的菜没有呢？城里人一年四季不分节气，吃得混乱颠倒，不管天气怎样，他们横竖是要买菜吃的，市场比老天爷还强大。于是大家卖菜之余，忙着赚钱、打麻将、买彩票、泡休闲屋，谁还有空像从前那样，看到袁宝经过，把锄头拉在下巴下，跟袁宝扯两句云啊雨啊的？袁宝自己呢，也慢慢不再跟人扯这些了，即便在家里也很少说了，袁祖成和罗英忙着张罗自己新开辟的小生意，也想不起来问他。偶尔一个人走在路上，孤单的袁宝抬头看一看天空，就像怀了一次幽深的旧。好在市场街周围很快搬来不少工厂，马路也越修越多，电影院、录像厅隔几条马路就会有一间，十三岁的袁宝算是得到了一笔巨大的补偿。袁宝没有太多的钱去电影院，泡得最多的是录像厅，他经常干的事就是和大巴、小鲢等几个差不多大的男孩子一起逃学去录像厅。不大的封闭的空间里，搁着二三十把椅子，墙上一块小小的白幕在乌烟瘴气的空气里上演着这世间的各种爱恨情仇。市场街的人称之为"小电影"。两元钱一张票，有时候可以看两场。五元钱看三场的也有，没人清场，要是你愿意，可以待上一整天。袁宝什么片子没看过呢？

袁宝有一个笔记本，里面记载着他自那年开始看过的所有小电影。

　　第一部有文字可考的片子是《鹰爪铁布衫》，时间是一九九一年十月二十日，星期天。袁宝在"鹰爪铁布衫"几个字后面画了个大大的惊叹号。后来有个警察问那个惊叹号是什么意思，袁宝有些羞涩地笑了，为自己的年少无知。袁宝的姐姐袁娟二十岁就结婚了，最初姐姐姐夫过得挺好的，也不知从什么时候起，姐夫开始打姐姐，姐姐常常带着伤回来。袁宝就生自己的气，恨自己长得太慢。袁宝简直等不及，做梦都梦见自己把万建军按在地上，打得他直告饶。一九九一年十月二十日，星期天的下午，袁宝在一个叫水晶宫的录像厅，看了《鹰爪铁布衫》。这部电影告诉他，凡是男人都有一个致命的弱点，那就是他们身上那两个像鸡蛋一样的东西，叫"罩门"。再强壮厉害的男人，要是被人捏到罩门，保准玩儿完。影片用手捏鸡蛋来表现男人罩门的脆弱，鸡蛋在手中迸裂破碎的一刻，袁宝夹紧大腿出了一身汗。但同时他也看到了以弱对强打败万建军的希望。"再敢动我姐试试看！"袁宝坐在录像厅的硬木长椅上，两手在暗中一张一合地练"铁指寸劲功"。力气再小，袁宝相信自己捏碎两个鸡蛋还是不在话下的。所以这日袁宝回家后，就在日记本上写下了"鹰爪铁布衫"几个字，还有那个大大的神气活现的惊叹号。其实，那时的袁宝，连杀鱼都不敢看呢，每回路过市场街范家的鱼档，袁宝都会别过脸去。

　　笔记本上写的最后一部电影，是《武状元苏乞儿》，时间是一九九六年六月二十三日。一向话不多的袁宝，除了"有雨"两个字，关于电影，他什么也没有留下。

2

袁宝骑车往电影院去的时候，二十一岁的王小金正在象城河东区一家叫一片云的理发店里给客人烫头发。客人是一位五十多岁的妇女，长得很富态，手腕上套着个红色仿皮小钱包，穿着黑色一步裙和白底碎花七分袖蝙蝠衫。这是王小金来到一片云后的第一笔大生意，洗烫染一整套，业内称为"大头"，大头的收费是一百二十元，王小金可提成三十六元。

三天前，王小金坐了七个小时的火车来到象城，其实他原本也不是奔象城来的，那列火车的终点站是广州，当然他也不确定自己是否一定要到广州去。这些年他走南闯北，很少在一个城市长待。王小金凭一张站台票上的车，站台票上可没说在哪站下。火车在象城火车站停了五分钟，他在最后一分钟下的车。王小金随身就一个石磨蓝牛仔包，里面有几件换洗衣服和一个理发工具包。那个工具包是王小金的宝贝，黑色真皮的，里面插着清一色的精钢理发工具，一把平剪，一把花剪，一把手柄上有华美浮雕、展开来足足有三十厘米的银柄折叠剃刀，一把手动推子，全都通体银光。此外，工具包里还有用一种特殊材料——白牦牛角——制作的尖尾梳、美发梳各一把，梳子非常有弹性，两头几乎可对弯过来，当然王小金很少去弯它们。王小金异常爱惜自己的工具。王小金十二岁就在理发店做学徒，二十岁时才收齐了这套工具，他怎能不珍惜？还有，他是左撇子，别人的工具，比如剪子，他就用不了。那把剃刀是王小金的心爱之物，是把不多见的好剃刀。剃刀倒是不分左右手，不过，王小金几乎不用右手拿剃刀。他一生中用右手拿剃刀的次数屈指可数，在花溪有过一回，深圳一回，象城会有一回，石城会有两回。

王小金下了火车，到火车站广场前的一家小饮食店吃了碗拉面。一碗拉面吃完后，他决定到象城河东去。因为卖拉面的老板用捞面的筷子往东一指，对他说："那里正在开发，机会多，房租低。"房租果然很低，王小金以很低的价格在河东新村四号楼东头租到了一间阁楼，阁楼不小，足有十五平方米，王小金一米六六，阁楼里能直起腰来的地方大约有两平方米。王小金很满意。这阁楼还带着个卫生间，虽说差不多是要爬着进去，可那毕竟是一个单独卫生间，这意味着他不需要与别人共用卫生间了。王小金是个喜欢独处的人。再说了，那阁楼还带着一扇窗呢。蹲在窗口往外望出去，可以看到半条热闹的市场街。街上总是人流涌动，热闹异常，炸红薯饼、糖油粑粑的味道直冲到半空中。卖蔬菜的、卖水果的、卖豆腐的、杀鱼的、卖鸡鸭的并带现宰现杀的，热闹得很。还有那些在地上铺开一小片塑料布，卖点针头线脑、锅碗瓢盆、防臭地漏、钢丝球之类小玩意儿的。小摊贩们日日见面，彼此全都很熟，却又往往连名字都搞不清楚，这样的状态是王小金喜欢的。他理解中的"大隐隐于市"，就是要隐于这样热闹的地方，每个人都是熟人，每个人又都很陌生。

王小金到象城后的第二天就找到了工作。

一片云在群艺电影院的南边，与市场街隔着四条街。虽说只隔四条街，但看上去已很不一样了，马路宽了不少，高楼大厦多了许多，马路中心的隔离带上种着清一色的阔叶白玉兰树，人行道边新种的樟树尽管去掉了枝叶，枝干上还裹着草绳，看着像一排排伤兵，但全都一人合抱、两层楼高。一片云面向一条双向六车道的宽阔马路，背靠一个全封闭式的新兴小区，理应是有忙不过来的生意的。不过，在象城，美发厅和洗脚城比餐馆还要多，一条马路上大大小小的美发厅竟有六七家，因而一片云的生意，也就好不到哪里去。

一片云的老板叫章云，二十八九岁的年纪，身材瘦小，双眼细长，眼神飘忽，总像是在走神。她的两片嘴唇像鸡蛋壳一样薄，头发也不多，烫得像玉米穗那样蓬松起来，刻意要给人毛发丰厚的印象。"叫我章姐。"初次见面，章云这样对王小金说。她话不多，这是王小金喜欢的。她只问了他一个问题：

"做这一行多久了？"

"快十年了。"王小金答。

章云不动声色地将王小金上下打量了一番，目光落到他随身携带的工具包上。章云点了点头。半个小时后，王小金就为一个客人做了一个洗剪吹。章云看他挥动剪子的眼神明显带了一丝赞赏。这是王小金意料中的事。他的手艺一向不差。

一片云幽深狭长，临街的店面看上去很狭小，几乎只是一扇门的宽度，进门后却也不觉得多么逼仄，是一个正常的小理发店的样子。左侧墙边摆着三把转椅，墙上的镜子都擦得光洁如新。理发店后面还隔出来一块，一分为二，一边是美容用的小房间，里面有张窄窄的按摩床和一个美容用的蒸汽机。若客人自带美容产品来，章云就会掀开挂在隔间上的粉色布帘，带着客人进去，然后在这个小隔间内忙碌一个多小时，所得手工费为十五元。美容间旁边有扇刚好能供一个瘦子进出的门，窄窄的门上贴着张外国风景画，天蓝得如泼漆，雪山和红色尖顶的房子倒映在水中，美得不像是真的。王小金不用看也知道，那扇门后应该就是章云生活起居的地方，通常也不会太大。店里除了章云，只有一个年纪很小的洗头小妹，小妹的手背上隐约可见冬天里生过冻疮后留下的暗斑，脚上踩着双恨天高，人有些痴肥的样子，每根头发都烫得立了起来，就像刚刚被高压电电过，小小的一个人，一颗脑袋看上去竟有一口汤锅那样大。王小金看出来，一片云是真的理发店，不是那些挂羊头卖狗肉的。他和章云谈定，没有底薪，每做一个头他提成百分之三十。这不是王小金理想中的理发店，跟他以往待过的那些理发店没法儿比。王小金不知道自己能在这里待多久，但他急需一个落脚的地方，所以也不去想能待多久的问题。

这天，王小金接待了一位叫郭姐的客人，郭姐是个话痨，做的是贩卖辣椒的生意。王小金给她剪完头发后，她长吁了一口气，道："阿金啊，我都看呆了，真个是行行出状元，你手上功夫了得啊。"

王小金看了镜子里的女人一眼，笑道："谢谢姐！"——多老的女人，王小金都叫姐。如果女人自己纠正他，让他叫姨，那王小金也会叫她姨。

"你那把剃刀，好看得很，是银的吗？"

"只有手柄是银的。"

"一看就是有年头的东西了，祖传的？"

王小金冲镜子里的女人笑了下，不说是，也不说不是。

"你不是象城人吧？"

"不是。"

"那你是哪里人？"

"鹿城人。"

"鹿城的牛肉米线好吃。"客人咂了下嘴，又问道，"鹿城哪里人？"

王小金弯下腰，专心地上着烫发油。一般的客人，当听他说是鹿城人时，都不会再追问"鹿城哪里人"。鹿城、石城都不及象城一半大，在象城人看来，鹿城、石城都是乡下。象城与鹿城相距三百里，出产相差无几，人情风俗却有不小的差异。象城人爱食槟榔，街头到处都是槟榔摊，象城人骂人蠢，就说人是"槟榔宝"，意思是傻得只晓得捡地上别人嚼过的槟榔渣吃。鹿城人却不，一个卖槟榔的到了鹿城就只有饿死。象城方言里多古语，音似鸟语；鹿城方言属官话，算是北方方言系，较接近普通话。象城人打麻将有象城人的打法，鹿城人打麻将有鹿城人的打法。抗战中，象城和鹿城都被鬼子轰炸过，民宅尽毁。半个世纪之后，但逢日本有领导参拜靖国神社，象城人和鹿城人都会上街抗议，不同的是，象城人上街喊"抵制日货""打倒日本军国主义"，鹿城人上街多是喊"还我房子"。在象城人看来，鹿城人就是"小地方人"。

"鹿城乡下人，小地方，告诉姐，姐一转头准保就忘了。"王小金答道。

"乡下哪里？"

王小金有些恼火，但他依然保持微笑。把人问到"乡下人"这份儿上，就像打妖精打到现了原形，见到真身就该收手了。可这位郭姐却不。偏偏王小金又最不愿在这个问题上撒谎，他也从不使用假身份证——一直到最后，王小金都认为自己是堂堂正正的，行不更名，坐不改姓。他只差像武松那样，手指沾血在墙上写：杀人者王小金也。

"南溪镇人。"王小金一边答，一边拖过蒸汽头罩，把顶着满头发卷的做辣椒生意的女人塞了进去。

这个晚上理发店生意不错，王小金一直忙到九点多，他给郭姐烫完头发，又替一位男客推了个小平头。其间一场大雨突如其来，客人走后，王小金收拾好自己的工具准备冒雨出门，章云叫住他，让他等雨停。洗头小妹清扫完地面就下班走人了，她撑着把太阳伞急匆匆扎进雨中。王小金后来才知道，这姑娘在别的地方还有份见不得人的兼职。王小金坐在门口的一张转椅上等着，街上行人稀少，雨水横流的路面流光溢彩，昏黄的路灯和闪烁的霓虹那斑驳幽暗的反光在马路上流淌。章云煮了一锅挂面当消夜，从那扇挂着风景画的门后端出来请王小金一起吃。王小金这才想起来，自己还没吃晚饭呢。他不再推辞，很大方地在理发店的一张茶几前坐下来吃面。章云坐在一张给客人准备的长沙发上，王小金坐在章云对面的一把塑料小椅子上，王小金一抬头，就能看见章云紧靠在一起的两只青白色的有些单薄的膝盖。两个人几乎没有一句话地吃完了面。章云把两只空碗放进汤锅内，端着进了那扇挂着风景画的小门。等她再出来时，王小金发现她已洗过手脸，头发也重新梳理过，看上去清爽了不少。

瓢泼大雨一直在下。王小金看看时间不早了，准备冒雨回家。章云找了把伞递给他，说："群艺电影院边上的联华超市，晓得吧？"

王小金点了点头。

"超市边上有条小巷，叫乌衣巷，晓得吧？"

王小金不知道乌衣巷，但他知道联华超市，所以他还是点了点头。

"从乌衣巷去市场街，要比你走外面的马路近一半儿。不过下雨天，有些不好走了，你走那边的话，当心脚下。"

王小金就走了联华超市边上的那条路。

如果那天王小金不走那条路，十八岁的袁宝，现在已经三十六岁，是个中年人了。

王小金拿着工具包，撑着章云给他的那把伞一头扎进雨中。雨使灯光照不到的地方更黑，王小金感觉就像掉进了一条深不可测的河里。他深一脚浅一脚地走着，雨在伞上敲出乒乒乓乓的脆响，击鼓似的催他快行。王小金膝盖以下很快全湿了，鞋子里也灌满了水，走起路来扑哧直响。群艺电影院早散了场，门前卖西瓜、瓜子、各色冷饮的摊贩都收了摊，水泥地上一片狼藉。联华超市也关了门，阔大的卷闸门落了锁。如果不是这场大雨，街上应该还是会有不少人的，夏天的夜晚，要是天气好，街边的排档会一直开到凌晨三四点，也常有莫名其妙的人整夜在马路上游荡。但现在路上几乎看不到一个人。那条小巷倒是不难找，超市旁边的入口处被一盏路灯照得雪亮。王小金看到巷口两边都有摆过小吃摊的痕迹，左侧的墙边有一大摊扇形的污迹，是那种积年累月飞溅而成的污迹，灯光和雨水使它显得更油腻厚重。早上这墙边应该是有一口翻滚着油花的铁锅的。王小金想，也许哪天可以过来吃油条。王小金很快又想到了章云，他觉得章云也可以到这儿来吃油条，从一片云走过来用不了几分钟。章云可能会穿一条印着许多小花朵的棉布睡裙，趿拉着双颜色鲜艳的塑料拖鞋，拿着那口汤锅过来打豆浆。她两手端着一锅豆浆往回走，塑料袋里装着两根油条，也许三根，用一根纤细的小手指勾着，那双青白色的有些单薄的膝盖在裙摆下若隐若现……王小金在心里承认，他对话不多、有双好看膝盖的章云有好感。至少她会比较好相处——这他能看出来。

王小金顺着超市旁的小巷往市场街方向走去，心情有些愉快，觉得自己来对了地方，一切都很顺利。过去就像黑夜一样隐去了，那些令他不快的往事被抛在了另外一些城市，并没有跟来。王小金很满意。

小巷的路面坑洼不平，越往里走越暗。两边都是低矮的出租房，从一扇扇贴了磨砂窗纸的小窗里透出来的昏暗的光，把悠长漆黑的小巷照得千疮百孔。王小金觉得这小巷似曾相识，从它的样子来看应该是他熟悉的，还有气味——如果不是大雨，他一定能闻得到，那种通风、排水情况不太好，又很密集的住宅区特有的气味，经过潦草加工的廉价食物的气味，从卫生间蹲坑里冒出来的混合了各种污水的气味，发霉的墙壁和家具的气味……每个城市都有几条这样的小巷。王小金对这样的小巷并不陌生。王小金往里走了大约五百米后，看到左手边冒出来几级台阶，借着对面房子小窗投射过来的幽暗的光，王小金发现最上面那级台阶是干的。王小金就走上去坐下来，想把湿透的裤子卷起来。王小金把裤腿卷到膝盖上后，又脱下皮鞋控了控水，这时他听到对面房子里突然传来哐当哐当的剧烈的声响。王小金抬头看，隐约辨认出了钉在对面铁皮防盗门边的一块白底蓝边的小铝牌，上面写着"乌衣巷139号"。接着，又传来一阵慌乱拨动门锁的声音，铁皮防盗门猛地被人拉开了，门轴大约生了锈，雨中传来闷闷的令人起鸡皮疙瘩的吱呀一声。灯光从突然打开的门里像水一样泼进了小巷，照亮了无数雨的银箭，它们正飞速地扎向污水横流的路面。一个身材修长的少年推着单车夺门而出，他的白色汗衫都没有完全套好，露出了一截清瘦细长的腰肢。少年的动作里透出来惊慌，单车没有把稳，他就飞身上去，逃一样往市场街方向去了，很快消失在小巷深处。王小金屏住呼吸，等着接下来从少年消失的方向传来单车撞在墙上或是垃圾箱上的一声巨响，不过他首先听到的却是那扇门后传来的女人的笑声，捂着嘴的、控制不住的年轻女人的笑声，好像那门后正发生着什么特别可笑的事情。那扇铁门在惯性的作用下就要慢慢关上的一刻，好奇的王小金连忙穿上鞋，猫一样轻快地跳下台阶，跑过去用脚尖轻轻地顶住了眼看就要关上的门。

第二天早上四点多钟，天还未亮，租住在乌衣巷152号的一对做早点生意的老夫妻推着小车出了门。他们的第一拨客人是清扫马路的清洁工，还有跑夜车的出租车司机，因而夫妻俩每天都在这个点出门。这是乌衣巷一天中最黑最安静的时候，天光欲启未启，人们都还在睡梦中。清凉的夜露澄净了芜杂的浊气，低矮的屋檐在夜空里呈现愈加浓黑的墨影，使小巷显露出一种不真实的素朴的美。为了照明，卖早点的夫妻俩在车上挂了一只充电式便携手电筒。女人手里提着几只马扎，男人推着的小车上放着两张折叠小桌，一只节煤炉，一只长方形的平底铸铁油锅，一塑料桶和好的面，一大铝锅刚煮好的热气腾腾的豆浆，一小盆又白又嫩的豆腐脑儿，两只带盖的塑料瓶，一只装着盐，另一只装着白砂糖。哪瓶是盐，哪瓶是糖，只有他们自己能分得清。两块洗得干干净净的白毛巾放在一只长方形的塑料小篮里，一块毛巾里包着一双足足二尺长的竹筷——从油锅里捞油条用的——毛巾下面是一把铁笊篱、一把漏勺和一只硕大的铝制汤匙。另一块毛巾盖在一堆透明的塑料小碗小勺上。他们尽量放轻脚步，可是由于路面不平，车上的东西又太多，时不时的颠簸使小车不停地发出叮叮咚咚的磕碰声。夫妻俩路过139号时，感觉到了异样。139号亮着灯，这是乌衣巷唯一一间在凌晨四点多亮灯的房间，门缝四周都透出昏黄的光线来，显而易见，门是虚掩的。男人停下脚步，咳嗽了几声，不见任何动静。

"小秦！"提着马扎的女人冲着那扇门喊了一声。

没有人应声。租住在这间屋子里的女孩几乎天天光顾他们的小吃摊，女人喜欢这女孩。"那傻丫头。"她私下和男人谈到这女孩时，就这样称呼她，带着一点心疼的语气。见没人应声，女人回头看了看男人，男人于是叫了女孩的男朋友一声："小赵！"也没有人应声。男人嘀咕道："别是进小偷了吧？"

女人于是走过去，用手里的马扎顶了顶那扇门，门很轻松地打开了。女人把身子探进门里望了望，两三秒钟过后，女人嘴里发出了一声刺耳的尖叫，身子就像被抽了一鞭的陀螺似的倒转过来，扑在了男人推着的小车上。小车失去平衡，哐当一下倒在了路上，白色的豆浆、豆腐脑儿和有些发黑的食用油淌了一地。

乌衣巷虽然住的人鱼龙混杂，但发生凶杀案还是头一遭。

租住在乌衣巷152号的老何夫妻，六十来岁，来自距象城三百多里之遥的偏远山区，他们在152号已经租住了六年。在租客如流水一样不停流动的乌衣巷，他们可以说是这儿的老居民了。搬离了乌衣巷低矮旧屋的房东多年来只是每月一号来收次房租，渐渐地，关于这条小巷的诸多人事新闻还得从老何夫妻俩那里打听。老何夫妻俩四十岁那年进城务工，是村里最早出门打工的一拨人。他们最初在亲戚承包土方工程的建筑工地上打零工，后来扫过一段时间的马路。就像那些吃苦耐劳而又机灵的乡下人一样，他们在城里吃尽了苦头，但也发现了城市的便宜——"好活"。承包建筑工地土方的亲戚要随建筑商辗转另外的城市，老何夫妻俩挂念老家的三个孩子，希望逢年过节能方便地返乡与孩子团聚，就留在了象城。那时他们都还身强力壮，很容易就找到了一份清扫马路的工作，一干就是十来年。老何五十五岁那年，《中华人民共和国劳动法》出台，为保障劳动者的权益，该法对劳动者的社会保险、劳动时间、工伤补助等都做出了保护性规定，并对故意不跟劳动者签订劳动合同的情形做出了惩罚性规定。劳动法就要生效之时，老何恰好陈年脚伤复发，跛脚拐行三日后，失去清扫工作。"是他们怕啊，其实我们不赖人。"丢了工作的老何闲下来跟人聊起来，总有点意难平。此时他们留在乡下的孩子已长大，两个女儿出嫁了，木讷的儿子婚后继承了他们在村子里的老屋，还有十来亩山地和三亩七分水田。儿子自小不在他们身边长大，和他们十分生分，而儿媳妇又不是一般的泼辣。老何夫妻俩都是识相的，回去后要如何在一起生活呢？夫妻俩想来想去，最后还是决定留下来，做个小本生意养活自己。乌衣巷是他们能找到的最合适的地方，房子足够拥挤破旧，价格自然也就便宜，而出了巷口就是闹市区。可以说，在象城，他们不可能再找得到比乌衣巷更理想的栖身之地了。

139号就在152号的斜对门。

"他们搬来也就四个来月吧，来的那天是晴天，屋顶上还有点雪没化完，雪水滴滴答答的，打湿了他们搁在檐下单车后座上的包袱卷儿。"老何对警察说。

老何的老婆同样记得那天。那女孩扎着长长的马尾，看人时细长的眼眸慢慢张开，像刚被人从梦里叫醒一般，一看就是个没多少算计的孩子。天还冷着呢，但女孩过早地穿上了裙子，一条黑色的粗呢裙子，臀部、大腿都包裹得非常紧，到了小腿肚那儿，忽然褶皱翻卷，形似鱼尾，露出一截圆滚滚光溜溜的小腿。老何的老婆对警察说，女孩没什么正经工作，是个……"卖肉的"。

"你是怎么知道的？"

"我第一天就晓得了，她和那样的一个男孩子在一起呢。"

这话一点不错。女孩手扶单车在檐下立着，等着提箱子进屋的男孩出来拿包袱卷儿，过了一会儿，男孩佝偻着背从屋内钻了出来，让老何老婆看了个正着。那男孩一头蓬乱的长发，人非常白非常瘦，颧骨高耸，面颊上几乎没什么肉，薄薄的皮肤在耳根下向口腔内瘪下去，显得腮帮子特别大，细长的脖颈儿使喉结显得很突兀，差不多与下巴齐平。不知道为什么，那男孩满脸嶙峋的骨感，只给人一种十分寡薄无情的感觉。男孩伸手去拿包袱，让老何老婆看到了他被熏得焦黄的手指。老何老婆当时就觉得，他往女孩身边一站，就像给女孩打了个活广告。

"不是东西！拣都不拣，什么样的人都往屋里带。"老何老婆说。

至于案发时那男孩去了哪里，整个乌衣巷，也是只有老何夫妻俩才知道的。

那女孩时常睡到日上三竿才起床，她起来的时候，老何夫妻俩早都收摊了。起先是男孩到早点摊上来买早点，回回都是一碗豆腐脑儿和两根油条，豆腐脑儿上回回都要加三勺白糖，男孩用一个带盖的不锈钢碗端回去。女孩起床后，坐在门口晒太阳，吃差不多已经放凉的豆腐脑儿，看到老何夫妻俩还是会像孩子一样开心地说：

"豆腐脑儿好吃哦！油条好吃哦！"

后来，老何夫妻俩就把女孩的豆腐脑儿剩在锅里温着。女孩起床后，睡衣外披件小夹袄，啪嗒啪嗒趿着拖鞋跑到152号去吃饭。不管夜晚过得如何，女孩跑向152号时的神情总是有些快乐的。老何夫妻俩觉得，她向他们跑过来的样子，看上去就像是他们的一个备受宠爱的晚起的女儿。老何老婆渐渐和这女孩说上了许多的话，慢慢晓得了女孩姓秦，湖北人，男孩姓赵，山西人，男孩比女孩大六岁。两个人是在广东的一个制衣厂里认识的，在一起快两年了。

"大前天来吃饭时哭了，小赵的爸爸去世了，小秦想和他一起回山西去，小赵没同意，临走只给小秦留了三十元钱，还把她的身份证拿走了，怕她跑了。"老何老婆叹了口气，接着说，"早先我就劝过她要早作打算的，这傻丫头，哪里肯听？"

警察面无表情地做着例行的笔录，他们从案发现场提取到了许多物证，一件男人穿的雨衣，带泥的脚印，打翻在地的台灯上也提取到多枚指纹。此案并不比他们先前遇到的任何一件凶案更令人吃惊，也并不比任何一件凶案更难侦破，凶手遗留下太多痕迹，看上去就像个新手。

乌衣巷的居民起初甚是惶恐，血溅满屋的情景左邻右舍都从那半开的门缝里看到了一两眼。但没过多久，谈论带来的兴奋取代了最初的惧怕。那女孩骇然睁开的双目，赤裸的下身，连带着那一副异常吃惊的表情都很快被夸张地传了开去，几条街道之外就出现了好几个版本。那日上午九点整，王小金来到一片云理发店时，他听到的版本，是那女孩的头几乎全掉了下来，只剩后脖颈儿上还有一小块皮连着，凶器大约是一把斧头。就像那些猛然听说不远处的小巷里发生了凶杀案的人一样，听到这样的说法，王小金也是一脸惊诧。他把随身工具包拿出来搁在理发镜前的工具台上后，走出来坐在台阶上听几个看过热闹的街坊谈论那个女孩的死。那个上午一直没有人来理发，尽管现场封锁后整个巷子都不通了，乌衣巷的居民都只能绕道进出，但还是有不少人忍不住要往乌衣巷里走一遭。那个脑袋像汤锅一样的小妹也踩着一颠一颠的步子去了一趟，她从乌衣巷出来后，谈论那件凶杀案的语气跟那些去过的人一样变得十分自信。王小金坐在台阶上抽烟，渐渐对那个晚上发生的一切都疑惑起来，他怀疑自己是不是做了个梦，因为他听到的一切都十分陌生。所有人中，似乎只有他对这件事一无所知。

案件的侦破出人意料地顺利。几天后，《象城日报》的头版刊出了此案告破的消息：《十八岁少年奸杀十七岁少女，警方七日内侦破擒凶》。

这则消息，王小金是在给一个客人理发时读到的。那客人嚼着槟榔，一边理发一边从围布下伸出双手举着报纸读。"凶手抓到了！"客人咧着血红的嘴，兴奋地抖了下报纸：

"是他妈市场街的一小屁孩！"

王小金正在给客人推鬓角，听到"市场街"三个字吃了一惊，他因此失了手，将客人的一只鬓角推过了。他连忙把那张报纸抓过来看。凶手是袁宝。他不认得什么袁宝。其实他也不认得市场街其他任何人。王小金把报纸还给客人，对客人说了声"对不起"，并声明免去理发费。兴奋的客人并不在意，只是叮嘱把另一边鬓角也理得同样短些。

"这些人倒真不是吃闲饭的！"那人难掩兴奋，用一只手背掸了掸报纸。他对警方的神速高效既满意又钦佩。

王小金没有停下手中的活儿，他给客人理发，偶尔附和一两句。大部分时候他只是静静地听着周围人的议论，他的话比往日更少，看上去似乎对自己刚刚在工作中的失手感到沮丧。但是，谁能知道他内心却是风起云涌、异常兴奋的呢？案子破了，凶手不是他！他只觉得双眼所见的一切都跟往日不同，一切东西都是亮晶晶的，都有着不可思议的异样光彩。这种感觉真是太奇妙了，以至于多年以后王小金还能时不时地想起来。

第二章

二〇〇二年春

1

　　立春之后，一场突如其来的冰冻袭击了象城。由于大气环流异常，一股湿暖气流与从北方过来的冷空气在象城一带上空三千米左右相持不下，象城一带普降冻雨，树木、房屋、道路都裹上了一层冰壳。满街香樟树的叶子亮晶晶的，像琥珀一样惹人爱。象城人起初还为这并不常见的奇妙景象激动，在网络上竞晒各种美丽图片。持续的冻雨很快露出了它的另一张面孔，先是裹着冰壳的香樟树叶子掉下来砸伤了行人，接着是自来水管冻裂，电力线路因覆冰过重而断裂，多处停水停电，日常生活开始变得艰难。象城当地的电视台一天二十四小时不停滚动播报百年难遇的冰雪灾害，发生了停电事故的街区的人们坐在家里冰冷的取暖炉边，腿上盖着棉被取暖。更为不幸的事情也在不停地发生，频发的车祸导致十多人非正常死亡，继几位老人摔伤不治去世之后，一位年轻的女公务员在单位组织的铲冰活动中摔倒，头部撞在结了冰的台阶上，当场死亡。郊外一座巨型电力塔架在重冰的压力下倒塌，压死了三个在塔上为设备除冰的工人。城外的高速公路上，各种类型的汽车首尾相接，摆到了百里之外，成千上万的人被滞留在冰封的公路上动弹不得。就在交通部门用各处筹措来的融雪剂疏通道路的时候，从漫长的堵车队伍中传来了令人惊讶的消息。与象城相隔不远的石城警方，从象城郊外这汽车的巨龙中，从堵在路上的一辆大巴上抓获了一名犯罪嫌疑人。象城的人们这才知道，在这场冻雨发生之前，石城一男子被人割喉，惨死在自己的出租屋内。而这名被抓获的犯罪嫌疑人没有为自己做任何辩解，一口认下了他所犯下的罪行。

嫌犯二十七岁，是一名理发师，名叫王小金，鹿城南溪镇人。

象城媒体对这件事进行了大量的报道。据王小金供述，他之所以杀掉这名男子，是因为两人对合租屋水电费的分担产生了争执。

"我讨厌吵架。"嫌犯说。

在这样一个寒冷的冬天，在象城这样一座没有集中供暖的城市里，人们正被冰冻天气带来的各种不便弄得无可奈何而又满腹牢骚，发生在石城的这宗凶杀案一时间转移了人们的视线。"我讨厌吵架"这句话风靡开来，它被人们复述出来时显得十分俏皮，许多由冰灾带来的争吵都结束在这句话里。因汽车、摩托车打滑发生剐碰的双方不愿意长时间暴露在寒冷的空气里，一方说出"我讨厌吵架"这句话后，另一方哈哈大笑，然后各自掉头离去的事情发生了不止一回。电视、报纸以各种方式重现了警方英勇抓获嫌犯的情景：几辆警车停在高速公路的一个匝道口，警察猫着腰，在因冻馁而神情麻木的旅客们诧异的注视下，分两队从汽车长龙的两端向中间逼近，团团围住了一辆车体上刷着康师傅牛肉面广告的大巴车。三名警察从汽车的前门上车，另有三名警察从汽车的后门上车。嫌犯坐在汽车中间靠走廊的座位上，他看到从前门进来的警察后，又扭头往后看了一眼，然后回头向朝自己走来的警察伸出了双手。嫌犯微笑着对警察说："你们怎么才来？我都快冻死了。"

几天后，更为惊人的消息传了出来，石城一案不是嫌犯王小金初次作案，他可能是一系列未告破的凶案的真凶，行凶地包括花溪、石城和遥远的深圳，命案四宗。一句话，他是个连环杀手。象城的网络上有人给王小金取了个新名字——"微笑的陶德"，并把王小金的视频截图和约翰尼·德普饰演的《理发师陶德》的剧照放在了一起。王小金小个子，人显得很单薄，跟帅气的约翰尼·德普没法儿比，但他嘴角的微笑、过早爬上眼角的鱼尾纹，还有垂在额前的一缕染成酒红色的卷发，使他看上去跟以往那些满脸横肉的杀人犯大不一样。象城人怀着好奇的心情议论着王小金和他那些可怕的过去，并因此熬过了一个艰难的冬天。

三个月后，王小金四案并审，在象城中级人民法院审结，死刑，立即执行，剥夺政治权利终身，上报最高人民法院核准执行。象城人对此并不惊讶，尽管他们对"剥夺政治权利终身"不甚了了，但杀人偿命，就跟欠债还钱一样天经地义。早在象城电视台的政法频道播出王小金被抓的消息时，坐在电视机前的象城人就知道，这个人，是一准要枪毙的了。人们对一个确定事件的兴趣从来都不会持续太久。随着四月的到来，天气一日比一日和暖，象城人的生活变得丰富多彩起来，去烈士公园看樱花、划船，接着是上山挖野菜，去郊外的农家乐吃第一拨早熟的樱桃，王小金和他所犯下的罪孽很快就被人淡忘了。没多久，第一拨春笋来到了象城各大菜市场，象城的女人做好腊肉炖春笋，男人吃着春笋腊肉喝着老白干的时候，王小金一案再掀波澜。在高院核准死刑期间，原本放弃上诉，准备二十年后再做好汉的案犯王小金，因为一个女人，产生了强烈的求生欲望。这个叫章云的女人告诉王小金的律师，她和王小金有一个女儿，如今已五岁。章云托律师找王小金要张照片，好留给那个可怜的没有父亲的小姑娘，并把小姑娘的一张照片托律师转交给了王小金，想让他临死前看一眼。令人没想到的是，王小金在看到那个漂亮小女孩的照片后，却不想死了。他又作自首供述，坦承他曾在象城河东区犯下重案，杀害了一名少女，并以自首为重大立功情节提出上诉。王小金供述的作案时间、地点、犯罪细节都与六年前袁宝强奸杀人案十分吻合，象城媒体以《一案两凶，谁是真凶？》为题的报道在象城掀起了轩然大波。这消息在市场街引起的冲击更是非比寻常。尽管近些年来，不时有人从这条街上搬走，又不时有人迁入，但在人们的热议中，袁宝，昔日身材瘦削、有一张白皙清秀面孔的少年再次被人熟悉了，那些见过或是没有见过他的人，路过市场街四号楼时，看一眼三单元102室萧瑟的门户，都不免叹一口气。袁宝那老实厚道、沉默寡言的父亲，早已在儿子被执行死刑后不久就吞安眠药自杀了，他那吃斋念佛的母亲还独居在这小小的公寓内，十天半月也难得出一次门。人们常常能看到的只有袁宝的姐姐，她隔三岔五地来看她独居的悲伤的母亲。人们不知道袁宝的母亲罗英是否知道这则消息，不过，有几个夜晚，有邻居在半夜里被令人心碎的哭号声惊醒。提及此事，市场街人在忙碌劳累的生活里，时不时也会为此叹息唏嘘。

2

与河东区隔河相望的河西区，是象城的文化中心，那里有象城唯一的一所重点大学——象城大学。象城大学家属区内，因王小金自首案引发了一起小小的事故。有个叫木莲的副教授，偶然听到这则消息时，受到惊吓，失手砸伤了自己的右脚。

那是个暮春的晚上，一场盛大的花季即将过去，气候和暖，万物都以最蓬勃的姿态生长着，象城的空气里弥漫着香樟树新叶的好闻香气。这位叫木莲的历史系副教授，这晚一个人在家里的阳台上侍弄花草。

木莲家的阳台向南，嵌入式，长长的，像个回廊。木莲在阳台上养了许多兰草，没什么名贵品种，多是普通的金边吊兰和银边吊兰，一盆盆挂在墙上特制的木格子里。细密柔软的叶片翻过盆沿向外下垂，微风徐来，随风而动，似仙鹤般空灵飘逸。木莲小时候，她的奶奶也爱养这样的兰草，不同的是，奶奶从不叫它们"吊兰"，而是称之为"折鹤兰"。折鹤兰，多么美丽的名字！遗憾的是，这个名字已和那个时代一样遥不可追。木莲曾在象城花卉市场试探性地问过一句"折鹤兰"，已无人知道它是什么了。木莲领悟到，经过漫长岁月的洗礼后，人们在日常语言实践中已放弃了对最佳表达效果的追求，去掉想象和诗意后，修辞就变得多余了。木莲从此也只叫它们"吊兰"，把"折鹤兰"和对奶奶的怀念一起深埋在了记忆中。

木莲是鹿城人，在象城生活十多年了。木莲在鹿城没有别的亲人，只有一个姐姐，叫木菡，在鹿城市图书馆工作。姐妹俩相差两岁，一个偏瘦，另一个身材丰腴，相貌、性情也不相似，但她们的脚却长得一模一样，都有着纤细的脚踝，每只脚的第二根脚趾都要比其他脚趾长得长。在她们很小的时候，她们的做纺织女工的母亲认为这是命苦的表现，生着这样一双脚的女人会终生劳苦、受穷；而她们那学识渊博、一九四九年前做过鹿城女中校长的奶奶却告诉她们，在西方，这样的脚叫希腊脚，又叫美人脚，历史上有名的美女，比如古埃及艳后克里奥佩特拉，比如宙斯之女、挑起特洛伊战争的美女海伦，都长着一双这样的脚。木莲是个富有理性、学识渊博的女性，她当然不会沉沦于母亲或是奶奶的关于脚的或悲观或乐观的说法，在她年幼的时候，奶奶的说法或许鼓舞过她，不过在她成年之后，这只不过是她怀念已逝亲人时才想得起来的一个细节罢了。

木莲在鹿城一栋老旧四合院里长大，鹿城人管这种四合院叫印子房。院子里一共四家人，孩子多，日子过得嘈杂热闹。木莲小时候，和奶奶、母亲、姐姐住在印子房西侧的两间平房内。木莲奶奶的兰草摆在自家门廊下，院子里公用的水池边也有两盆，都长得葱翠旺盛。邻家淘气的孩子常常用竹条将那些兰草抽打得七零八落，奶奶隔窗见了，只会把手捂在胸口，从不吭声。木莲看看奶奶，再看着窗外，也不吭声……那时她实在是太小了。只有木菡，会勇敢地冲出去。好在兰草都有着很强的生命力，不管被抽打成什么样，过后稍加整理，浇浇水，那些兰草很快就又恢复了往日模样。木莲长大了些，才知道这个院子原本都是她家的。住在鹿城乡下的外婆曾告诉她："小姐嫁得好风光……"外婆自小在奶奶家做工，与奶奶一起长大。无人处，外婆总是叫奶奶"小姐"。"绿屏，新社会，不作兴这样！"奶奶回回惊慌地四下里瞄瞄，叮嘱外婆。——到了木莲上初中的时候，满院子的人都在听邓丽君了，还是这样，一声"小姐"会把奶奶吓得跳起来。木莲从外婆那儿得知，从西洋留学归来的爷爷为迎娶奶奶，专门买地修建了这套小院。奶奶是读过书的新女性，爷爷不愿她在大家庭里过腐朽的旧生活，于是与家庭抗争，分出来单过。木莲没有见过爷爷，他连张照片也没留下来。木莲对父亲也没什么印象，她四岁那年，父亲病死在劳改农场。木莲对父亲的死也没什么印象。但木菡还记得，偶尔提起来会泪湿眼眶。在木菡曾经的描述中，那天下着瓢泼大雨，她们的母亲穿上雨衣去农场处理父亲的后事前，给她们和不会做饭的奶奶蒸了一锅红薯，祖孙三人足足吃了三天。

"骨灰盒放到衣柜顶上后，妈妈就急急忙忙给我们蒸米饭去了。"木菡说着又含着眼泪笑了，"我们饿得都忘了哭。"

木莲的奶奶和母亲先后在那栋印子房里去世。后来旧城改造，这套爷爷为和奶奶开启新生活修建的院落被拆掉了，就地修起了一栋二十多层高的大楼。这栋大楼跟木家当然是一点关系都没有了。

现在，除了木菡，木莲在鹿城已没有什么亲人了。

木莲开始养吊兰，是在她生了一场大病后。

五年前，木莲患上了肾衰竭。非常幸运的是，做了一段时间的血透后，她很快等来了一颗合适的捐赠肾脏，来自一个因车祸丧生的年轻人。木莲在象城武警总队医院做了肾移植手术，植入了一颗年轻、健康的肾。也就是说，现在木莲的身体里，有三个肾。

有三个肾的木莲爱上了吊兰。还是在木莲住院期间，为了净化病房的空气，木菡买了一盆银边吊兰带到病房，放在木莲床边的窗台上。出院时，木莲将它带回了家。吊兰好养，易培植，木莲给吊兰不停分盆，所以她的吊兰越来越多。木莲观察它们，悉心照料它们，乐此不疲。木莲的丈夫罗浩亲自动手，帮她在阳台的栏杆上搭建了漂亮的铁艺花架，墙上弄了一整面的木格子，新培育出的几十盆吊兰全都得以安置下来，阳台绿意盎然，成了木莲和罗浩都爱的去处。

起初，王小金自首案并没有引起木莲的特别关注。象城是一座有着两千多年历史的古城，它值得关注的东西，无论是过去还是现在，都太多太多了。一个自首案，牵出了一桩旧案……全城人议论纷纷，提到那个早已伏法的少年——袁宝，人们说："冤枉了！"木莲不认识袁宝。他是个陌生人。再说，这样的事，历史上不少见，不新鲜。木莲只是怀着遗憾的心情，抱着合理怀疑的态度看待这桩案件。先怀疑，再相信，相信才会有价值。接近真相的道路和接近科学的道路差不多，许多重大的学术发现也都是遵循这条道路才完成的。

木莲是研究法制史的历史学副教授，对一个从事历史学研究的人来说，她对发生在自己身边的案例远不如她的丈夫敏感。木莲的丈夫，象城大学法学院的副院长罗浩，是研究法制史的法学教授，王小金自首案后，他已经召集他的博士、硕士开过几次学术研讨会，探讨自首制度与错案追究制度的历史沿革，以及目前存在的问题。表面上看，木莲与罗浩夫妻俩所从事的似乎是一样的研究，都钻法制史的故纸堆。他们的朋友也常常开他们的玩笑，有时说他们夫妻双剑合璧，有时说他们夫妻"穿的是同一条裤子"。罗浩总是很坚定地厘清与木莲学术本质上的不同，他常说的一句话就是："史学的根本是事实判断，法学的根本是价值判断。"木莲知道罗浩是很有些以"价值判断"为傲的。尽管木莲对类似"穿同一条裤子"这样的玩笑从来都是一笑了之，但她对自己与罗浩所从事的研究的差异，却有着更为具体而深刻的感受。"价值判断"的结果就是，罗浩就像申公豹，眼睛往后看，脚却在不停地往前走。而对于追求"事实判断"的木莲，"过去"是一个真实的存在，她需要时不时地穿越到那里。"晓得从哪里来的，才搞得清要到哪里去。"——这是多年前，大一新生欢迎仪式上一位老教授的话，木莲时不时还会想起来。听到这句话的那年，她才十七岁，但那时她就领悟到这句话说的似乎不是路径，而是某种联系。学术与生活其实密不可分，不同的学术追求反映在生活中，也让她和罗浩有了不太一样的生活态度。木莲安静的天性和她的聪慧，使她把许多事看淡。年轻的时候，她的座右铭是："不闻窗外事，只读圣贤书。"人过而立后，虽然她已经不再干那种在台历上或是日记里写座右铭的事，但她的生活里还是有"座右铭"这种东西的，那时候的她，至少也是"少闻窗外事，多读圣贤书"的。因而相比罗浩，木莲比较出世，她看世界，总是觉得从来就没有什么新东西，样样似曾相识，件件隔日重来，人们不管过着怎样的生活，都是顺着一条叫"过去"的道路走到现在的。而且，注定地，人们即便过着完全不同的生活，那些看不见的过去也在那些完全不同的生活里发挥着隐秘的作用，碰到一个微妙的节点，某种不为个人改变的共性就会显露出来。历史的进程宛如人生，两者最大的共同点，便是皆不可捉摸。因而木莲活得很平静，少求寡欲。

罗浩则不，他总能看到变化，总是心怀希望。他是一个相信

"明天"会好过"昨天",也好过"今天"的人。他在心底保存着一个坚定的信念,犹如保存火种:虽然在许多特殊的历史时期,人类似乎忘却了自己的理性,但整体来看,人类追随理性就像飞蛾追随光。所以,同样是钻故纸堆,罗浩总是进出自如,乐观使他显得很有活力,他在现实社会生活中亦游刃有余。性格决定命运,在他们步入中年之后,夫妻俩在事业上的差距就变得很明显了。无论是从学术成就来看,还是从职称、职位来看,罗浩都要比木莲收获更多。

他们有一个女儿,叫小星,现在上中学了,住校。

小星曾说,从木莲养的盆栽,就可以看出木莲是典型的水瓶座。小星这代人都研究星座。木莲养了条小金鱼,小星认为那也能说明些问题。"金鱼不可抚摸,和人类不太可能建立亲密的关系。"小星说,"距离对水瓶座来说意味着空气。"木莲对星座不感兴趣,但她也知道小星是在说她的理智,以及简单、固执。

罗浩是天秤座。小星自己是处女座。关于星座和星座之间的关系,小星也有一套理论。木莲能记得的就是天秤座的男人和水瓶座的女人只能过点庸常、太平的日子,一旦遇到点什么小意外,"女瓶子"的固执就会毁掉她的理智,她会不顾后果、不管深浅,好奇地一探究竟;而天秤座的男人却不会在这些无关大体的事情上浪费精力和时间,他们注定是要往前走的。小星还说,天秤座的男人和水瓶座的女人生活在一起的话,吵吵闹闹是家常便饭。不过这点在罗浩和木莲身上却并不明显,遇事他们总是讨论多,鲜有争吵,这也许是良好的教养帮了他们的忙。

每次在给吊兰浇水时,木莲都会想起小星关于星座的话。有时她会觉得有些夸张，有时她也觉得那不全是胡说八道。木莲偶尔回想起来，觉得小星研究星座，大约也是孤独、渴望了解他人的缘故，她清楚这孩子一定很渴望与家人建立更亲密的关系。她一直记得，自己康复期那阵儿，有好几次，她在阳台忙碌，一转身，看到年幼的小星扒着门框站在身后安静地打量她。

"你们知道吊兰的花语吗？"有一次，一家人在外出吃饭的路上，走在木莲和罗浩中间的小星突然问道。

"不知道啊。"木莲有些惊讶，又有些好奇。她只是在病后努力找点力所能及的事情来做，没有想过要了解什么花语。

"无奈而又给人希望！"小星得意地说。

木莲现在还记得，听闻小星的话后，她和罗浩不禁对视了一眼。这一眼，让他们彼此明白，作为父母，他们专注的那个世界，对小星来说完全陌生，他们谈笑风生的时候，小星是被隔绝在外的。木莲有时甚至还会想，自己的病，一定也给小星带来过不安，甚至是恐惧，幼小的她默默地承受了这些。想起这些木莲会感到揪心。但时光并没有给粗心的父母太多机会，很快，小星的青春期就来了。进入青春期后，小星不再像从前那样爱说话，重提什么星座啊花语啊，也只会让她流露出一副不屑的表情。

木莲清楚自己错过了一些事情。

木莲也曾努力过，做完移植手术后半年，她就重新回到了工作岗位。她急于找回从前的生活。表面上看，她似乎做到了。她按时上课，一周去学院开一次例会，每个月与自己的硕士研究生开展一两次学术座谈，傍晚时分，她在校园里散步……跟从前没什么两样。可时不我待，她追不回来的东西太多了。她曾想让小星重新走读，但小星无论如何不肯离开那所寄宿学校，她习惯了那里的生活。而罗浩回家越来越晚了，他在办公室加班的时间越来越长。木莲的各项指标回复正常，大约是在她手术两年后。她和罗浩在医生的建议下试图重建他们的婚姻生活，可第一次就很不成功。那晚，罗浩在跟她亲热时，突然像受到惊吓似的停了下来，猛地翻下身去。过了一会儿，像是为了弥补自己不得当的举止，他侧过身来，小心翼翼地将两手插在木莲腋窝下，轻轻地将她托举到了他上面……木莲并不是有多么抗拒这新的改变，她只是很悲哀地意识到，她终究不再是从前的自己了，不是了……髂窝处薄薄的皮肤下，能摸得到的那颗肾脏，使她成了和从前不一样的木莲。后来，尽管木莲想了许多办法去适应新的自己，有三个肾脏的自己，有一段时间，她甚至多少放弃了些自尊，但他们还是没能回到从前的状态。慢慢地，罗浩习惯了在书房过夜……他和她甚至都不怎么谈论学术了。关于王小金案，木莲曾问过他，学生们讨论得怎样？

"就那样……"罗浩敷衍地说，毫无谈论的兴趣。

"就那样……"木莲不知道"那样"到底是哪样，可她知道自己的生活正在缓慢坍塌，她知道，如果他们什么都不做，迟早会传来轰隆一声响，宣告一切结束。现在她却什么都做不了。不只是她，也许还有罗浩，也许他们都只能等着，单是等着那最后的一声响。

当然，也许，也许一切都还没有那么糟……

"无奈而又给人希望。"木莲觉得，吊兰的花语道尽了生活的真谛。

这个暮春的晚上，木莲正忙着给那些盆栽去除败叶和杂草。

她手里拿着的是一把好园艺牌剪刀，是她和罗浩一起去金街上的超市买回来的。超市里园艺用的工具很多，罗浩对那些铲子、叉耙爱不释手。有一个球根挖穴器，设计巧妙，适合用来种植水仙和郁金香之类的植物。罗浩把它拿在手里翻来覆去地看。

"你信吗？"他看着木莲，说，"给我块地，我能成为这世上最好的农民。"木莲只是笑。

现在，这个夸口可以成为世上最好的农民的男人，正在办公室里赶写论文。

按象城大学的规定，一个博导，如果五年之内都没在国家级最权威的专业学术期刊上发表论文，就要被剥夺导师资格。罗浩先前花了不少时间来帮助木莲康复，没怎么顾得上这件事，五年大限马上来临，现在他迫切需要在《中国社会科学》《法学研究》《现代法学》这三大期刊中的随便哪家发上那么一篇。当然，如果发在别的刊物上，倘若有一两家厉害的国家级选刊转载，那也是可以的，那也算是很好地证明了自己的学术能力依然在线，没有痿掉。

罗浩的办公桌放在窗边，从窗口可以看到宿舍区的灯光。木莲想象得到他伏案疾书的样子。他身后是一排书柜，里面满满的都是书。最显眼的位置放着一套伏尔泰的作品，就缺《议会史》和《查理十二传》了。木莲没见过比罗浩更喜欢读伏尔泰的法制史专家。"不老实，"每当看到有人在学术论文中用中文引用《议会史》中的观点、语句，罗浩就会对木莲嘀咕，"这不还没有中译本嘛，他们从哪里引来的中译文？"他总是在意这些细节。木莲想起这些就忍不住微笑、摇头。

楼下不时传来孩子们的追逐嬉闹声，有骑单车的人路过，提醒孩子们避让的铃声急促清脆。木莲立起身来，看见自己留在窗户玻璃上的影子，是沉默而孤单的。身后开着的电视机是家里唯一热闹的东西。她不由发了一会儿呆。对面宿舍楼里，一家人的厨房里亮着灯，一个中年妇女，头发绾在脑后，立在水池边洗碗，显然这家人的晚饭今天开得太晚了些……大约谁都是这样的，白天看上去都差不多，忙忙碌碌、风风火火，可一旦夜幕落下，窗上的玻璃像镜子般照见一个家庭的内里，一个不一样的内里……大约也只有那一刻，才是一个人在生活中的最真实的状态。木莲突然感到一丝难过，她迅速地转过身来。

但吊兰的生命力和适应能力却都是惊人的。

几天前被木莲分植在几个小纸杯里的吊兰嫩芽长得很好，它们新生的根系大约正用力往土里生长着，母株上长长的穗子被拉弯了，像一张张饱满的弓。那些长长穗子上的小花在白天开得极好，但到夜晚，它们就闭合起来，连带着它们的香气似乎都进入了睡眠。木莲真是爱死了它们。给吊兰分盆时，她并不会像网上有些人教的那样把整盆倒出来分株水培，她的办法非常简单，且一次都没有失败过，她只是把吊兰抽出来的长茎上的小植株直接种在培好土的纸杯里，等它们生出自己的根系后再从长茎上剪掉。

木莲将已经长好的植株一一剪断，她身后的电视里开始播放南方某个城市的洪灾，持续的雨水使得暮春的南方变得格外阴郁，汽车、旧家具与被大风吹折的树枝一起漂浮在马路上，人们两手抱膝，安静地坐在屋顶上等待救援……木莲把手伸进盆栽里摸了摸土壤，有几盆需要浇水了，于是她进屋去拿水。木莲的那条金鱼是一尾三色蝶尾，通体黑色，脊背上披一缕红纱，尾鳍是透明的白色，上面洇染几缕墨色，游动起来像是一幅水墨画。电视里传来播音员沉着冷静的声音，这声音告诉木莲，救援在有条不紊地进行，而洪水终将退去，一切都不用担心。木莲捧着鱼缸向阳台走去，她打算把金鱼舀到阳台上的一只盛着清水的小瓷盆里后，用这养鱼的水浇灌盆栽。电视画面切换到本地新闻，是王小金自首案的连续报道。这回播出来一张袁宝生前的照片，一个英俊少年，骑在一辆老式二八单车上，扭头对世人微笑。电视里的播音员说："袁宝，象城人，生于一九七八年，男……"

"一九七八年，男"这几个字像子弹一样击中了木莲，木莲一个哆嗦，手中的鱼缸哗啦一下掉了下来，砸在了她的右脚上。

3

天气寒冷，一片云连日来都没什么生意。往年这个时候，理发店根本忙不过来。按照象城的习俗，人们在进入正月前一定要理一次发，到了正月，就不能理发了，"正月不剃头，剃头死舅舅"。不知是出于经验还是出于莫名的恐惧，反正正月里是无人理发的，腊月，理发师们就忙得恨不得生出十只手来。

但这一年的腊月，因为冰冻天气，理发店的生意也门可罗雀。生意不好，章云却也不急着回乡下去，她坚信春节前应该有段赚钱的好时光。在章云的人生里，她能把握的事情极少，但这算是一件。

"太阳一出，生意就会好起来。"章云对那个两手因生冻疮肿得像面包的洗头小妹说。

往年一进入腊月，生意好不说，剃个头洗个头，多要个十块二十块的也是很正常的。腊月里干一天抵得上平日三天，这对洗头小妹也很有吸引力。这小妹是个头脑非常简单的女孩，在一片云六年了，依然拿不了剪子，因而她过的日子跟六年前差不多，真真是痴长了几岁。天气冷，很多工地停工了，农民工大都已提前返乡，她赚外快的机会也少了许多，但回去过年呢，又为时尚早，她也没什么别的地方好去，就听章云的，在理发店耗着，每天擦拭一遍工作台，拖一遍地，闲下来就看电视、发呆。好在章云还管她一顿午饭，不拘吃什么，都会有她一碗，她也就安心地待了下来，终日与章云面对面坐着，两人都把腿伸到一张盖着小棉被的桌子下取暖。桌底下生着一个蜂窝煤炉子，到了中午的时候，两个人会把炉子从桌子下拖出来，踢掉炉子上的盖子，往上放只铝锅，煮面，或是煮红薯当午饭。

"姐！你醒醒！姐！快看！快看啊！"有一天，洗头小妹使劲儿把趴在桌子上打盹儿的章云摇醒。

章云睁开眼，看到小妹指着电视机，兴奋得两眼放光："姐！快看，这不是俺大哥吗?！"

章云便看那电视机，象城午间新闻，"节前'雷霆行动'取得阶段性重大成果"，抓获强奸、抢劫、杀人等重大危害公共安全的嫌疑人若干。其中有一个罪大恶极的连环杀手叫王小金，是个理发师，人称"微笑的陶德"。尽管镜头在王小金照片上停留的时间比别人都长，但很快也就过去了。章云没怎么来得及看清楚，不过她还是认出了他。她的心怦怦地跳起来。六年前，她发现自己怀孕后找过他，音信全无，没想到他就在石城。

"姐，大哥他怎么改名字叫陶德了？"小妹迷迷瞪瞪的，好像刚睡醒过来的人不是章云，而是她。

"呸！咋咋呼呼的娼妇，他是你哪门子的哥？"章云喝住她。

电视里很快开始播放一片油菜地，长到筷子高的油菜苗大面积冻死了，一个鼻头冻得通红的老农蹲在结着冰壳的田头，对着镜头说："都冻死了，还能指望什么？"章云的父母也有一坡油菜地，两个老人，还有章云女儿一年里要吃的油，全指望着那一坡油菜。章云在心里迅速地算出了明年要多出来的一笔开支，于是有些恼怒起来，不禁在心里骂道：

"挨刀的！干什么不好，偏要去杀人？这下倒好，女儿连一分钱都花不着他的了！"

起初，报纸上每天都有王小金的消息。

除了石城出租屋内的那个被害人，王小金手上还有三宗命案，首次犯案是在花溪，那年他还不到十九岁。十几岁就杀过人！这一点真是把章云震到了，她觉得自己一点也不了解他。章云给洗头小妹塞了三百块钱，叮嘱她不要对外说。

"叨扰不起，姐命苦，没碰到好男人。"章云说着落下泪来。小妹也陪着哭了一场，虽然她才二十岁，可男人的苦头也没少吃。

好在天气终究好转起来，她们等到了一年中生意最好的时候。来理发的人免不了要谈论王小金，不过，谁也没能想起六年前那个只在一片云待了不到四个月的理发师阿金。章云和小妹忙过小年，总算渐渐消停下来，两人约好来年开门营业的日子，结算完工钱，就各自回乡下的家里去了。

章云的家距象城七个小时的车程，她拎着大包小包，先坐了三个小时的火车，然后又坐了三个小时的汽车，再打一个小时的摩的到了家。章云的父母和女儿妮妮早就候在屋后的公路边了，妮妮见到她，老远就大叫着"妈妈"朝她跑过来，章云把大包小包都扔了，跪在冻得又硬又冷的地上搂住女儿，鸡啄米一样在女儿脸上亲个不停。

"无父之子。"亲着女儿的小脸蛋儿，章云心里格外酸楚。

女儿的眼睛跟王小金的一模一样，长睫毛忽闪忽闪的，看上去很孩子气。章云平时特别喜欢看韩剧，韩剧里也有未婚生子的女人，一个人含辛茹苦养大孩子，孩子出落得很有出息，女人，或者孩子，最后总能奇迹般地与那个男人重逢，男人照例都混得不错，而且前情未消，女人于是得到金钱与感情上的双重补偿，一生的付出都得到了回报……这样的电视剧总是能让章云哭成泪人。不过，生活远比电视剧残酷，她算是领会到了。生活连做梦的机会都没留给她。

章云的父母就章云一个孩子，多年前老两口就想招个上门女婿来顶门立户。有一年，一辆拉煤的大卡车坏在了他们屋后的公路边，一个年轻的湖北司机在他们家借宿了两天。这小伙子姓钱，嘴甜手勤，深得二老欢心。章云的爸爸在村小当过十多年的代课老师，很看重文化，他借口不识字，问小钱可不可以替他给在象城打工的女儿写封信。小钱满口应承下来，还说自己反正也要路过象城，可以专门跑一趟送个信。章云爸爸口述，小钱笔录。章云爸爸故意说了些拗口的话，"云儿如晤"之类，小钱竟也写得一字不差。章云爸爸心里很满意。章云妈妈借口跟小钱聊天，打听他家里的情况，家里有几个兄弟姐妹，娶亲没。小钱告诉章云妈妈，他是湖北松滋人，家里没有姐妹，有三兄弟，因为家贫，刚刚给大哥娶了亲，自己的婚事得靠自己，不晓得是哪年哪月的事。章云父母心里十分高兴，觉得是天赐良缘。章云妈妈就收拾了点吃的用的东西，托小钱给章云捎过去，他们的打算是，如果章云看得上小钱，这事就算成了。他们倒不担心小钱看不上章云，章云有手艺，不缺胳膊不少腿，货真价实的黄花闺女一个，小钱还有什么可挑的呢？那年章云刚十八岁，花一样的年纪。跟小钱见过第一面后，要足足等三年章云才能知道，小钱不姓钱，姓黄，不是松滋人，而是葛洲坝人，小黄结了婚，是两个孩子的爹。三年后，跟小黄分手时的章云，已流过三次产，人比黄花瘦了。

章云二十九岁那年遇到了王小金。

跟卡车司机小黄分手后，章云也谈过几个男朋友，可她接下来的人生，就像一盘开局不利的棋，无论怎么努力，都是个输。跟王小金好了三个多月后，有天当她发现他不见了时，除了在心里骂自己一句"又白给人睡了"外，她也并不失望气恼。这样的人她碰到多少了！王小金比她小了整八岁，她原不曾指望他。又过了一个多月，她发现自己怀了孕，这才算慌了神。她本打算流产的，照例提前买了两只鸡、三只鸽子冻在冰箱里，准备手术后给自己调养调养，可是医生的话让她改变了主意。医生说："再流，只怕以后就很难怀上了。"这把她吓了一大跳。章云想了两天后，关门歇业三天，回家跟父母商量去了。

不幸中的万幸是，卡车司机是她爸妈介绍给她的，不是她自己找来的。这意味着不幸的事情发生后，她有了父母做承担责任的同盟，她在他们面前再也不会顾及什么脸面了。

"我得生下来，我得有个孩子。"她摸着肚子，理直气壮地对她的父母说道。

章云的爸爸从稻田里上来，听女儿说完后，他沉默了一会儿，低头用铜头烟杆戳起自己腿上快干透的泥来。后来，他低着头，也用了十分平静的语气说道：

"生下来，我们帮你养。"

妮妮的爸爸杀了人这件事，章云也不打算瞒着父母。她需要跟他们商量：妮妮的事情要不要告诉那个注定活不长的人？要不要在他挨枪子儿前找他要张照片留给妮妮？妮妮一天天长大，她经常问起爸爸。"我爸爸去哪儿了？""我爸爸长什么样？"这些问题令一家人很头疼。但他们还是商量好了一个答案来回答她："他出门时不小心被汽车撞死了。""妮妮笑的时候有点像他，但他没有妮妮好看。"妮妮于是常常跑到镜子前，对着镜子笑。看到妮妮这样，他们又觉得妮妮这孩子可怜，不免心酸。当然，章云首先要告诉她父母的是，钱的事是没什么想头的，连律师都是政府帮他找的。

一家人过了个团圆、欢乐的新年。正月十五过后，临离开的晚上，章云才跟父母开口谈妮妮的爸爸。两个老人一句责备的话都没有说。这年头，看着再好的人也有可能不是个东西，他们只是心疼女儿运气不好。

"该认的。"他们平静地接受了妮妮的爸爸是个杀人犯的事实。

第二天一早，章云的爸爸送章云到屋后的公路边去搭车，章云爸爸突然没头没脑地对章云说了一句话："人之将死，其言也善。"

"啊？"章云不明白他在说什么。

看她一脸迷糊，她爸爸就又说道："要张照片吧，妮妮看看照片就知道她爸爸长什么样……也算是父女一场。"

4

章云所不知道的王小金的一切，很快报纸、电视、网络就都告诉了她。在有些事情上，媒体能掘地三尺、无所不能。

王小金身世凄凉，不到一岁的时候就失去了母亲。在他的家乡南溪镇，有句俗语："宁要叫花子的娘，不要当官的爹。"王小金没了妈以后，爹也就等于没有了。不过那时他的奶奶还在，王小金和他奶奶住在河边的旧吊脚楼里，他的爸爸、继母，带着他们后来生的一对双胞胎儿女住在由红砖砌成的两层小楼里。继母不喜欢王小金，也不喜欢王小金的奶奶，在继母眼里，奶奶和王小金都是她生活中必须摆脱的负累。继母无事常来旧吊脚楼下叫骂，年幼的王小金缩在火塘边，大气也不敢出。奶奶摸摸王小金的脑袋，烧水、做饭、喂猪、喂鸡，对继母的叫骂充耳不闻。王小金觉得自己拖累了奶奶，如果不是因为他，奶奶就可以照顾继母生的弟弟妹妹，继母就不会对奶奶那么凶了。他也时常感到孤独，他跟村子里的小孩也不怎么能玩到一起。王小金的父亲是个泥瓦匠，有一双粗大的手。他长得很像王小金的奶奶，同样的宽宽的额头、微微下垂的溜肩，同样的沉默寡言。但父亲留给王小金的印象，却是和奶奶相去甚远的。王小金的父亲一年中的大部分时候都在外干活儿，冬天是他的闲暇时节，迫于老婆的淫威，他几乎不到王小金和奶奶住的吊脚楼来，尽管两栋房子挨得很近，只隔着他们共用的一块菜园子。王小金记得，有天放学时，飘起了雪花，王小金在进村子的路上碰到了他的父亲，泥瓦匠四下里看了看，飞快地往王小金的口袋里塞了五十块钱，说："和奶奶去买双棉鞋。"泥瓦匠的语气里充满了惊恐，仿佛是在干一桩触犯天条的大事。七岁的王小金穿着双露脚趾的回力鞋从父亲身边跑开，心里充满了无处发泄的愤怒。父亲偷偷摸摸的样子，令他无比屈辱。

"窝囊废！"从此王小金就这样称呼他的父亲，再没叫过他阿爸。

王小金眉毛很粗，眼睛很大，人很瘦，窄窄的肩膀，手指细长。村子里的人都说他长得很像他死去的妈妈。王小金的母亲是喝农药自杀的。生完王小金后，她落下病根，身子很长一段时间都不干净。王小金的父亲很恼火，时常恼怒地骂她："没一点卵用！"王小金九个多月大的时候，她坐在门口的稻场上给王小金把屎，一只通体乌黑的很小的狗，也就是乡下人常说的奶狗子，碰巧从他们家门前路过。王小金的母亲看见了这只奶狗子，就噘起双唇，"嘟嘟"地唤它过来吃屎。那狗应声而来，但它没有吃屎，而是一口咬在了王小金的下体上。那狗在王小金骇人的哭声和他母亲撕心裂肺的哭喊中跑远，不知所终。值得庆幸的是，邻近一户人家正在阉猪，兽医跑来从地上捡起一只睾丸，在王小金家的水缸里涮了涮，然后给王小金塞了回去。王小金被送到镇医院救治，还好，那只被兽医塞回去的睾丸保住了，阴茎上的贯穿伤也没伤到神经。医生用了十分安慰人心的口吻说，将来这孩子的男性功能并无大碍。但医生的说法终究无法消除王小金"那里被狗咬过"的事实，各种悲观的说法在村里弥漫。王小金的伤口还未完全愈合，他的母亲就喝了农药。至于那只奶狗子，谁也不知从哪里来的，咬了王小金后再也没人见过它。村里人都说这狗是专程来讨债的，王小金的奶奶似乎也认同这说法。王小金略长大些，奶奶就常常对他说："你娘啊，想不通，这不是该认的吗？你上辈子定是做了什么对不起它的事，现在还完了，也就了了。"奶奶说着说着还会朝红砖小楼指一指，接着道："你娘要是有那一个一半的泼辣劲儿，哪怕只有一半，就不得死。"奶奶那句话，在年幼的王小金听来，一半是在告诉他万事都有因果，都是天意，另一半也是在揭示艰难世道的真理，仿佛是在说只有泼皮无赖才能在这世上活得长。王小金母亲死去的那年，他们家吊脚楼前的橘树一边开花一边结果，四季不歇，白色橘花催赶着果实，果实全都来不及成熟就坠地腐烂了。村子里的人相信这是一个征兆，预示着新人对旧人的索命。王小金的母亲去世没多久，泥瓦匠就从打工的邻县带回来他的继母。村里人相信，这个额头有颗黑痣的身高体壮的异乡女人，就是王小金母亲命里的煞星，先前那只黑色的奶狗子，指不定也跟她有着某种说不清的关系。这些传言伴随着王小金一天天长大，王小金每每看到门前那棵橘子树，心里就会涌起一种难言的愤懑与悲伤。他那时最大的梦想，就是有一天能亲手杀了他的继母，为母亲也为他自己报仇。

　　奶奶在王小金十二岁那年去世了，头七未过，父亲就替他拎着一口小樟木箱子，送他顺着青石板的石阶下到河滩去搭船。父亲把他带到鹿城，交给了奶奶的远亲，王小金的表舅爷爷，剃头匠张百顺。去鹿城的路上，泥瓦匠蹲在船头，对着清幽幽的流水抽烟，他一路上只对王小金说了一句话："是你奶奶吩咐过的。"奶奶吩咐的，王小金没什么好说的。再说他也巴不得离开，没了奶奶的南溪镇，王小金一分钟也不想待。

最初两年，王小金只是在理发店里打扫卫生，扫地抹椅子擦镜子，帮师娘择菜提水打下手做饭，到了晚上，再把地上的碎头发收拢来装袋，一袋袋立在后门口等人来收。王小金虽说人小力气小，嘴不甜，但手脚勤快，不贪钱财，让他出去买点小菜什么的，钱向来一分一厘不差，光这一点，就挺招师傅师娘喜欢。他和师傅一家同桌吃饭，他们待他和气，因而王小金在理发店里的日子过得非常不错，从未有什么寄人篱下的感觉。张百顺的屋檐下，就是王小金的家，除了没有父母，一般家里该有的，这屋檐下都有。王小金没有玩伴，同一条街上像他那么大的孩子都要上学，那些孩子不上学的时候，王小金要干活儿，不干活儿的时候，他也要站在师傅身边看师傅干活儿。但王小金并没有觉得有多孤独，孤独像是王小金拥有的一件贴身宝物，只有在某些特殊的时刻，他才能拿出来端详。每晚关了理发店大门、打开钢丝床准备睡觉的那一刻，王小金瞟一眼理发镜中的自己，暗淡的灯光泼在镜中瘦小的身影上，王小金才能看到自己的孤独。第三年，师傅开始让他给客人洗头，先是男客，后是女客；先是年纪大的，后来是年轻的。洗头洗了整整一年。第四年开始动剪子、卷杠、上烫发油。第五年，王小金有自己的客人了，师傅时常可以坐下来喝杯清茶，陪客人聊天。王小金满十八岁的那天，师傅吩咐师娘做了一桌好饭菜，油煎米豆腐黄澄澄，辣椒蒜米紫苏叶焖鲶鱼香喷喷，小米渣肉脆崩崩，还有几碗时鲜菜蔬，一张八仙桌上，摆得连搁碗米饭的地方都没有。师傅破天荒地给王小金倒了杯老米酒，道：

"吃了这顿饭，你要自己出去闯，师傅这店小，有一个张百顺，就够了。"

师傅喊师娘拿来一个很旧的黑色绸布包袱卷儿，打开来，是一把漂亮的银柄剃刀。师傅道：

"你奶奶的小叔，是我的师傅，这把剃刀，是捞刀河王家专为他老人家锻的，他老人家传给我，我没舍得用，现在给你，也算是物归原主。"

王小金带着那把剃刀，顺着铁路往南走，去了距鹿城有三个小时车程的花溪县城。鹿城不至于小到容不下个王小金，是王小金自己想走远一点，一是表达不与师傅争饭吃的意思，另外也想远离南溪镇。王小金到鹿城没几天，泥瓦匠拗不过悍妇，就将王小金和奶奶住的吊脚楼拆了盖成猪圈。王小金在鹿城听说了这件事，自此也就不打算回去了，他只怕自己一回去就会弄出什么不可收拾的事来。王小金很快在花溪一家不大不小的理发店里落了脚，老板是一个外号叫桔梗的长腿细腰的中年男人，四十岁出头的年纪，脑后扎着条马尾。桔梗的理发店比张百顺的理发店时尚多了，地板用防滑瓷砖铺成黑白相间的格子状，毛巾全是深紫色的，卷成花朵样放在墙上的毛巾架里，店里全天播放港台流行歌曲，客人也大多是年轻时尚的人。桔梗非常干脆，一开口就跟王小金约定百分之三十的提成——王小金后来在哪儿都是百分之三十的提成，这常让王小金生出些惆怅，感觉好像是桔梗给他的事业生涯封了个顶。多年后，王小金躺在象城市场街的阁楼上偶尔还会想到桔梗，想起来时，王小金的心头还会生出些小小的感伤。王小金在张百顺那儿练就的扎实的基本功，很快就让他在一拨年轻的理发师中脱颖而出。王小金不但能打理出合适的发型，还会用剃刀给女客修眉，给男客刮胡须、去鼻毛，他很快拥有了一批固定的客人。王小金将那把银柄剃头刀用得得心应手。桔梗也有套不错的理发工具，清一色的褚铁匠。两把梳子来自西藏，是用小白牦牛的牛角骨做成的，又坚硬又柔软。桔梗也是左撇子，没活儿的时候，他特许王小金使用自己那套工具。王小金用桔梗的剪子梳子用得很顺手。

桔梗的理发店不算大，可也不算小。除王小金外，还有两位二十多岁的理发师，洗头的小妹有两个。理发店楼上就是桔梗的家，一室一厅，阳台封起来做成了个小单间。桔梗在此住了七八年了。王小金到桔梗店里时，桔梗的老婆带着儿子回乡下娘家去了，桔梗就让王小金暂时在他家里住了下来。王小金每晚睡在桔梗家封闭阳台里的一张折叠沙发上，一得空就出去找房子，可王小金找到的房子，不是太大，就是太贵，要不就是距理发店太远，一时间很难找到个合适的。桔梗从不催他，只是叫他"慢慢找"，也不提他的老婆孩子什么时候回来。王小金慢慢注意到，桔梗家里除了墙角散落的几件孩子的玩具，很少能看到桔梗老婆的什么东西，这屋子就不像是有女人住过的。王小金虽然有些疑惑，但也没有多想，还是一有空就出去找房子。看王小金着急上火地找房子，有一天桔梗就对王小金说了实话："你就踏踏实实住这儿吧，我离了，反正也是一个人。"王小金没有多问，只是跟桔梗商定了自己应出的房租，水电费平摊。王小金自此安心地在桔梗家住了下来。

桔梗喜欢上网，王小金来了后，桔梗就很少亲自给客人理发了。他终日坐在吧台后玩电脑，只有几个老主顾，他还尽心应付着。理发店的午餐是统一叫的盒饭，快餐店每天到中午就抬来一只塑料箱子，里面放着六七份盒饭——有时候碰着客人烫头发，一时半会儿完不了，桔梗也会给客人叫一份。桔梗不是个小气的人。王小金很欣赏桔梗这一点，他在桔梗店里没怎么挨饿，饭就在那儿，总能见缝插针地扒一口。晚饭大家轮流出去吃，桔梗的饭则是自己做，桔梗很少吃街上的大排档，嫌不干净。桔梗手艺不错，一手饭菜端的整齐。有时候他会多做点留给王小金。傍晚时分，桔梗吃完饭下楼来，似乎不经意地对王小金一挥手，说："今天没什么胃口，剩了不少，上去吃吧。"王小金也就不客气。桔梗不喜欢看电视，下了班桔梗将房门砰地一关，进房玩他的电脑，直到第二天早上才会从房间里走出来。王小金一个人坐在客厅里看电视，夜晚显得又长又无聊。因此，王小金偶尔会从理发店隔壁的小超市拎几瓶啤酒回去喝，边喝边看电视。夏天溽热的夜晚，王小金赤着上身，只穿一条短裤坐在客厅里喝啤酒，一台落地电扇呼呼地对着身子吹，染成褐红色的柔软的卷发往脑后飘着，露出一张白而清瘦的脸。桔梗不喝白酒，但啤酒他还是很喜欢喝的。时间长了，桔梗不用邀请，自己就在茶几边坐下和王小金一起喝酒，他回房间的时间也越来越晚，他也开始吃王小金从大排档上买来的鸡爪、鸭脖和麻辣唆螺。于是有些夜晚，他们是这样度过的：桔梗不再玩电脑，而是坐到了客厅的沙发上，和只穿一条短裤的王小金一起看电视、喝啤酒、吃唆螺。事情到底是怎么发生的，王小金后来怎么也想不起来，那是那年八月底的一个夜晚，王小金住到桔梗家大约两个月之后，一个非常闷热的夜晚，楼下街道边的香樟树上，蝉一直鸣叫到夜深。桔梗和王小金两个人喝了差不多十来瓶啤酒，都喝多了点。第二天醒来的时候，王小金发现自己在桔梗床上。很难说十八岁的王小金喜欢这样，可生活有时候就是如此奇怪，这样的事后来又发生了好几次。

如果不是因为一个姑娘，这样的日子，王小金不知还要过多久。

在王小金老去买啤酒的小超市里，有个和王小金差不多大的小姑娘，也是刚从乡下来花溪县城打工的，在超市里专门负责推销啤酒。王小金老去买酒，两个人慢慢熟了，见面总要聊几句。后来王小金去买酒时，姑娘还会叮嘱他少喝点。王小金慢慢喜欢上了这个姑娘。再往后，姑娘对王小金却越来越冷淡。有个周末，王小金特地休息一天，想约姑娘去公园玩。姑娘背靠在摆满了啤酒的冰柜上，双臂抱在胸前，冷冷地看了王小金一眼，道："都有主的人了，莫齉我。"意思是要王小金别恶心她了，离她远些。超市的老板坐在收银台后，一脸坏笑。王小金就像被雷打到了一样，怔了半天后，无地自容地走了。老板冲着他的背影耻笑道：

"呵呵，后面的好处要，前面的好处也要……"

王小金这才留意到，周围的人原来早就带了别样的眼光看他。也许从他住进桔梗家的那天就开始了。王小金慢慢知道，他并不是第一个住进桔梗家的男孩，桔梗有个三部曲——"住一起——吃一起——睡一起"，这条街上人尽皆知。桔梗很早就离婚了，他的老婆孩子，理发店那两个比他早来的理发师都没见过。王小金决定尽快搬出去。他在一家小旅馆找到了个房间，想住下等熬到月底结完工资就走人。那晚下了班后他先到夜市坐了会儿，一个人喝了两瓶啤酒，刻意拖到很晚才回桔梗家。可王小金开门进去的时候，看见桔梗坐在客厅的沙发上等他，茶几上立着几瓶啤酒，几盘菜动也没动。王小金把自己的打算说给桔梗听，并找桔梗要他存放在桔梗那儿的身份证。桔梗十分惊讶，明白过来王小金的意思后，他对王小金说了几句话。这晚桔梗对王小金说的话，改变了他们两个人的人生。

桔梗很强硬，他拉长了脸，说："这件事，你一个人说了不算。"如果说这句话把王小金对他的一点情谊抹去了，那桔梗接下来的一句话就等于要了他自己的命。

桔梗抽着烟，他在一口烟雾后眯起眼睛。桔梗看着王小金说："你还想怎么样嘛，自己的身体自己清楚，女人不适合你……"

桔梗最大的错误，就是完全把王小金当成了个不谙世事、好摆布的乡下孩子。王小金当时什么也没说，特别冷静、顺从地留了下来。但从这晚开始，王小金花了差不多三个月的时间来谋划怎样杀死桔梗。在审讯中，警察对他的耐心都感到吃惊。王小金不露声色地继续过着以前的生活，住在桔梗的房子里，吃他做的饭，晚上和他一起喝啤酒，在同一张床上睡觉。但王小金成功地在桔梗心里燃起了要离开花溪，去一个陌生城市开始新生活的强烈愿望。桔梗四十多岁了，他想要稳定的感情生活，他以为王小金已完全适应了这种生活。他决定和王小金去深圳。桔梗在理发店的玻璃大门上贴出了"旺铺转让"的告示，一条街上的人都知道桔梗要去深圳发财了。第一场霜降的时候，桔梗和王小金一人拖着一只拉杆箱坐上了往南开的火车，不过他们并没有一直坐到终点，而是中途下了车。那是一个旅游景点，距花溪只有四十多分钟的路程。桔梗不知道的是，王小金提前来过两回。这个旅游景点以森林中的漂流出名，夏天游客多，但天气一冷，几乎就无人光顾了。王小金带桔梗去看一个草木葱茏的天坑，一天比一天寒凉的山风把天坑内的植物染上了深浅不一的绚丽秋色。桔梗很开心，感觉像是蜜月旅行。上山途中，王小金预先给桔梗喝下放了安眠药的橙汁，天气不热，桔梗喝得并不多，到天坑时，桔梗直嚷头晕，王小金便扶他到一块山石上躺下休息。桔梗头晕得厉害，哼哼着却也无法完全入睡。天色渐渐暗了，王小金等得不耐烦，他从裤袋里掏出早已磨得锋利的剃刀，跳起来对着桔梗的喉咙就划了一刀。因为当时桔梗一直握着他的左手，左撇子的王小金不得不用右手握刀，从桔梗脖子的右边一直拉到左边。

后来，王小金对警察说："只要不引起他人的怀疑，杀个人真是再容易不过的了。"

王小金从桔梗的行李箱中找到了那把褚铁匠理发剪，还有那两把白牦牛角做的梳子，他把它们一股脑儿塞进了自己的裤兜里，然后将桔梗的尸体和行李都推进了天坑，坑壁上被压伏下去的草木没用多久就恢复了原样。王小金到溪边洗干净手，又将自己的外套浸湿了去擦洗那块溅血的山石，飞溅到山石周围草丛、地上的血迹，王小金只是用脚蹭了蹭，很快就看不出什么异样了。其他的情节，后来王小金都不记得了，他记得最清楚的是，他清理现场的时候曾感到过惊讶，高个子的桔梗只流出了那么一点血，而且也没像他料想中的那样剧烈挣扎，光是翻着白眼，四肢急速地抖了一阵。

"跟乌衣巷那个女孩相比，这家伙的血少得可怜。"多年后，王小金跟警察交代这个案子时很不屑地说道。

天黑前，王小金一个人下山坐上了去深圳的火车。这年春节前夕，他给桔梗的前妻寄去了一笔钱，数目和桔梗以前寄的一样，一分不多，一分不少。春节后王小金又寄过几回，钱一次比一次少，时间间隔也越来越长，给人一种手头越来越拮据、难以为继的感觉。用的当然都是桔梗的钱。桔梗的前妻也是理发师，她早已重新组建了自己的家庭，几年的同妻生涯让她变得非常冷漠，她不指望桔梗，也从无兴趣打听。后来，她听说了桔梗的事后，一边给人理发，一边用料事如神的口吻，淡淡地对人道：

"这种人，迟早的事嘛！"

5

章云找到了王小金的律师，把妮妮的一张照片交给了他。她请律师帮忙，希望律师能要张王小金的照片给她。

"以前的，就可以。"

她不希望王小金给张穿着囚服的照片。

接下来章云就没怎么去想王小金的事了。她留了个电话给王小金的律师，只等他拿到照片通知她去取就好。出了正月，理发店的生意又好了起来，天气一天天暖和，街道边的樟树开始换新叶，隔年的老叶子每天都要落一地，恰如去年此时。只要不去想王小金的事，章云的日子跟去年这个时候过得一模一样。她的日子反正就是这样，只要没有糟糕的事情发生，日子就年年都差不多。

没多久，章云等到了王小金律师的电话。律师的声音听上去十分兴奋。章云按约定的时间赶到了律师事务所。

"你救了他一命，知道吗？"律师兴奋地指着章云，说。

章云不知道律师在说什么，一脸困惑。

"你就等着看明后两天的《象城晚报》吧！"律师一脸兴奋，可他并没有给章云捎来王小金的照片。

"照片这事不急。"律师说。

章云很失望，没拿到照片，把她叫过来干什么呢？回理发店的路上，她在心里把王小金律师的祖宗三代都问候了一遍。骂归骂，第二天一早，她顾不上洗脸梳头，先去报摊买了份晚报。她回到店里，坐在沙发上认真翻看，一直翻到最后一版，才看到配着张王小金照片的文章，《一案两凶，谁是真凶？》。章云细细读下来，不免大吃一惊，王小金又供述出了一桩旧案——乌衣巷杀人案。

这个早上，章云连早饭也没有吃。她站在理发店门口，眼睛望着乌衣巷方向，她记起来，那晚王小金还跟客人说过"最爱吃火锅"这样的话。她怎么也想不通的是，一个刚刚说完最爱吃什么的人，两三个小时之后竟会去杀死一个人。章云记忆中的王小金确实很爱吃火锅，在做菜上很有天赋，他炒青菜不放盐，搁几根榨菜丝提味。他做的回锅肉，后来章云经常跟人提起："那是我吃过的最好吃的回锅肉。"毫无疑问，王小金如果不做理发师，他也有可能会成为一个非常优秀的厨师。现在，他成了杀人犯，被关在牢里，既做不了理发师，也做不了厨师了。不过，最令章云困惑的却是，报纸上说，如果王小金的供述成立，他就可以捡回一条命。章云不明白到底是怎么一回事，杀四个人，要死；杀了五个人，反而却可以活。不过她愈是想不明白，心里愈是觉得法律高深玄妙，令人敬畏；愈是觉得高深玄妙令人敬畏，就愈觉得法律不是平头百姓能碰得的事。

　　记者写王小金为什么要杀乌衣巷那女孩，王小金给出的理由是，"她笑我"。章云读到这句话，心里马上明白那女孩必是王小金杀的了。她和王小金第一次在一起的那晚，她初看到他的私处时，也吃了一惊。王小金，跟别的男人有些不一样。那是在乌衣巷凶杀案后没多久的事。有个晚上，快要收工的时候，天又开始下雨。想到不久前的乌衣巷凶杀案，章云着实有些害怕，打烊后她邀请王小金留下来吃火锅。她准备了几样小菜，用电磁炉煲着一锅肉汤，他们就面对面在这锅肉汤里涮小菜吃。吃完火锅已是午夜，是章云主动把王小金留下来的。后来，她也问过他怎么会弄成这样，王小金的脸色一下变得非常难看，他什么也不说，阴沉地盯着她看了好一阵后，道：

　　"你要是不愿意了，只消说一声就好。"

　　他们姘居三个月后，王小金不辞而别。章云一直认为是自己多嘴，问了那一句的缘故。

　　报纸上写王小金那年离开象城，是因为"不想待了"；被捕之前为什么要回来，是因为"没地儿可去"。

第三章

二〇〇三年夏

1

下午，象城大学法学院能容纳一百多人的学术厅门窗紧闭、座无虚席。与室外的炎热相比，室内十分阴凉，低垂的暗红色天鹅绒窗帘将炽热的阳光完全挡在了窗外，两台大马力的立式空调机立在主席台两侧的墙角呼呼地吹送着冷气。主席台上坐着两位中年男士，一位四十四五岁，中等个头，身材健硕，着白色短袖衬衫和黑色长裤，留着浓密而修剪整齐的短髭。另一位年过五旬，穿得十分随意，宽松的粉色棉质T恤衫搭配咖啡色水洗布裤子，脚上是一双棕红色帆布鞋，银灰色的头发及肩，一副落拓不羁的艺术家打扮。投影仪在他们身后的白墙上打出了两行深蓝的字：

中国明代中央司法审判制度
主讲人：内藤贤　教授

着粉色棉质T恤衫的男子就是内藤贤，日本北海道大学法学教授，中国法制史专家。主持这次学术讲座的是那位穿白色衬衫的男子、象城大学法学院副院长、法制史专家罗浩。罗浩在短暂的开场白之后，将一只话筒移到了内藤贤面前。二十世纪八十年代，内藤贤在北京、重庆分别生活过一段时间，曾娶过一个中国妻子，他能说一口流利、标准的汉语。内藤贤的讲座主要围绕他最新的学术发现进行。两年前，他在"台北故宫博物院"的文献馆内发现了一份弥足珍贵的皇家密档残页，是《明太祖实录》《太祖皇帝钦录》都未曾收录的。根据这份资料，内藤贤认为，明太祖朱元璋先后三次派出秘密巡视组分行藩王属地，而不是学界公认的两次。洪武十八年，明太祖秘密派出过一支巡视组到潭王封地巡察，正是这支史书上不着一墨的巡视组，极大地改变了明朝中央司法体系的建构。这一发现轰动了东亚地区史学、法学两学界。内藤贤将自己的一系列研究进行了整理，就此完成了一本专著。内藤贤此番来中国讲学，旅费都是出版公司赞助的，也有为这本书的中译本做宣传的意思。罗浩的博士论文做的就是明朝的法律制度研究，这本是他非常感兴趣的一个话题，但这个下午，他却有些心神不宁，因而也没有什么心情去听内藤贤到底在讲些什么。内藤贤此番来中国，随身带了份加拿大东部一所大学东亚系主任的邀请函，内藤贤曾在那儿访学三年，他告诉罗浩，那里急需一位通晓中国法制史的专家。罗浩接过邀请函的那一刻，只觉得自己在内藤贤面前如瓶中之水，通体透明。就好像内藤贤根本不是来做讲座的，他来只是为了伸出一只手，好把他罗浩从生活的泥沼里拉出来。

"得和木莲商量商量……"当时他笑着，装作不在意似的把邀请函塞进了办公桌的抽屉里。

离开象城，去异国他乡，这是罗浩以前从未想过的事。他从未有过这种念头。所以现在他尽量不去想这事。这事可以不想，但别的事却由不得他不想。近来，罗浩事务缠身，弄得他身心疲惫。刚忙完博士生的学位论文答辩，学校又开会布置工作，各机关各学院马上要换届选举，这是个麻烦事，各种头疼难以避免。家里也不省心，早上还未出门，他就接到了他的父亲罗家栋从罗家坳打来的电话，罗家栋粗声大气地要他在年底之前再找找人，把村里那口池塘清清淤，最好在池塘边上修个可纳凉、可跳广场舞的小广场。罗浩去年才找在县交通局工作的老同学批了笔款子，给村里修了条水泥路，拉下的人情债不晓得要怎么还。他苦恼得很，罗家栋哪里知道呢？罗浩瞟了一眼台下他的一个学生，长发披肩、着一件白色露肩连衣裙的范小鲤。范小鲤是在职博士研究生，象城党校的老师，也是一家律师事务所的兼职律师。这个叫范小鲤的学生就是他还的一笔人情债之一。那年，木莲患病，需要做器官移植手术，木菡的丈夫钟华有个年轻的部下，刚调到象城中级人民法院政策研究室工作，他听说了木莲的事后，热心提供信息，使木莲顺利地做上了手术。转过年来，老钟的这个部下就带了他的"表妹"过来拜师，这位"表妹"就是范小鲤。罗浩碍于情面，只好同意她报考。范小鲤是象城师范大学英语系毕业，有个法律硕士的学位，人虽聪明，但法学底子薄，理论功底差，做学问很难有什么前途。不过罗浩也清楚，她也不是最差的学生。文凭正热，什么人都来读，前几年校领导说情，塞给他一干部子弟，来念博士的人，英语六级都没过，古汉语的基础又差，对搞法制史研究的人来说，英文不好，古汉语不好，基本上等于目不识丁。好在那干部子弟很快就毕业走人了，不过连他这个导师都没搞明白他到底是怎么毕业的。范小鲤至少能查阅英文文献。内藤贤三年才带一个博士，而现在国内的博导，一个像样的博导，每年至少得有三个招生名额才够用，一个拿来放人情，一个拿来还人情，另外一个，才是真的招来读书做学问、光耀师门的。

主席台下坐着的除了法学院的学生，文史学院的学生也来了，罗浩看到他妻子木莲带的几个硕士研究生也坐在台下。罗浩看到那几个学生，飞快地移开了自己的视线……关于王小金自首案的讨论进行到第四场的时候，一个学生做着关于错案追究制的发言，就在那时他突然感到了不安。他有些慌乱地对自己说："不会有这么巧的事……"

"哪有这么巧的事?!"

罗浩撇开这念头，把目光移向最后一排。那里坐着院里负责多媒体播放的工作人员，还有内藤贤的伴侣美子，一位四十来岁、长相清秀的女士。陪在美子身边的，就是范小鲤。美子装束得体，举止斯文，只看她的话也觉得十分养眼。可她身边坐着范小鲤，本就年轻漂亮，又浓墨重彩地戴着卷翘的假睫毛和猫眼似的美瞳，一股子妖媚热辣得逼人的青春气息，无端就显出美子的刻板、拘谨来。罗浩不免暗自感慨，女人的美貌就像男人的德行，不比不知道，一比见分晓。

罗浩和范小鲤原本一直保持着再正常不过的师生关系，可自从范小鲤挑破他们以前就"认识"这件事后，他见到她就备感尴尬，而范小鲤却刚好相反，时不时来撩他。范小鲤对他说，那阵子刚离婚，心情不好，才上网瞎聊杀时间的。范小鲤有过一段失败的婚姻，她称她的前夫为老前。范小鲤的老前是她在象城师范大学读本科时的同学，学生会干部，个头高高的，面皮白净，待人行事比一般学生老成稳重。毕业时他考上选调生，先在基层锻炼了三年，后调到团市委机关工作，恰好与一位市领导的千金在同一办公室。当时他和范小鲤已经领了结婚证，就差办婚礼了。尽管那位领导千金胖得真像有千斤重，但范小鲤的老前还是不顾一切地展开了强大的攻势，并马上跟范小鲤提出了离婚。范小鲤至今记得他对她的坦白，他毫无愧色地告诉范小鲤，他爱的是范小鲤，而不是那位千金，但他需要千金，这辈子若没有她，他的一生将会无比暗淡。那男人异常诚恳地对范小鲤说，如果她肯成全他，那她将会是他这辈子最大的恩人。鱼贩子的女儿范小鲤听到那男人说"真爱"，很是恶心过一阵。她没费多少时间就做出了自己的选择，选择做那个男人的"恩人"。在答应离婚前，她也从那个男人那儿捞到了一点好处，就是让他想办法将自己从象城一所中学调去党校工作。中学英语老师实在是又忙又累，一点自己的时间都没有，范小鲤读法律硕士时考的律师资格证根本用不上。调到党校后，她很快就挂了个律师事务所去做兼职律师，偶尔接个小案子做做，算是把自己的资产都盘活了。

　　"我都好了……"有一天，范小鲤跑来对罗浩说。这话听上去让人放心，罗浩满脸飞红，刚想说"我也是"，不想范小鲤却又说道："继续把我当成'地米花'不好吗？"

　　"地米花"是范小鲤以前在网上下象棋时用的网名。罗浩也酷爱中国象棋，木莲生病的那阵儿，他经常上网下棋排忧解闷。有一段时间，他和"地米花"在网上是一对老对手……他们聊过很私密的天，还差点见面"奔现"。虽然那都发生在他们真正认识之前，可是只要一想起这件事，哎呀！罗浩就非常苦恼，像被人当众扒光了似的难受起来。

"《御制大诰》颁行后，太祖肯定想知道下面的反应。这年十二月，他的第八子潭王朱梓要到封地湖广长沙府就藩，要说秘密巡察，这是个再好不过的机会了。潭王去湖广长沙府要路过保定、彰德、开封、汝宁、武昌、岳阳等地，他这一路上应该都很顺利，不会有什么意外。但潭王有个特点，爱结交读书人，史书上说他'英敏好学，善属文'，这一路上，别的人倒都不打紧，但在永宁，有个用蒙汉双语写作的读书人，是乃蛮王族的后裔，叫答禄与权，潭王应该还是想见一见的。潭王到访答禄家，在当地可是件大事。答禄和当地官员，少不得要置办盛宴，设醴赋诗，为潭王接风洗尘……"

内藤贤的声音把罗浩的注意力抓了过来，他凝神听了一会儿，搞明白这次所谓的秘密巡视，不过就是潭王就藩，不过又是饭局上出了事。

"没有什么新鲜事。"罗浩想起木莲常常说的这句话。她是对的，真没有什么太多新鲜事。"看来不过是潭王之死又多了种说法而已。"他漫不经心地听着，想，"倒是可以说给木莲听听……"史实方面，木莲是非常扎实的。在这方面罗浩一直很信赖木莲。可一想到木莲，罗浩的眉头不由又皱了起来。

"哪有这么巧的事！"罗浩再次努力撇开令他烦心的念头，打起精神去听内藤贤的讲座。

罗浩与内藤贤是西南某省一所政法大学的同门师兄弟。内藤贤比罗浩大几岁，却是和他同一年考的博。他们有个比他们高两届的师兄，姓王，有个比他们低一届的师弟，姓李。四个人在学术上都表现出了非凡的天赋。在学校时，他们四个时常在一起喝啤酒吃火锅探讨学术，人称"西法四杰"。内藤贤以前的中国妻子是罗浩读硕士时的学妹，五年前，罗浩收到内藤贤和学妹从北海道发来的邮件，说他们非常抱歉，他们决定离婚，离婚典礼定在某月某日云云。罗浩没有去参加他们的离婚典礼，首先，签证就不是一件容易的事。其次，去参加人家的离婚典礼，感觉像是去起哄，再说，去了说什么呢？况且那段时间，木莲正病着，罗浩于是回信表示遗憾，也曾把他们的邮件念给木莲听。

而这一次，临来之前，内藤贤又来信表示"很抱歉"，陪同他来中国的女子，目前正与丈夫处于分居状态，内藤贤为可能会带给罗浩的不便表示了诚挚的歉意。

"该死的家伙！回回整得这么复杂！"他把邮件念给木莲听后，这样跟木莲说。

木莲跟内藤贤只见过一面。罗浩和木莲刚开始谈恋爱的那阵儿，内藤贤正准备回日本，所以他们只是在给内藤贤饯行的时候见过一次。见罗浩说"复杂"，木莲回道："人人都是复杂的吧？不是在这事上，就是在那事上。"罗浩在心里认为木莲说得对，没有比人更复杂的生物了。同时，他也把木莲的回应当作对他们婚姻生活的巧妙抱怨，以一笑相对。木莲手术半年后就开始工作了，他能看出她努力回复正常生活的决心。她也曾带着他一起去见她的体检医生，医生表示木莲恢复得不错，只要不挤压到移植的肾脏，他们可以像从前一样行事。木莲还一度表现出了令罗浩惊讶的幽默，她画了些线条画，取名叫《一个肾移植患者的一周食谱》，周末晚上有道消夜叫Love，两个火柴人采取右侧卧式办事，扎马尾的火柴人背对着光头火柴人，把左腿举得高高的，样子很滑稽，罗浩看了笑得不行。可是，即便如此，他还是没能成功。他对她的身体感到畏惧，这是最令他难以启齿的事。木莲有什么错？不过，最难熬的那段时间很快就过去了，如果说从前他们是爱人，那么现在他们更多像是朋友、亲人。两个人未经商量，无比默契地调整好了一段亲密关系中各自的位置，迅速适应了这新状况。就像在毫无思想准备的情况下喝了口太热的汤，尽管烫得难受，可还是选择尽快咽下去，因为彼此心里都清楚，噗地吐出来只会令场面更难看。现在，人到中年的木莲常常做出些令罗浩惊讶的举动，他不知道这是因为那颗肾脏的缘故，还是一个中年女人自然的变化，现在她总是把头发剪得非常短，一到夏天，要是不上课的话，她成天就是短裤背心人字拖——她的脚受伤后，她才放弃了人字拖。有时候，她沉静、温和得很，眼眸像夜色一样温柔，这是罗浩一直熟悉的那个女人。偶尔，因为高兴，或是不高兴，她打响指，走路晃动肩膀，坐着时像个缺少管教的男孩一样把脚伸到茶几上。

内藤贤现在的感情生活也让罗浩有些羡慕。

美子是画插画的，她的工作一般都在家里完成。

"只有我去上课的时候，我们才会分开。"内藤贤跟罗浩介绍美子时，目光无比温柔地落在她身上，神情跟二十年前看罗浩的学妹时相差无几。

"一个总是在恋爱中的男人……"罗浩听着讲座，不无嫉妒地想。

2

罗浩在内藤贤的讲座上胡思乱想的时候，木莲正满大街寻找一家叫芒果的琴行。

木莲的信息有限，起先，她只知道她要找的女孩姓周，二十六岁。那年木莲在象城武警总队医院做肾移植手术时，这个姓周的女孩就躺在她隔壁的病房里，那时候她应该还是武汉一家音乐学院钢琴系大三的学生。木莲原本对她一无所知，不久前，她特意挑了个时间，去找她的手术医生做门诊复检，从医生那儿获知了那女孩的一点零星消息后，木莲就遏制不住要见一见那女孩的欲望。木莲很费了番功夫，才知道了那个女孩的名字——周秀美，父母是象城卷烟厂的职工，病愈后不再上学，家里出资让她开了一家琴行，卖琴、带学生。医生很有些自豪地告诉木莲，她俩的手术都非常成功，现在她和木莲一样，状态很好，每年只需回医院做四五次门诊复查。木莲找了在工商局工作的朋友，才查到周秀美注册登记的琴行，芒果琴行，注册登记地在城南一路。盛夏的午后，木莲撑着一把遮阳伞，沿着城南一路一直走。尽管路边的樱树枝繁叶茂，足以遮阴，但脚下的灰色便道砖还是被炙热的阳光与火热的空气浸染得滚烫，行走的时间长了后，木莲感到鞋底都要化开了。木莲穿着一双平底露后跟的凉鞋，之前，鱼缸砸到她的右脚上，在她的脚背上留下了一道难看的伤口，现在这伤口刚刚愈合，颜色还是新鲜的肉红色。右脚那根原本比其他脚趾都要长的脚趾，现在短了，比小脚趾还要短一点。木莲曾自我嘲讽：失去了一只美人脚。好在并不影响行走。夏天来临后，她发现唯一的不便，就是她不能再穿人字拖了，有点夹不住。

木莲沿街寻找着。

倘若此时有人问她，你找周秀美干什么？她都不知道该如何回答，就连她自己也不知道为什么要找她。不过还好，没人知道她在找周秀美。

要不是那个叫王小金的杀人犯突然自首招认乌衣巷强奸杀人案，木莲根本不会知道什么王小金，也不会知道袁宝，更不会知道什么周秀美。此刻她也一定在家里午休。出于本能，木莲觉得自己跟王小金，跟袁宝，跟周秀美都有着某种联系，虽然她还不能完全确定，但她的直觉告诉她，他们之间可能有着一种隐秘的、令人惊惧的联系。知道袁宝家在象城市场街后，木莲几乎不再往象城东北方向看，那里有一个破碎的家庭，一个心碎的母亲。木莲连往那个方向看一眼的勇气都没有。

有一段时间，有关王小金和袁宝的报道几乎每天都能在网上，以及象城各大报纸上见到，发生在象城乌衣巷的那宗强奸杀人案，也在袁宝伏法六年之后迅速传遍全国。王小金与袁宝的照片，多次并排刊登在一起。对身背多宗命案的王小金，木莲不想去关注，为一两句口舌就取人性命，她对此极为厌恶。倒是袁宝，他骑在单车上扭头微笑的照片令木莲每看一次，都会难过一次。

"生于一九七八年，男。"电视里关于袁宝的报道令木莲难以忘怀。

木莲最初听到这几个字，是在医院。

那年，三十五岁的木莲得了肾衰竭。起初，她只是觉得格外疲倦、嗜睡。那段时间，木莲工作的文史学院正准备申报比较法制史的硕士点。木莲把全部身心都投入了工作中，每天加班加点、早出晚归。最初身体出现不适时，她以为只是自己太累的缘故。"忙过这阵儿就会好的。"当罗浩小心翼翼地提醒她去看医生时，她满不在乎地回了一句。直到她有一天尿出血来。木莲现在还记得当初的绝望。确诊的那个晚上，在女儿睡熟之后，木莲从女儿房间出来，把罗浩叫到客厅坐下，跟罗浩谈起了身后事。木莲用极为平静的口吻谈到女儿的将来，谈到家里的积蓄，她在说着这些身后事的时候，异常平静。倒是罗浩蒙了，他抓起木莲搁在茶几上的病历及各种化验报告看了半天后，冲过来一把抱住了木莲。他把木莲紧紧地抱在怀里，连连道："你不会有事的，不会有事的，我不会让你有事的……"罗浩说到做到，他果然让她活了下来。木莲做了三个月透析之后，就等来了一颗合适的肾脏。罗浩告诉她，一个年轻人因车祸去世了，生前他签过器官捐赠协议。

"这颗肾脏很好，一九七八年的，男性。"为了缓解木莲手术前的紧张，为她做术前检查的小护士微笑着告诉她。

当木莲听到"一九七八年的，男性"这几个字时，心一下揪了起来，泪水瞬时涌上眼眶。小护士的口吻，已明显地不是在谈论人。木莲在心里迅速地推算出了器官主人的年龄，她为他的年轻感到心痛。一直以来，生前签器官捐赠协议的人都不多，木莲觉得，这个年轻人一定是个阳光、有爱心的大男孩，她闭上眼想象他……他就像她的学生们一样年轻！木莲落下泪来。她为他遭受的不幸感到难过，也为自己所得到的来自他的馈赠而满怀感激。手术很成功，第八天早上，木莲就可以下床了。罗浩把木莲扶到病房窗边的一把椅子上坐着，出去给木莲买香蕉去了。木莲隔着窗玻璃沐着那一天里最新鲜的阳光，头一回感到了生的奢侈。她低下头，轻轻抚摸着自己左侧骨盆的髂窝处，低声说道：

"朋友，让我们一起活下去！"

尽管罗浩跟她说移植器官来自车祸遇难者的捐赠，一直以来她也深信不疑，但那个晚上，她捧着鱼缸从电视机前经过，听到袁宝个人信息的那一刻，一种怪异的感觉抓住了她，令她再难挣脱开。鱼缸砸到脚背上，她低头看到一地狼藉，右脚第二根脚指头被生生切下来一小截，殷红的血像一条条红绳在水里漂动起来。起初木莲竟也不觉得疼，只是迈不开步，她迅速地从茶几上抄起一个茶杯，把鱼缸碎片里残存的水，还有那条在地上水洼中挣扎的金鱼都弄到杯子里后，才又拿起另外一个茶杯装那半截脚趾。忙完这些，她才想到给罗浩打电话。罗浩从办公室赶回家，背着她去了校医院。等坐到校医院急诊室那张狭小的病床上后，木莲才发现自己手里握着的茶杯里装的是金鱼，而不是那半截脚指头。罗浩撒腿又往家里跑，去取那半截脚指头。

"都这样了，还只顾着鱼。"罗浩数落她，"你要是一个人……可要怎么办？"说这话时他低着头坐在她的病床边，两手交握着支在膝盖上，看上去特别愁苦。

就在木莲觉得酷热难耐，准备找个凉快的地方休息一下的时候，她突然被对面马路边一栋两层的红砖小楼吸引了。这栋楼是歇山顶，深挑檐，宽大的木格棱窗，屋顶还带着点轻巧的日式风格，侧墙上的爬山虎爬到了正面临街的墙上，很显然是栋经历了些岁月的老房子。似乎是出于谦逊的考虑，这栋楼从马路边往后退了三十米左右，和这条街上其他居民楼相比，显得很不惹人注意。楼两侧各有一棵高大的香樟树，也多少遮挡了些行人的视线。如果不是刻意寻找，很容易就会将它忽略。楼前有一个长方形的花坛，里面种着些三色堇，开得极热闹。在一楼靠左侧的玻璃大门上方，挂着一块做过炭烧处理的木牌，上书"芒果琴行"四个黑色的大字。木莲戴着墨镜，撑着遮阳伞在琴行对面的马路边驻足观察，不时有人从琴行进进出出，其中有几个年轻女孩，应该是和周秀美差不多的年纪，木莲从她们的体形、打扮以及走路的姿势上来揣测是不是她。木莲自认为能认出周秀美，因为她应该和自己一样——都是那种不敢太胖，也不敢太瘦的人。她应该和自己一样，知道合适的体重意味着什么。她也应该像自己一样，不穿紧身衣，不穿鞋跟太高的鞋……

木莲走到马路对面，推开了琴行的那扇玻璃大门。一股冷气扑面而来，木莲顿觉神清气爽，满脑门儿的汗立马就收了。进门是一个大厅，里面摆着许多钢琴，多是立式的，各种牌子的都有。一个穿着白衬衫的年轻服务生接待了木莲，问她是要买钢琴还是要学钢琴。木莲对他笑了笑，没有回应。

"您请随便看看。"那孩子训练有素地退到了一边。

大厅左侧是一个不大的咖啡吧，用挂满绿植的花式木隔断与钢琴卖场隔开，里面摆着的都是小巧的原木色桌椅，家织格纹土布做的柔软的靠垫使咖啡厅显得朴素大方。琴行右侧有条狭小的走道，通向后面的琴房，在大厅里走来走去看琴的木莲，听到了从后面琴房传来的叮叮咚咚的钢琴声。木莲拿了些琴行的课程资料，了解了一台立式钢琴的价格后，便匆忙离开了琴行。

木莲出了琴行，上了辆出租车。出租车里车窗紧闭，开着空调，有一股异常难闻的气味，很难说得清那是一种什么样的气味，混杂着来源不明的铁锈的腥味、有些刺鼻的烟草的味道、某种方便食品的味道，以及熏人的汗液的馊味——其中大部分应该属于那些被太阳晒得无可奈何的匆忙的乘客。对气味一向敏感的木莲此刻无心抱怨司机，她看着前方被晒得泛着虚晃白光的马路，脑子里却一直想着去年冬天的冰冻，那个时候整个城市都像结了一层亮晶晶的冰壳，令人想到地质学上的第四纪冰期。当然，还有那个叫王小金的连环杀手，以及那个穿着件白色汗衫、骑在单车上扭头对世人微笑的少年……木莲心里感到懊恼，她手里不自觉地揉搓着琴行那沓印刷得很精美的资料，想不清楚自己到底要干什么。说不清为什么，她对接下来可能要发生的事情，隐隐地感到有些惧怕。

3

罗浩回到家里时，木莲正坐在客厅的长沙发上看书。

罗浩隔着鞋柜上的一盆吊兰，看到木莲只开了阅读灯，一团柔和的暖光落在她怀里，照得拿着书的一双手温润如玉。屋内没有开空调，木莲在沙发前的茶几上搁着一把小电扇，小电扇慢悠悠地搅动着从窗户纱窗外渗进来的夜风，倒也给人些许凉意。

"你还没睡啊。"

罗浩在门厅内换鞋，借着阅读灯散射过来的微光，迅速低头检查了下自己，未发现有何不妥，这才放心地走到长沙发边上的小沙发上坐下来。长沙发和小沙发呈L形摆着，中间隔着张书报几。书报几上搁着几本杂志，还有一沓书。可三百六十度调整方向的阅读灯像朵垂莲，静静地照亮着书报几四周的地方。罗浩坐在阴暗处，柔和的光圈落在他的大腿一侧。木莲对气味很敏感，这样的距离让罗浩多了些安心。晚上宴请内藤贤和美子，罗浩特地到学校外事处借了辆车，并叫上了会开车的范小鲤作陪。内藤贤爱喝二锅头，许多年不见，罗浩少不得陪他喝几杯。晚宴毕，把内藤贤和美子送到宾馆后，范小鲤跟他好一番纠缠，马上要毕业离校的人，胆子越来越大了。到了罗浩家楼下，范小鲤依然不开车锁，不让他下车。罗浩板起脸来。

范小鲤噘着嘴。

后来，范小鲤安静下来了，她开了车锁，两手把着方向盘，看着前方有些黯然神伤地道："老师是宁愿和一个陌生人说知心话啊。"罗浩羞愧万分，不过他还是装作没听懂她在说什么的样子，径直下车离去。"现在的女学生啊！"罗浩在心里叹了口气。

"你怎么还没睡啊？抱歉我回来得晚了点。"罗浩说着话，将衬衫下摆从腰带内拉了出来，"许久不见，内藤贤这家伙越发话多了。你送给他们的绿茶还有丝巾，他们非常喜欢，要我务必把感谢转达到。"

木莲笑了笑，将茶几上的电扇调整了下方向，好让罗浩也能吹得到。

罗浩从手提包内掏出两个包装精美的礼盒，说："这是他们送给你和小星的。"

木莲打开看，给小星的是达摩玩偶，给自己的是把小巧精美的京都京扇堂的折扇。

"应该请他们来家里坐坐的，你说呢？"木莲把折扇打开来，说。

"我说过了呀，说是你的意思。但内藤这家伙，说他不拘一格吧，他最重视体面、传统，美子和他目前这种关系，他是不会答应的，觉得对你不尊重。"

"这样啊。"

"他很郑重地邀请我们去北海道做客，等有机会，我们就去一趟。"罗浩说着话，好像想起了什么有趣的事，一个微笑浮现在他留着整齐短髭的嘴角，"北海道，据说是日本最适合情侣度假的地方。"

"嗯。"木莲坐下后，问道，"他今天讲了些什么？"

木莲的一双脚交叠着搁在茶几上，受过伤的那只脚藏在另一只脚底下。非常瘦削、干净的脚，脚背上留下了清晰的凉鞋的鞋带印儿。罗浩看着木莲的脚。从前，他可是非常喜欢这双脚的。他喜欢跪在她身边，一只手揽着她，一只手从她的脚背开始漫游，经过紧绷的小腿、圆润的膝盖，一直往上……罗浩很快就将目光从木莲的脚上移开了。

"也没什么太多新东西，无非就是对潭王的死因做了新的解释……"罗浩感到疲倦，简短地道。晚餐的时候他跟内藤贤再次谈到了这个问题，内藤贤认为潭王之死实际上是因言获罪。洪武帝曾与答禄与权和诗一首，诗中有句"时雨济八荒，万物皆精爽"。答禄将此诗装裱，供于高堂。潭王感于世政，在答禄的家宴上酒后失言，吟和"纵如时雨济八荒，岂能万物皆精爽"之句，触怒太祖，虽为亲儿，亦难以原宥，时隔多年后，太祖借题发挥，诛潭王。只不过潭王在答禄家宴上的所作所为着实羞于让外人知道，因这个逼死儿子，写在史书中也着实不好看，所以流传下来的官修太祖实录中，只写"因妃事召潭王入见，王惧自焚"以求体面。内藤贤认为潭王之死实际上预示着更大规模、更严酷的文字狱风暴即将到来。在罗浩看来，这样的研究和发现不过进一步佐证了原有的结论，还谈不上革新性的论证，所以他只是很简单地跟木莲介绍道："简单说来，就是饭局上饮酒赋诗出了点事，让太祖认为连儿子都靠不住了，从此更加强化了中央集权。"

木莲没吭声，她端起水杯，起身走到阳台上。木莲伸手拂过那些长得郁郁葱葱的吊兰，道："内藤有五十多岁了吧？"

罗浩看着木莲的背影，道："五十二岁了。"他很奇怪木莲居然没有追根究底，史料上的新发现，搁在以往她一定会打破砂锅问到底的。

透过木莲的纯棉睡裙，罗浩隐约看到了她后背上薄薄的肩胛骨，她的背影看上去很孤单，一边肩膀比另一边似乎要矮一些，给人一种不胜重负的感觉。"是身如焰，从渴爱生。"看着木莲的背影，一句话突然就跑到罗浩的脑子里来，使他鼻酸。他怀念从前的他们，年轻时的他们，像两株植物一样彼此纠缠，抱紧着一起生根、成长，枝繁叶茂起来……有那么一瞬，他很想冲过去，像从前那样从身后抱住她，在她耳边低语："I want you ..."曾经，他们只需这一句，一句就能把彼此点燃。可现在他做不到了。他无能为力。而且，确凿无疑地，是他把她遗弃在了孤独之中。

相比大胆的范小鲤，沉默的木莲反倒给了罗浩炽焰燃烧的感觉。年轻的时候，他曾为木莲淡泊外表下奔涌的热情着迷，静水深流，是木莲式的爱。现在的女孩子，一个个咋咋呼呼的，怎么会懂？不过，现在的木莲，他也说不好了。与往日相比，她如在雾中，让他看不真切了。他迷失在了这不真切中。

木莲回身看他，眼睛亮得像黑夜里的猫头鹰。

"他没有问到你们的王师兄吗？"木莲问道。

"没有。"罗浩怔怔地看着木莲，"这么大的事，他应该早知道了吧？"其实内藤贤不仅没问起王师兄，也没问起现在做律师做得名满天下、赚得盆满钵满的李师弟。他不问，罗浩也不提。但罗浩觉得他一定知道。在内藤贤面前，罗浩总觉得自己如瓶中之水，无所藏匿。

"当初王师兄调去最高法做民庭庭长时，谁能想到有一天他是这样的结局？当年的'西法四杰'，除了他，都还好好的。"木莲幽幽叹道。

"表面上是这样……"他看着木莲，话说了一半就不知该如何往下说了。三年前王师兄因贪腐下狱，在狱中吞筷子自杀。这是罗浩的伤心事，他不想多说，生活里谁不是千孔百疮的呢？沉默了一会儿后，罗浩道："好了，不说他们。"

木莲回身坐下来，道："今天早上你刚一出门，爸爸就又打我手机了，他大约听出你不耐烦，所以叮嘱我一定要跟你好好说说，要你务必找人把村里那口池塘弄弄。"

罗浩一听，眉头又皱了起来。

罗家栋原本是村小的老师，罗浩母亲在世的时候，罗家栋并不常住在村里，他在村小有间宿舍。罗家栋退休的时候，学生人数骤减，老师的人数也相应减了三分之二，多出来好几间教师宿舍空着，没人撵他，罗家栋就一直住在学校里，像没退休时一样只在周末回家。罗浩母亲去世后，他倒住回去了。起初罗浩以为他怕那三间祖屋没人住会倒塌，是回去看祖屋的，后来他才瞧出了其中的端倪。有年端午节，罗浩不忍木莲长途跋涉，独自带小星坐了四个小时长途汽车回老家看罗家栋。等他到家时，一推门，就见罗家栋和村里的几个留守妇女推杯换盏喝得正欢呢。罗家栋身体一直很好，结实得不像个教书先生——这点罗浩真是随他——他又懂点草药，这些年都拿草药当茶喝，茶杯里成天泡着淫羊藿、覆盆子，要不就是利尿的车前草与茯苓。现在罗家栋老了，年近七旬，开始时不时蹊跷地生个病，一病经月。罗家栋生病从不让罗浩和木莲回去照顾，只是用手机短信发方子给罗浩，让他照单抓药寄回去。罗家坳附近的山林里也能采到些药材，比如覆盆子、茨茸、车前子之类，但鹿茸等名贵中药材就需罗浩从城里购买。上了年岁的罗家栋时常让罗浩想起汉朝孝景帝之子胶西王刘端。刘端身体不好，却又极好女色，"一近妇人，病之数月"。所以胶西王见女人如见火中栗，又爱又怕，欲罢不能。罗浩一接到附药方的短信，就知罗家坳的"胶西王"又被女人伤着了，晓得短信里的方子上无非是些益气补肾之类调理的药，也就懒得咨询医生，每回都是照方子抓药快递回去。罗浩也曾发短信叮嘱罗家栋要爱惜身体。针对他的叮嘱，罗家栋只回过一条十二字的短信：

"人生苦短，得意尽欢，死而后已。"

当时罗浩看着短信，心里着实又有些羡慕他老爹，从此由着他。罗家栋每月有小几千元的退休工资，在罗家坳这就是笔巨款，若只是过正经日子的话都没法儿花出去。所以他基本上没找罗浩要过钱，当然他也没存下什么钱。在罗家坳，罗家栋的钱和余热可发挥的地方都多，他还义务给全村的孩子补习功课，当然他屋后的一亩菜园子也从不缺人打理，衣服被子也有人替他洗，寂寞的时候还有人陪他喝酒聊天，给他慰藉，他在罗家坳的日子自在得很，很少给罗浩和木莲添麻烦。去年，政府搞"村村通公路"，水泥路修到村口，不再往里修了。也不知是村里哪个女人出的馊主意，罗家栋找到儿子，提出来要在村里修条水泥路，说是村里路不好走，坑坑洼洼的，哪天摔一下，摔死了还好，万一摔不死，摔成个瘫子，岂不成了他和木莲的负担？"就当你们尽了孝！"——话说到这份儿上，罗浩还有什么好说的？

木莲不知道这些情况，她对一直没能照顾过老人很有些内疚。看罗浩不吭声，她就又说道："你打电话跟爸爸商量下，看要多少钱，如果我们负担得起，就我们自己拿吧，也免了你求人。再说，爸爸也说了，清完淤后可以多养些鱼，年底我们也有鲜鱼吃啊。"

罗浩清楚罗家栋当然不会什么都跟木莲说，除了池塘清淤，池塘边还要有一个小广场，广场边要有几把城里那种不怕风吹日晒的木制长椅、几件城里居民区常见的健身器材，池塘边现在只有几棵歪脖子老柳树，最好还能再种几棵樱花树……樱花树！以前罗家坳人谁稀罕这种只开花不结果的树？可现在"胶西王"罗家栋指明要樱花树！这些算下来，绝对不是一笔小数目，哪里是他们能负担得起的？

罗浩对木莲说："这事你就别操心了，我会想办法的。这两天家里还有别的事吗？"

"还有……木菡说要过来住两天。"

罗浩一向有些怕木莲的这个姐姐，她最是聪明，嘴上又不肯饶人。木莲也是聪明女人，但木莲从不给人难堪。

"哦，老钟来不来？"

"不来。"木莲说。

木蕳的丈夫钟华身居鹿城市政府要职，公务繁忙，很少和亲戚们来往。

罗浩最先想到的是，木蕳要是和钟华一起来，他们是一定会住酒店的，木蕳一个人过来的话，怎么住就是个问题了。他看了木莲一眼，知道她也在为这件事发愁。"总不能让她一个人去住宾馆。"罗浩想。看来他得把书房那张沙发给木蕳腾出来。

"等她行程定下来，我们再收拾也不迟。"罗浩说完，满面带笑地看着木莲，木莲苦恼的样子看上去有些孩子气。罗浩低声问木莲："还有什么事？"

"没有什么特别的事……"木莲没有发现罗浩那个意味深长的笑。她的心思似乎在别的什么事情上。她沉默了一会儿后，问道："去年冬天抓到的那个连环杀手，你还记得吗？"

"微笑的陶德？嗯，他自首供出了一桩旧案。"

"是的。"

"有学生问我，一个人杀了四个人，按现行法律肯定判死刑，但倘若有另外一个人杀了五个人，留着一个来自首，那么他就有重大立功情节，会考虑从轻量刑，他就不会死了。这在法律适用上是否公平？"

"这完全是个法律问题，前年那个中国银行开平案，涉案人员不是跑到美国去了吗？如果引渡回来，肯定要受引渡条约规制，是不能判死刑的。跑了的不死，没跑的要死，法律适用上也不公平啊。"

"制度设计是个精细活儿，不可否认，许多改变都来自外部压力。"罗浩沉默了会儿，道，"学生们针对这个案例排练了一出实验剧，假设他生活在不同朝代，他会受到怎样的审判和怎样的处罚。学生们模拟了不同朝代的法庭，挺有意思的。"

"哦？怎样？哪个朝代最惨？"

"没什么大的差别，如果自首不被认定的话，身背那么多命案，你清楚的啊，上下几千年，哪朝哪代都是个死。"

木莲沉思了一会儿，道："嗯，只是怎么死的区别。"

"采用什么方式执行死刑其实也是一个制度问题。同样是死刑，因为技术的进步，当代还是轻松人道多了，子弹至少速度比刀快啊，也不太容易出意外。"

"未必。"木莲摇摇头，声音变得轻冷起来，"枪决容易毁容，倒是斩首，往往会给后人留下一张近似微笑的面容。"

"你这个说法有什么根据？"

"何炳棣在自传里写过啊，斩首时一般从后脖颈儿处往前砍，刀的力量会使人的下牙整排突出来，首级挂在电线杆上的木笼里，看上去像是人躲在窗后扮鬼脸。"

"听着真瘆得慌！历史学家就是这样，虚构上瘾，一不小心就把自己弄成文学家。"罗浩挥了挥手，很有些不屑地说道。

木莲于是笑了："法学家不一样吗？都需要控制自己抒情的欲望。"

罗浩道："这帮孩子正在排练，准备在下学期正式演出呢，呵呵，年轻人真能折腾。那剧社叫什么？海鸥剧社？你不是也有个学生在这剧社吗？"

"好像有这回事。"木莲点了点头，沉默了。她用一根手指抚过手中茶杯的杯沿，罗浩看她的样子，就知道她还有话要说，于是怀着一种近乎怜悯的心情耐心等着。过了一会儿，木莲道："今晚象城电视台的深度调查是关于这个案子的。"

木莲很少看电视，罗浩有些意外，他的心怦怦跳起来。

"哦？"罗浩从方几上抄起一本杂志翻着，装作漫不经心地应道，"你熬夜等我，就为了跟我说这个？"

"市场街那孩子……"木莲将身子靠在沙发靠垫上，说，"被执行死刑已经……六年了吧？"

罗浩把杂志扔到茶几上，身子无力地往后靠去。他望着木莲，神情像个溺水的人。他的声音飘起来："哪个孩子？"

"市场街那个啊。"

"哦。"罗浩抬起一只手在额头上摸来摸去，"六年？也许、也许吧……"

"他的死刑，和我的手术，是同一天……"

罗浩觉得自己猛然间无法呼吸，真是怕什么来什么。"是吗？"他的声音听上去疲惫不堪，像是累坏了。

"电视里说……"木莲把握着杯子的手夹在两膝间，双肩紧缩，越发显得可怜。她看着罗浩，道："他捐献了自己的大部分器官……接受角膜捐献的人中，有三个是幼童。"

罗浩一言不发，只觉得一阵心惊肉跳。

不知过了多久，木莲起身走到罗浩身边坐下，她把头抵在罗浩结实的肩膀上，用低低的、颤抖的声音说道：

"那个男孩……死于车祸，是吧？"

"哪个男孩？"罗浩绷直了身体。

"那个，为我提供移植器官的男孩……"

"哦！天哪，木莲！你到底在想些什么？"罗浩迅速打断了木莲的话，"医生当时不是说得很清楚吗？他很不幸，遭遇了车祸。"罗浩抓起木莲的一只手，把它紧紧握在自己掌心里。木莲一动不动，两手冰凉。过了一会儿，罗浩侧过头去，用下巴蹭了蹭木莲的头发，有些胆怯地说道：

"别瞎想……"

他们就这样静静坐着，不再说话，神情都近乎绝望。夜深了，屋外很安静，茶几上慢悠悠转动的小电扇发出嗡嗡的声响，越发显出这夜的静来。透过阳台的落地玻璃窗，能看到外面墙一样结实而静默的夜色，漫无边际，密不透风。万物都睡去了，只有阳台上的植物醒着，它们散发出的一阵阵清淡香味，也只有在如此静默的时刻才能闻得到。

4

罗浩与木莲的家，在象城大学教师宿舍区最靠北的一栋，西头四楼，这栋楼在象城大学被称为专家楼，住的都是教授，都是学科带头人、专业负责人。楼后就是象山，山上有眼泉水，象城大学的老师们隔三岔五上山打水回来喝，泉水好，泡出的茶格外清洌甘甜。象城大学化学系的老师给这泉水做过检测，水质比自来水好不少，干净，偏碱性，不经加工也可饮用，老师们喝得很放心。木莲从不去打水，她拎不动，再说她也不想。以前，罗浩也没上山打过水，他没时间，也没觉得自来水烧成的开水泡茶有何不妥。他喝罗家坳的池塘水长大，池塘汇聚雨水和山泉水，也有混杂了农药和猪粪的稻田排水流入。有消毒味的自来水在他看来已经够好的了。但自从木莲做了肾移植手术后，罗浩每隔两天便要上山打一次水。遇到出差什么的，罗浩就会事先安排校门口便利店的送水工给木莲送矿泉水。

打水的工具是一只透明塑料水桶，罗浩用一个木勺舀泉水，通过一只塑料漏斗灌到桶里。起初，从山脚到山顶泉眼处，没有路，打水的人多了，踩出来一条崎岖不平的羊肠小径。后来，学校做工作，市政掏钱，把那条羊肠小道铺成了水泥路。罗浩就去超市买了个小型滑轮车，用它拖水下山来，然后再从楼下扛上四楼，来回一趟需一小时二十分钟左右，比先前扛水下山节约不少时间。木莲每天需要喝一千八百毫升左右的优质水，天长日久，买矿泉水喝的话也是一笔不小的开支。因此罗浩再忙，每周也坚持上山打两次水，风雨无阻。从前罗浩每周打一两次篮球健身，自从开始打水后，他就再没打过篮球，上山打水也算是健身。几年下来，罗浩现在不需要滑轮车也能很轻松地扛一桶水下山，他的肩膀和胳膊都比从前粗了一圈，整个人看上去比从前更结实。

周三下午四点是打水时间。木莲上课还未回家，罗浩就已拎着水桶上山。路上行人稀少，进入夏季后，下午炎热，人们一般都在清早上山打水，很少挑这个时辰上山。罗浩一个人走在那条小路上，只有两个谈恋爱不惧炎热的学生手牵手远远地跟在他后面。走了一段路后，罗浩再回头，发现那两个学生也不见了。

罗浩回过头来继续往上走去。山上的松树、栗树、香樟大多是百年老树，高大茂密，遮天蔽日，但因为没有风，还是令人感到燠热难耐。罗浩走到泉水边时，身上的T恤衫已湿透了，他在泉边一块突兀的青石上坐下歇息。青石的一半浸在水里，生出暗绿的苔藓，苔藓在清冽的水中微微摆动，像丝绸一样飘逸、柔软。泉水下方的山坡上，正好只生长着些矮小的灌木，人坐在青石上，放眼一望，半座象城尽收眼底。罗浩从口袋里摸出手机，看着山下鸽笼一样密集的楼宇，打算给老钟那个在中院工作的部下打电话，那人现在已是该院政策研究室的主任了，当年他听说了木莲的事后，非常热心主动地联系罗浩，提供肾源信息。不过，当时罗浩没敢让木莲知道太多，只说武警总队医院的专家技术强，让木莲适时地住了进去，并顺利地做上了手术。那时罗浩就有直觉，如果告诉木莲移植器官来自死刑犯，她一定会拒绝的。木莲在象城大学开着一门宗教史的通识课程，尽管她不信任何宗教，但罗浩知道她是很有些宗教情怀的，而且，她像他一样，厌恶死刑，尽管觉得死刑不可避免。他们曾讨论过人体器官的黑市问题，木莲认为正是对死刑犯器官的利用留下了制度死角，黑市就是钻了这个死角的空子。鉴于木莲的态度，当时，罗浩选择了瞒着木莲。而且考虑到木莲的身体情况，他也无法告之以实情。

"我一个人知道就行了。"当年他这样跟老钟的部下说。

罗浩在手里摆弄了一会儿手机，又把它搁在了身边的石头上。他拿起木勺，将水桶灌满泉水，又舀水洗了把脸。自从那晚木莲和他谈到市场街那孩子后，他连续几晚都没睡好。他不知道木莲睡得怎样，那夜过后，他们再没谈论此事。罗浩感到难过、沮丧，为什么恰好是这个人？虽然每次学生讨论时他心里也感到不安，但他总是怀着一丝侥幸。"怎么会有那么巧的事情?！"回回他都这么想。要知道，他们夫妻俩在那些由神秘的概率决定的随机事情上向来没什么胜算，在商场中奖率极高的售卖活动中，他们可是连牙膏都未曾中过，为什么这次偏偏让他们碰上了？

还有，令罗浩困扰的是，那个叫袁宝的孩子，是自愿捐献自己器官的吗？这个答案现在对罗浩来说非常重要，他要确定自己没有参与一场可怕的掠夺。罗浩也相信，这个答案对木莲来说，同样重要。

罗浩没有太多机会跟木莲讨论，白天他一直很忙。还好他很忙。而夜晚，大多数情况下，他回家的时候，木莲已经睡了。他们分房睡已经有几年了。自那晚他们长谈过后，木莲似乎睡得也越来越早。

还是在木莲移植手术的康复期，为了不影响木莲休息，罗浩让学生替自己从网上买了张旧折叠沙发支在书房，拉开来，正好是张单人床。每天晚饭过后，罗浩在书房看书或是写文章，偶尔去办公室查阅资料、上网。木莲要工作时，就将餐桌收拾出来，支上笔记本电脑写东西。两个人的生活看上去和从前一样，似乎没什么变化。只是，只是他们不再睡在一起了。手术后的木莲乖得像个孩子，每天早晚吃药、量血压、记录尿量等各项指标，她时不时幽默一下，调侃自己惜命如金。和生病前相比，她瘦了，但她的病，她的瘦，使她整个人散发出一种奇异的光辉，疾病带来的痛苦把她打磨得像件金属器皿，罗浩能从她身上看到一股近乎坚硬的生命的力。出于怜悯，或者是从前和谐的婚姻生活带来的惯性，他心甘情愿地加入她，和她一起迎接艰难的每一天。每晚，他们互道晚安后，罗浩都会带着一种难以言说的情绪躺到书房那张可折叠沙发床上。日子虽然艰难，但他们还有期待，期待那些可以重新依偎的夜晚，期待一个人在黑暗中低低一句"I want you"把另一个人点燃……书房朝北，背阴，木莲隔三岔五把罗浩的被褥、枕头抱到阳台上去晒，冬天只要天气好，木莲从不会忘记给他晒被子，就如他不会忘记给她打水。他们的女儿继承并发扬了木莲性格中安静、隐忍的部分，静悄悄地在那所寄宿学校里长大，每学期拿回来还算过得去的成绩单，从未令他们操心过。他们不知道她是否清楚父母的状况，但他们不说，她也从来不问。每到周末，一家三口外出吃饭，她安静地走在他们身边，或是微笑着坐在他们对面，看上去就像是他们的一个老友。

手术两年后，木莲各项指标终于稳定下来，按医生的说法就是完全可以有"正常的生活"了。见过医生后的那晚，罗浩洗漱完毕，轻轻走进他们的卧室，木莲正在换睡衣，他走过去，一声不响地从身后抱住了她，木莲在他的怀里如风中的树叶般颤抖起来。泪水涌上他的眼眶。为了让她放松下来，他用自己硬起来的身体轻轻顶在她的后腰处，在她的耳边温柔而调皮地命令道："不许动！"木莲笑起来，流着泪回过身来吻他。"I want you ..."木莲吻着他，叹息着说。他一下把木莲抱了起来……可是，木莲左侧骼窝处，薄薄皮肤下的那颗小小肾脏，就像一个潜伏在他们生活里的狙击手，冷不丁就让他们吃了败仗。是夜，罗浩悄悄从假装睡着了的木莲身边爬起来，又摸黑回到了书房的沙发上。木莲做过许多努力……而他也尽了力。他再没能回到那张舒适的大床上。

即便如此，这些，依然不足以毁掉他们的生活。这点他们都非常清楚。

现在木莲照样隔三岔五给他晒被子，照样每天早早起床烧早饭。每回罗浩从书房出来时，都会看见木莲安静地坐在餐桌边等他，餐桌上是热气腾腾的小米粥，还有一早木莲从学校食堂买回来的葱花卷，或是馒头、包子。"趁热吃吧。"木莲总是抬头对他一笑，就是这一笑，这一句话，不知不觉中就把前一晚的隔膜抚平，他们得以继续体面相对。

罗浩望着山下的象城，心里清楚他们现在所面临的才是一场真正的危机。世界上可能有这样的夫妻，只要有钱，他们就会幸福，或者，只要有工作、房子等可以触摸、实实在在拥有的东西，或者，只要有孩子，他们的生活就可以牢固、稳当地进行下去。而对于他和木莲来说，则是另外一种情况。对于生活，他和木莲在有一点上是非常一致的，那就是他们都十分努力地希望自己生活得好，也生活得正当。他们曾经幸福温馨的婚姻生活正是以这种共识为基础的。李师弟曾邀请罗浩加入他的律师事务所，按李师弟的说法，他已经有了另一个很有背景的合伙人做镇宅之宝，就缺一个能和他一起攻城略地的良将。罗浩知道师弟在刑诉上声名日上，差不多已排到国内前三，而业界也有传言，说他捞一个人的最低价是三百万元。跟他合作，富贵指日可待。罗浩征求木莲的意见，两个人没费什么时间就达成一致：这不是他们想要的生活。罗浩热爱学术，既然木莲不介意他的清贫，他就可以心安理得地一直安贫乐道下去。

可是现在，不是别人，正是他自己亲手葬送了他们生活中不可或缺的正当性。

眼看天色不早了，罗浩拿起手机，拨通了电话。

"王主任，你好！我是罗浩……"电话接通后，罗浩说道。

电话里那人有些惊讶，罗浩能听出来。木莲手术后，罗浩就再没跟他联系过，中间只见过一次面。四年前，那人在党校学习，结识了范小鲤，竭力向罗浩推荐范小鲤，想让她考罗浩的博士。罗浩因他在木莲就医这事上帮了大忙，只好一口应承下来。后来，罗浩既没有问过范小鲤和他到底是什么关系，也再没见过他。罗浩就是有些不想再见到他而已。

"王主任，有件事，我想问问你，现在方便吗？"罗浩把胳膊肘立在大腿上，他自己都能听出自己声音里的紧张。

"很方便，说吧，罗老师。"那人的声音听上去有些高兴。

"木老师那年手术，那个家伙……那个死刑犯，是自愿捐赠的吗？"

"罗老师，这是肯定的呀！"那人非常惊讶又非常肯定地回答道，"百分之百出于自愿，自愿捐赠书上有亲笔签名，是要永久存档的。这事没人敢糊弄——"

那人突然话锋一转，问道："罗老师，您是不是看到了前两天的报道？"

"还能看不到吗？"罗浩叹了一口气。

那人在电话里笑了："罗老师您这么忙，还关心这种事……"

"不闻窗外事，枉读圣贤书。"罗浩无心说笑，语气里透出严肃来。

那人也跟着严肃起来："我这么跟您说吧，这事是媒体乱写乱报道，我们已经联系过相关主管单位了。自首成不成立，最后还是得走司法程序的，还得法律说了算，是吧？不管自首成不成立，捐赠自愿这事，是铁定的，您就放一百个心好了。"

罗浩知道那人说的可能不是瞎话，可他也不知道该如何放心。放下电话后，罗浩的心情变得比打电话前更糟糕了。什么问题都没解决，只是让他又一次看到自己的自私与虚伪。晚风顺山坡爬上来，吹得他脊背发凉。他坐在那块大青石上，看着山下暮色中变得灰蒙蒙的城市，比以往任何时候都更清楚他和木莲的处境，那就是既定的事实早已把他们逼向了死角，容不得一个转身。意识到这一点，他比任何时候都更感难过、沮丧。

5

从博士论文预答辩开始，范小鲤就没有回过家，屈指一算，半年了。这晚，的士把范小鲤放到市场街时，她一时竟有些恍惚。收摊后的市场街显得十分空荡，但各种气味却并没有消散，它们飘浮在空气中，像条轻盈、寂静的河流，那是她无比熟悉的，她能感受到它们在夜风中流淌的样子，也能准确地辨认它们。她从腐烂的水果、蔬菜的气味以及各种酱菜的咸酸味中间，闻到了她熟悉的鱼腥味。市场街上的鱼档有两家，其中最大、生意最好的一家就是他们范家，由范小鲤的爸爸和妈妈一起经营，现在她的弟弟也在鱼档上帮忙。两家鱼档都当街杀鱼，家家都有块厚达一拃的枣木砧板，杀过鱼后就手用刀一刮，黏稠的血水便淌到地上，渗进了街道上每一条细小的缝隙里。日复一日，年复一年，鱼腥味便成了这条街的一贴膏药，岁月之手将它越抹越牢，谁也别想将它轻易揭掉。

一盏路灯下围着一群乘凉的老人，一人手持一把大蒲扇，围一圈站着看两个人下棋。范小鲤不知道那些站着看棋的人里是否有自己那老实怕事的父亲，她没有像以往那样过去观战、支着儿，而是径直回家了。

范小鲤的爸爸妈妈竟都在家看《康熙微服私访记》。靠墙放着的一张小饭桌两边，一边坐着一个，两人都把一只胳膊搁在桌子上，另一只胳膊摇蒲扇，双眼都紧盯着电视机，动作惊人地相似。

看到女儿突然回来，老范两口子很高兴。两个人都满面笑容地看着女儿，问道："你吃了吗？"范小鲤把小包放到桌上，拖了把椅子过来挨着她妈妈坐下，说："吃了。"老范赶紧起身去开电扇，小心地调整了下电扇的角度，让它正好对着女儿的方向。

"连个电扇都舍不得开。"范小鲤埋怨道。

"用不着嘛。"老范呵呵笑着说。

他们也不问她放假没有，答辩是否顺利，对于她的一切，他们不是不关心，而是太放心。别人家的女儿要是离婚，父母没有不着急的，可是范小鲤家，她妈妈一句话就将女儿离异的阴霾一扫而光。

"女人没有剩下的。"范小鲤离婚后，她妈妈这样安慰她。

"小鲢呢？"范小鲤没见到弟弟，于是问道。党校青年干部班的一个学生放假前送了个日本任天堂的Game Boy小游戏机给范小鲤，范小鲤带回来打算送给范小鲢。

她妈妈兴奋地把脸扭过来看着范小鲤，说："在我们斜对面卖豆腐的那家人，你晓得吧？"

范小鲤没什么印象，但她对妈妈接下来要说的事也猜了个八九不离十。

"她家姑娘，和小鲢好了，天没黑就一起出去玩了，不到十一二点不得回。"范小鲤妈妈说着兴奋地拍了下手，说，"这姑娘性情好，手脚勤快，现在来买鱼头的，买完直接上她家去买豆腐了，这要是成了，他们将来赚的可就是双份钱。"

小鲢跟卖蔬菜的小姑娘谈恋爱时，妈妈说的也是双份钱，买完鱼，直接就得去买姜啊葱啊，还有紫苏和辣椒。范小鲤看着电视，想，这就是我的家人。以前妈妈拿她说事，跟袁宝家攀亲家。"女大六，乐不够。"袁宝家就一直把这带小院的房子租给他们，七年都没怎么涨租金。范小鲤不由有些纳闷儿，自己是怎么考上大学，又读到了博士的？"鸡窝里飞出金凤凰。"市场街的人都爱这样说。

电视里的皇帝为了了解民情，又要微服私访了，这回他和爱妃准备在街上开家绸缎铺。大约又会遇到坏人，又会发现贪官，总是这样，可皇帝竟也不绝望。范小鲤沮丧地想着。皇帝不绝望，观众也不绝望，范小鲤的爸爸看得津津有味。"邪不压正！"偶尔他拍着大腿感叹。

范小鲤起身去房间。这房间是她和小鲢共用的，小时候，他们挤在一张床上睡觉。现在她一回家，小鲢就要睡到客厅的沙发上。临窗的桌子上全是范小鲤的东西，镜子、化妆品什么的。范小鲤坐到桌前，把假睫毛、美瞳、项链、耳坠一样样卸下来，放到桌上的一个玻璃杯里，然后她到院子里去舀水洗了把脸。她妈妈也赶紧端着杯水跟了出来。范小鲤到窗台下拿了两把马扎，和妈妈坐下来纳凉。范妈妈一只手给女儿摇蒲扇，另一只手在女儿的真丝衬衫上捻了捻，又在女儿光溜溜的结实的大腿上摸了摸，她没有说话，只是满脸含笑地看着女儿。女儿的一切都令她自豪。她也看不出女儿有什么心事，样样好，还能有什么心事嘛。后来她到底想起来一件事，于是问道："单位放假没？"她说"单位"时带着一股自豪。在市场街，十户人家里难得出一个有"单位"的人。

"放了。"

"放了假做什么？"

这一问顿时让范小鲤想起一件事来。象城电视台播出王小金自首案的当天晚上，她兼职的那家律所的主任就打电话给她，要她摸摸袁宝案双方的情况，看值不值得为袁家或者秦家做无偿代理。"现在全社会都在关注这个案子，这是个提高知名度的好机会。"主任说。范小鲤想到这儿，抬头看向幽暗的夜空。袁宝家的情况有什么好摸的嘛，没有十足的把握，她可不愿让任何人去打扰袁宝的妈妈罗英，一个可怜的差不多是被生活活埋了的女人。这些年来，范小鲤尽量避免见到她，就是因为担心这会让她想起袁宝，徒增她的痛苦。

　　"女大六，乐不够"这句话，对年幼天真的袁宝，到底产生过怎样的影响？她不得而知。小时候，她一来市场街，一街的人都打趣袁宝："小宝，你媳妇来啦！"他家的香卤她可没少吃。她上大学后，每次回家遇到上初中的袁宝，她就当街拦住他，逗他玩："什么时候娶我啊？"袁宝总是满脸羞红，一溜烟儿地跑掉。袁宝出事的前几天，她和男友在市场街碰到了他，他骑着单车，装作没看到他们，飞快地从街道对面踩过去。她连喊了两声"小宝"，他都没有停下来。

　　王小金自首供述乌衣巷杀人案，范小鲤是比较早就知道了的，她在中院政策研究室的朋友把这当作一件奇闻讲给她听。她听说后，连续好几个夜晚都没睡着。后来，她不停地找那个朋友询问案件的进展，预感到希望渺茫后，她找到王小金的律师，和他联手，把这件事率先在媒体上捅了出来，促使相关部门重新重视起来。那则新闻《一案两凶，谁是真凶？》就出自范小鲤之手。可是现在看来，她能为袁宝做的，也就这些了……只能是这些了。

　　"你无法拯救别人，只能拯救拯救自己。"范小鲤仰望夜空，这样安慰自己，带着一点冷酷、一点无奈的情绪。

"律所给了点活儿。也要备备课，下个学期一开学就要正儿八经开班上课了，那些学生可不好教，大大小小都是个官。"

"那是那是。"范妈妈连连点头。

院子里比屋里凉快多了。一侧围墙边砌了个很大的水池子，有鱼在里面游动，不时传来哗啦一声鱼尾拍动池水的声音。

范妈妈说："天气热了，可不敢一次批发太多鱼回来。"

另一侧院墙边停着弟弟拉鱼用的小型农用车，为了防止活鱼在运输途中跳出来，车厢的厢板做得很高。范家都是去东山湖贩鱼，湖鱼价格要比城郊养殖户在池塘里养出的鱼高出一大截。东山湖陈家与范家合作多年，范小鲤小时候，常跟在老范后面跑东山。

"弟弟什么时候去东山拉鱼？我想跟着去玩玩，多少年没去了。"范小鲤有个在师大求学时的同学，叫林树林，在东山治理污染搞环保。前两天他们通过电话，范小鲤得知，林树林治理污染的地方，距袁宝案被害人的老家不远。

"后天就该去了。"

范小鲤沉默了一会儿后，问："近来见到罗英阿姨了吗？"

"可是！"范小鲤妈妈在大腿上猛拍了一巴掌，惊诧地道，"报纸上都登了，小宝是冤枉的呀，你晓得吗？"

范小鲤没接话，她想起了小时候的袁宝。"姐姐。"袁宝小时候一直这样叫她。有一回他仰着一张小脸问她："你为什么要回乡下上学？为什么不在我们这儿上学？"那时候的她提起这事就生气，于是没好脸色地回道："在城里上学不要钱的吗？你给我钱吗？"小小的袁宝被噎得就像做错了事一样绞着两手，无辜地眨巴着大眼睛，一句话也说不出来。

"前天上午来了个北京的律师，说是要给他们家做免费代理，袁宝妈妈连门也没给他开，听娟说，他们还是想用先前那个孙律师。"

范小鲤没吭声。有些律师就像鲨鱼，闻到一点血腥味就兴奋。而那个孙律师……袁宝案发后，市场街的人都蒙了，她也一样。当年她陪袁宝的家人见过那个孙律师。"一开始都这样，喊冤，说是看电影时恰好坐一块儿，看完电影顺路送那姑娘回家，先说没进屋，后来又承认进了，说是燥得不行跑出来了，什么也没干，可屋里到处都是他的脚印、指纹呢，无罪辩护怎么做？！"范小鲤想起他那张麻木不仁的脸，眉毛不由皱了起来。

"我昨儿个给她送了个鱼头，可怜，快要疼死了！不要说她，就是我们旁的人，想起来这孩子……"范妈妈拍着胸口，止不住叹气。

范小鲤不说话。只听她妈妈又说道："晓得吗？娟的男人去要钱，被打了！"

袁宝事发后，袁娟时不时住到娘家来，她的男人也时常跟过来，渐渐以主人自居。这个男人范小鲤见过多次，袁宝出事后，袁家人都憔悴下来，只有他，一日比一日胖大，从前瓦刀一样的脸，现在鼓得像面锣。

隔着一道纱门，屋内传来老范极不自然的咳嗽声，范小鲤心里担心她爸只怕会被她妈骂。果不其然，她妈妈将蒲扇一把拍在大腿上，扭头对着纱门啐了一口，骂道："喉咙生疮了吗？咳什么咳？又不是万姐，自家丫头，怕什么？！"屋内瞬时安静了。

万姐是市场街有名的大嘴巴，她的香料摊紧挨着范家的鱼档。范家是市场街的外来户，十多年前在老家西山县承包鱼塘的老范，为了给自家的鱼找条出路来到市场街，没多久，他就发现贩鱼卖比养鱼卖更省力赚钱，从此留在了市场街。在别人的地头上，老范两口子靠谨小慎微平安度过十多年。近些年来，市场街的外来户越来越多，老范家成了老住户，老范老婆的胆子渐渐大了起来，但老范天性胆小怕事，深信祸从口出，只要一见老婆和万姐头碰头咕咕叽叽的，就要在边上咳嗽个不停。

"他去找谁要钱？"范小鲤一时没有反应过来。

"苦主家啊。当初袁家不是想活人吗？这房子开价七万，我们一分钱也没往下砍，七万都给苦主家了，袁家一分没留，还凑了几万给苦主家。哪想到最后一场空，钱没了，人也没了，袁家背啊！这街上的人都说，袁宝这孩子，是菩萨要过的，菩萨要，能不给吗？终究留不住，该认的嘛！李安世算过，这孩子苦，几世都修不出头，前生与乌衣巷那女孩有一劫，这辈子来还；这辈子欠袁家养育之恩，下辈子还得还。"

范小鲤不吭声。她妈妈又把头凑过来，道："起先报纸写女孩是湖北人，哪里是湖北人！报纸瞎写，就东山县那边的人嘛，做这种生活的人，有几个说真话的？哪个晓得娟的男人是怎么找过去的，强龙不压地头蛇，被打得鼻青脸肿的，看不得了。"

那男人不挨打也看不得。这话范小鲤没有说出口。

6

木莲天天去买报纸。

奇怪的是，头两天的热闹过后，报纸上再也不见王小金案的后续报道。这天，因为要与学院书记见面，她特地提前到办公室去上网。整个文史学院搞法制史研究的就两个人，除了她，还有个搞外国法制史研究的女老师，姓韩，年纪比她大七八岁。平时办公室没有人，有课时，或是与学生约定的座谈时间，她们才会到办公室来。在象城大学，人文社科穷，文史学院在人文社科院系中又是最穷的，别的院，一个教授一间办公室，只有文史学院，是以专业为单位分配办公室的。好在研究法制史的人少，世界史办公室七个人，也就给了两间办公室。木莲和韩老师对办公室的利用有个大概的划分，周一和周三下午是韩老师的，周二和周四下午是木莲的。其他时间没有特别的规定。木莲和学生每月一两次读书会，就在办公室开，不是在周二下午，就是在周四下午。

木莲进门后第一件事就是去开窗，浑浊闷热的空气呛得她直咳嗽。她在网上浏览了一阵新闻，关于市场街那个案子，没见到有什么新的报道。这年头，捕风捉影的娱乐新闻倒是不少。木莲坐在电脑前发了一会儿呆，她怀疑自己是不是想太多了。自从移植手术后，她变得比以往更敏感了，这点她自己是从不否认的，虽然她从不跟人谈起。为了不让自己的英文水平退化，她在办公室的电脑里一直收藏着《人民日报》（海外版）、《华盛顿邮报》等几家英文报刊的网址，她打开链接看了看，也没有什么特别的，还是那样，有的文章打不开，有的文章很无聊。不过，《华盛顿邮报》上一则关于美国虐囚事件的报道吸引了她的注意，报道称一名疑与"9·11"有关的基地组织头目在美国中情局一所秘密监狱里被关押时，受到了水刑的折磨。《华盛顿邮报》用了幅漫画来介绍美国水刑，受审者被绑在木板上，脚比头稍高，脸部用布或毛巾盖住，然后用水管向其脸部喷水。报道称中情局的官员从实践中得出一个数据：受水刑的人平均承受时间是十四秒，而且百分之八十的人都会屈服。木莲感到震惊，也有些不寒而栗，她知道，水刑源自中世纪西班牙宗教裁判所，没想到又出现在二十一世纪，而且还是在一向以法治状况良好自居的美国。木莲不免对人类感到绝望。她的思绪不由自主地又转到王小金一案上，如果他的自首成立，那个叫袁宝的少年——此刻她清晰地忆起了他的名字——那个叫袁宝的少年为什么会认下自己不曾做过的事呢？她起身走到窗边去。窗外赤日炎炎，青草被晒得低下了头，而路上的砾石发着光，只有蝉鸣，鲜闻人声。近窗处，几棵毛桃树的果子褪去了幽青的翠色，呈现饱满的青白，眼见得就要熟了。大约是许久没有园林工人来喷洒杀虫药水的缘故，蜘蛛在枝丫间结起了许多大小不一的网，网上布满灰尘和飞虫的残肢，以及几片被晒得干枯卷曲的树叶。这幅画面木莲已看过不知多少回。那年，她硕士毕业后投奔罗浩，来到象城大学工作，第一次站在这窗边，仿佛就在昨日。光阴似流水，迢迢去不休，木莲清楚，用不了几天，窗外此景会若卡片般急速翻转，眨眼间草木凋敝、白雪覆盖，接着又是春风吹又生……如此周而复始。看着看着，窗外这赤日炎炎、草木繁茂的平常世界，令木莲感到了因无情而滋生的痛苦，无论有何事发生，这世界都从不曾为之改变……

木莲按约定时间来到书记办公室。自从六年前她动过手术后，同事见她总是先问"身体怎样"，书记也不例外。

其实，木莲术后半年就重返讲台了，她曾那么努力，努力回复正常的生活，简直就像那些从大海、湖泊逆流游向小溪去繁衍后代的鱼。可是那所谓的正常生活，早已对她筑起大坝。她渐渐明白了一个道理，那就是一个人是不是健康，他自己说了并不算，有时候甚至医生说了也不算，他周围的人不再把他当病人了，他才是真的好了。在众人眼里，且不要说众人，就是在家人眼里，木莲知道自己这辈子也不可能好了，身体里有个别人的器官，且终身吃药，纵使像从前一样活蹦乱跳，也是枉然。

所以，当书记搓着手，亲切地问她近来"身体怎样"时，木莲只是面带微笑很简短地回答"还好"。

书记离开办公桌，坐到了木莲对面的沙发上。长期喝酒应酬的生活在他的脸上打下了烙印，发黑的脸色、酒糟色的鼻子、肿胀的眼袋、浑浊的眼球，令木莲不忍细瞧。书记笑着挠了挠头皮，跟木莲谈起了学院换届选举的事。书记一向与院长不和，这次换届，书记打算让副院长取代院长。"上头也有这个意思。"书记说。上头也有这个意思，但群众意见也很重要，书记希望木莲到时能投副院长一票。一共不到二十人的小院，木莲此刻才知原来也有派系之争，不过她也并不惊讶。她被评为硕士生导师后的第一课，就是所谓"专业负责人"的评选。那时她是那么天真，以为那些想当"专业负责人"的老师，都是有奉献精神的人，出于对专业的热爱与责任感，他们才去竞评这个根本就没有行政职务与待遇的"专业负责人"虚位。参与了两届硕士招生工作后她才看明白，所谓"专业负责人"，是除了院领导、系领导外唯一能进入招生工作核心小组的人。木莲只要想起这些，心里就会感到难受。近些年来，作为文史学院出名的药罐子，她不知不觉远离了各种纷争，倒也得了不少清静。其实谁当院长木莲都无所谓，在她看来，一个学院的好坏，不在于有什么样的院长，而在于有什么样的老师，好老师会专注于学术，会对学生尽心尽力。一个学院只要有好老师，再怎样都不会糟糕到哪里去。可是现在，名目繁多的各种帽子正在毁掉好老师，院长、副院长、常务副院长、系主任、系副主任、专业负责人……

"谢谢，我会认真考虑您的建议，只要对学院的发展有好处，我都支持。"木莲说。她无法当面对书记说不。

书记笑了笑，又挠了挠头皮，接下来要谈的事，他不知如何开口跟木莲说起。木莲虽然是无党派人士，但表现一向不错，工作上无可指摘，各种学习活动也很少缺席，书记一时很难开口。两天前的一个早上，书记打开办公室，发现地板上躺着封匿名信，举报木莲的授课内容有严重的意识形态问题。书记很是吃惊，赶紧进行了初步调查。木莲手术后，院里没让她承担本科生的授课，只让她专心指导自己的硕士生，另外，木莲自己在学校申请开了门通识课，但这门通识课是以专题讲座的形式进行的，总共只有十六个课时，五月底就已结课了。书记推断，写这封匿名信的人，十有八九就是木莲的学生。书记于是把木莲的学生分别叫到自己办公室问话，没有一个学生承认写了这封信。书记不想把事情闹大，但是不能不做学生的工作，也不能不提醒木莲。文史学院一半的老师都是女老师，不管她们是博士还是硕士，是教授还是讲师，终究都是女人，都不好"说"。说轻了，没用；

说重了，会哭。书记是转业军人出身，带兵很有一手，但跟女老师打交道总觉得有些头疼。木莲一向识大体，但鉴于她的身体情况，起初书记想来想去，觉得还是跟罗浩说好一些。他给罗浩打电话，结果罗浩在外地，而木莲和学生的读书会后天又要进行，他必须在这之前跟木莲谈一谈。

"你知道的，现如今的孩子，比从前复杂多了，不好带。"书记把匿名信拿给木莲看。

木莲默默看着信，脸上先是一阵红，后来又一阵白。从信中的举报内容来看，木莲清楚，这封匿名信一定出自她的学生之手，很多话，她只对自己的学生说过。她的心不由一阵绞痛。

"有的学生政治敏锐性强一些，也正常，只要我们上课的时候注意一下就行了，尽量避免这些误会。"书记道。尽管木莲在努力控制自己的情绪，但她剧烈起伏的胸脯出卖了她。书记想了想，宽慰木莲道："你虽说不是党员，但政治上一直没有出过任何问题，这一点，组织上是信得过你的。"

木莲十分感激地对书记笑了笑。

7

早上天还没亮，范小鲤姐弟俩就出门去东山湖贩鱼。东山湖在东山县，距象城两个小时车程。范家没来市场街做鱼生意之前，在西山县西山村，种田，也养鱼。范小鲤从小跟着爷爷在西山村生活，只有寒暑假才能进城探望父母。爷爷是个象棋迷，一得空便走村串户找人下棋，常常深更半夜才背着被蚊子咬得满身疙瘩的范小鲤回家。范小鲤几乎没有别的玩伴，等于在一帮乡下棋迷老头中长大。市场街的生活比乡下更无趣，看人下棋还能看出点门道，可市场街的生活只让她看到一团乱麻般的卑微琐碎。小时候的范小鲤喜欢坐摩托车，遇到老范去东山湖，她都会闹着要去，一路狂飙，甩掉市场街的鸡零狗碎，很是过瘾。那时候老范骑的是辆重庆产的摩托车，一边挂一个内衬皮囊的大篓子。她坐在摩托后座上，两条小腿只能往前搭在老范两条大腿上，坐上去没多久，腿就会麻起来。家里这辆农用车是范小鲤大学毕业那年买的，那时范小鲤刚领了两个月工资，所以她赞助了两千元。

现在范小鲢想买一辆小皮卡。

范小鲤比弟弟范小鲢大九岁，长姐如母，她很是有些心疼这个小弟弟的。范小鲢出生在市场街，他们自小不在一块儿长大，可是只要逢假期，范小鲤就到市场街来带弟弟。范小鲤问过母亲："我不在的时候，你们做生意去了，谁管弟弟呀？""拴着呗。"她的母亲没有丝毫犹豫地回答，像在说小猫小狗。范小鲤高中毕业考到了象城师大，这时候范小鲢早已辍学在市场街帮父母看鱼档了，他连小学都没有念完。城里的借读费太贵，一年三千多元，得卖多少鱼！回老家读吧，还得先交超生罚款。范小鲢在学校学会写自己的名字，学会了简单的加减法后，就死活不去上学了。说不出为什么，范小鲤比她的父母更觉得亏欠了范小鲢。

不过，范小鲢并不觉得自己的生活有什么欠缺，他对市场街的一切都很满意。每晚收了摊，回到家关了门，把装钱的小木箱哗啦一下反扣在床上，一家人坐在床边清点一天的辛劳所得，这在他看来是这世间最快乐的事。

出门太早，姐弟俩没来得及吃早饭，他们的妈妈准备了一袋面包、两盒牛奶给他们。汽车开出象城后，走了一条旧的柏油路，新的高速公路农用车不能跑，走高速去东山湖只要五十多分钟，比走这条柏油路要节省不少时间，这也是范小鲢想换车的原因之一。范小鲢想换车的主要原因，是他想去另外一个市场开一个自己的鱼档，有辆大点的车，能解决很多问题。此时天光欲启未启，但公路中间的黄白两色隔离线清晰可见，路两边的田野还是漆黑一片，看不出田地里都种着什么，两旁的高大树木只是以更黑的身影在渐渐幽蓝的天空下显现自己。车窗开了一条两指宽的小缝，清晨凉爽的风呼呼地往驾驶室里灌，令人备感惬意。

范小鲤拿出面包来吃，她递了一块面包给弟弟，把一盒牛奶插上吸管，递到范小鲢嘴边。范小鲤吃着面包，问范小鲢道：

"听说袁宝姐夫被打了？"

"去要钱，还能不挨打？这年头正经讨薪的都会挨打，何况他去要这种没根没据的钱呢？"

"坐你的车？"

"他们三个人，我的车哪里坐得下？话说回来，就是坐得下，我也不能让他们坐，不然，以后我还怎么跑东山湖？"

范小鲢从小在市场街长大，又继承了他们父亲的小心谨慎。在市场街这种地方，老实人最重要的生存之道是要学会示弱，不怕吃亏，别惹事，安安分分做自己的生意。他的回答令范小鲤很满意。

"如果袁宝不出那档子事，现在他也一定像小鲢一样过着简单安稳的生活。"这么想着，范小鲤带着些酸楚的情绪伸手在范小鲢头上摸了一把。

范小鲢知道姐姐赞许自己，于是更加得意，他三口两口吃完了一个面包后，又说道："那个村子在东山湖北边约三十里处，一个村子都姓秦，他带了两个混子跑过去要钱，不是找死吗？"范小鲢轻蔑地笑了。

"打得厉害吗？"

"回家躺了半个月，要不是我央着老陈去说情，没准儿就给打死了。袁宝哥那事，当时就是法院不想判死刑也不行，秦家闹得实在厉害。我那时候生意都不做了，天天跑去看热闹，他们村子里每天都有一群人围在法院门口。袁宝姐夫，喝酒把脑子喝坏了，看个电视就跑去要钱，蠢嘛！电视里说的也当真？就算是真的，过了那么多年，怎么还能说得清？"范小鲢拍了拍方向盘，叹了口气，老气横秋地道："唉，想想袁宝哥，他吃的亏，看都不敢看。人活在这世上，就这么回事，我算是想明白了，这辈子啊，有气喘，有饭吃，走路不撞到鬼，就算美好了。"

天渐渐亮了，东边天上翻出一片鱼肚白来。路上的车辆多了起来，而且速度都非常快，范小鲤叮嘱范小鲢专心开车，不再和他说话。

淡薄的晨光中，田野、农舍看上去都异常安静。这一带家境富裕的农民喜欢盖两间两层带偏厦的小楼，几乎都盖成同样的模样，并且都将朝向公路的一面刷成了白色。天色尚早，这些小楼安静地矗立在稻田间、山脚下，或是池塘边，它们的主人也许刚刚才从鸡鸣声中醒来，马上要开始一天的辛劳。水稻已经完全成熟了，间或能见到一两块已经收割完的稻田。在金黄的稻田间，不时也能看到一块块青色的禾田，翠色如洗。范小鲤认得那是一季稻，是那些家境富裕的农民，或是对种田不再抱太多指望的农民打算种来自己吃的，他们放弃一季稻米的收成，就可以躲开炎夏双抢的辛劳。时下乡村里的年轻人更愿意种一季稻，他们利用从稻田里省出的时间，去城里赚回比一季稻米更多的钱。所以那些金色的稻田，属于那些对土地怀有最深厚感情的人。小时候在西山县老家，范小鲤每天放学回家后都要帮爷爷奶奶干农活，双抢她也没少参加，所以每年夏天，她到市场街时，都是这一条街上肤色最黑的孩子。也许是全城最黑的一个！她上了半年大学后回到市场街，见到她的人都对她的白净吃了一惊。现在范小鲤只要想起小时候在稻田劳作的日子，一股燠热难耐的气息还会扑面而来，令她呼吸困难。

东山湖很快就到了。还没看到湖水，范小鲤就闻到了湖水湿润、甜腥的气息。

汽车拐了个弯，沿着一条小石子铺成的路向湖边一座高耸的茅棚开去。路面上雨水冲刷出的大大小小的坑，被敷衍潦草地填补过，汽车走在上面，颠簸得厉害。好在近来雨水少，路面是干的，倒不担心汽车会陷在泥浆里。湖面上飘荡着一层薄薄的雾气，有风吹过时，那些薄雾就像获得了生命，在平坦的水面上奔跑起来。偶尔有白鹤一声长鸣后，从某丛芦苇中腾空而起，姿态优美地掠过湖面上空，消失在云雾深处。近岸处，丛生的芦苇在水中筑起一座座绿色的小岛，将水面分割成蜿蜒深邃的迷宫。

"姐，阴天啊，看不到日出了。"范小鲢带着惋惜的语气说。只要天气好，来贩鱼的时候，范小鲢都能看到湖上日出。

"冬天的时候最好看，芦苇瘦成细麻线样，早上的太阳光照进芦苇丛，落在冰面上，各种样子，哎，比金子还好看！"范小鲢神情夸张地感叹。

范小鲤笑着，伸手摸了摸范小鲢的头。小时候她也没少来东山湖，但她对日出并无深刻印象。她觉得没读什么书但天性爱自由的弟弟反而比自己多了一丝诗性，因而他时常能获得极单纯的快乐，她也常常因此而羡慕他。

茅棚旁边的土坪上停着辆北京吉普，车上没有人。范小鲤看到土坪边种了一大片桃树，老陈家的房子就隐在桃林后，只露出一线灰色的屋脊和两只高挑的檐角。湖边茅棚下的柱子上拴着两条船，船上也没有人。

范小鲢把车停在土坪上，带着范小鲤穿过桃树林往老陈家走去。

范小鲤隐约记得，从前鱼都是网在岸边的。她问范小鲢道："鱼在水里吗？"

范小鲢笑了，道："当然是在水里。"这一点多少年也不会变。

穿过桃林后，老陈的房子就出现在眼前，原先的平房改建成了两层楼房，与沿途所见的农舍不同的是，老陈家的楼房没有偏厦，而是带着一间又宽又深的工棚样的平房，那是渔闲时放船用的。范小鲢在一棵桃树下站定了，把两根手指塞进嘴里打了个尖利的呼哨，一条大黄狗从敞开的大门里箭一般射了过来，把范小鲤吓了一大跳。

范小鲢哈哈笑着，弯腰在狗脑袋上摸个不停。那狗疯了似的，呼呼喘气，在范小鲢的脚前脚后嗅了又嗅。

从大门里闻声走出来两个人，一个是老陈，那年轻的一个，范小鲤马上认出是林树林。他们半年前才在一个同学的婚礼上见过一面，彼此都没什么变化。林树林穿着白色T恤衫和牛仔裤，裤腿卷得老高，露出多毛的有些罗圈的小腿。人比半年前晒得更黑了，也更结实了些。范小鲤先是向老陈问好，从随身小包里把老范捎给老陈的茶叶拿给他。范小鲤把范小鲢介绍给林树林，也许是"东山县环保局副局长"这官帽子的缘故，握手的时候范小鲢很有些拘谨、腼腆，与刚才逗狗时判如两人。范小鲢这点跟老范极像，见官不自在。因为范小鲢还得赶回去上早市，他们站着聊了几句后，就散开各自忙活去了。范小鲢和老陈要去起鱼，范小鲤跟着林树林又走回到土坪上。那辆北京吉普是林树林单位的，走到车边，范小鲤才看到车门上"东山县环保局"几个字。

　　林树林上了车后，对范小鲤说："你能来，我可真高兴。"

　　"先别高兴，有事要麻烦你，你别推辞就好。"

　　"什么事？只管吩咐嘛。"

　　"我还没想好。"

　　"哇，真感人，这纯粹就是找个借口来看我的嘛。"林树林咧嘴大笑。他歪着脑袋看着范小鲤，道："怎么样？伤疗好没？我可早都痊愈了。"他看范小鲤的目光温柔极了。

　　"懒得疗了，"范小鲤笑着拿起随身小包扬了扬，道，"全部家当都带来了，就没打算回去。"林树林十分佩服范小鲤得体而机智的回答，他愉快地笑着，把车开上了环湖公路。范小鲤离婚后没多久，林树林就跑到象城党校去看她，请她吃饭，直接向她表白。林树林把话说得很直白："以前我就喜欢你，可是不敢对你说，追你的人个个都比我长得好，家里条件也比我好。现在情况不同了，你离了，我也刚跟女朋友分了手。你考虑下我吧。"什么叫"情况不同了"？范小鲤听着觉得刺耳，不过她也是知道

118

林树林脾气的，所以干脆也把话说得像根竹竿一样直："那我俩都先把伤疗好了再说。"

林树林一手把着方向盘，另一手往湖里指了指，说："这里头的鱼，要少吃啊。"

范小鲤吃了一惊，问道："为什么？"

林树林看了范小鲤一眼，意味深长地道："你懂的。"

"我真不懂，在象城，东山湖的鱼向来好卖，从小到大，我可没少吃东山湖的鱼。"

"今非昔比，以前这湖里的鱼是真好。"林树林说着话，方向盘一打，吉普车离开湖边，往山里开去。林树林说："一会儿你就明白了。我们先去吃早饭。"

"你没吃吗？我吃过了呀。"

"吃的什么？"

"牛奶和面包。"

"那也叫饭？到我的地盘了，听我的。前面有个小镇，好吃的东西多着呢。"

汽车顺着一条石子铺成的小道开了没多久，上了一条水泥铺就的公路，很快，前方就出现了一个小集镇。在两座小山夹接的地方，陡然出现了一块面积不大的平地，在这平地上密密麻麻地盖着许多房子，皆是麻石垫脚、青砖砌墙、红瓦盖顶。进小镇的路边立了块醒目的大石头，上书"青山镇"三个字。看来林树林对这小镇很熟。他把车停在路边，带着范小鲤七弯八拐地钻了几条小巷后，又爬了几级台阶，进了一条小街。小街两边全是小吃店，这会儿每一家店里都挤满了食客，一大早的，竟有人在一张桌上坐了五六只小火锅喝酒。不时有人起身招呼"林局长"，喊他过去一起吃。有个人凑到林树林跟前说了句什么，林树林在那人肩头打了一拳，笑道："我同学，刚从山下接来的，人家是博士，莫乱讲。"林树林挨个儿寒暄过，带着范小鲤进了一家煎饺店，他们到楼上找了个相对僻静的桌子坐了下来。这家的老板认得林树林，林树林和范小鲤刚上楼，老板就肩上搭条白毛巾，怀抱一壶新茶，手拿两个干净的白瓷杯子跟了上来，像刚刚在小巷里遇到的其他人一样，老板跟林树林打着招呼说着话，眼睛却不住地往范小鲤身上瞟。范小鲤就当没看见，面带一丝微笑，把身子挺得笔直。

"小地方人，粗俗些。"老板走后，林树林说。

范小鲤笑道："他们反正不认识我，我怕什么！倒是你，会不会有麻烦？"

林树林一边用开水给范小鲤烫碗筷，一边说："风言风语是难免的，大清早带着个漂亮姑娘出来吃早餐，怎么看都像是混了一夜的嘛。"他看了范小鲤一眼，笑道："好久没传绯闻了，也好，也好，单身男人没绯闻，人家会以为我不正常。"

范小鲤只是笑，不接他这话头，后来她问道："说说吧，你跑到这山里来干什么？"

"电话里不是说了嘛，种草。"

"治理荒山？"

"博士，治理荒山一般是种树好不好，哪有种草的？一会儿吃完饭我先带你上山看看我种的草，下午下山去秦村。"

范小鲤问道："秦晓玲那案子，这边老百姓怎么看？"

"什么说法都有，有说凶手家里终于找对了人，人枪毙了没

120

法儿救，就是想要回名声要回钱。也有人相信电视里说的，说这案子是真冤枉人了。哪种说法都对秦家不利，十二万现金，加上利息，不是笔小数目。"正说着，老板亲自跑堂，送上来几碟小菜，一盘热乎乎煎得焦黄的煎饺，香气扑面。范小鲤不等林树林招呼，拿起筷子吃起来。

"怎么样？好吃吧？"林树林看着范小鲤问道。

"嗯，又脆又香！"范小鲤赞不绝口。她夹起一只饺子对着窗外照了照，惊叹道："皮这么薄啊，差不多是透明的呢。"

恰好老板又送来一盆清汤、两只汤碗，听到范小鲤这话，老板很是得意，马上给范小鲤介绍起这饺子的做法来。麦子是哪里种的，猪是哪里养的，韭菜是哪里种的，为什么面粉只能用石磨磨，为什么做馅儿只用猪前腿肉，包的时候为什么要像灌汤包一样留出空隙，总之是各种讲究。汤也特别，一盆汤看着素，清澈见底，但喝着却鲜美无比。汤里漂着一种叫荷花菜的野菜，是某种树的嫩芽，吃着特别清口。老板特意告诉范小鲤，这荷花菜快绝迹了，也就是林局长来了才往汤里搁一点，旁的人，瞧都瞧不见，哪里吃得上？林树林笑着挥了挥手，老板这才住了口，满脸堆笑地退下了。

两个人吃完早餐，重新坐到车上后，范小鲤忍不住感叹了一句："你们这山里的日子也太'腐'了，吃个早餐罢了，搞这么多名堂！"

"你要是在这儿住一暑假，我保证你天天吃喝不重样。"林树林说，"一会儿再往山里走走，你就知道其中原因了。这小镇，现在是不行了，繁华时期不比你们象城河西金地差，曾经这里什么山珍海味都吃得到，流行金箔宴的时候，这里也能吃得到的。"

"不可思议。"

"我们中国人嘛，几千年历史，都逃不开一个'吃'字，好时代就是在吃上做尽文章，坏时代就是做尽文章去搞点吃的，人人有饭吃就是我们的盛世标准。"

范小鲤笑道："这话说的，哪里像是个学英文出身的？"

"跟学什么没关系，"林树林抬手往山坡下一指，道，"这些道理，这四里八乡的种田人都懂，好时代和坏时代有个共同点，就是人的食物链都会极大地延展。比如啊，坏时代吃观音土吃人肉，好时代吃金箔吃人乳。"

说话间，路果然蜿蜒曲折起来，一会儿上坡一会儿下坡，明显是到山区了。路两边的林木、杂草丰茂，不时有低垂的树枝拂在车身上，敲出啪的一声响。汽车转过一座山来，眼前豁然开朗起来，对面山坡似乎是人为开垦成阶梯状的，种着一山坡笔直的小杉树。林树林指着那山坡说："东山雄黄矿旧址，你想象一下，以前满山坡都是房子，鼎盛时期这里曾有常住人口三千七百多人。"两人下了车，走到一棵大松树下，林树林两手叉腰冲着对面山坡喊话：

"老张！老张！"

范小鲤这才看清杉树林中还有两间平房，从平房内应声而出一个老头，老头身后跟着一条狗，狗叫了两声，老头没有说话，只是冲林树林使劲儿挥手。

"烧点水泡壶茶！"林树林又喊了声。老头再次挥了挥手，转身进屋去了。

从这面山坡到对面山坡间有道长达五六百米的水泥大坝，大坝两侧的山坡上没有树，清一色都是一种类似蕨类的草。

林树林往山顶指了指，说："上去看风景。"茂密的草丛中，隐着一条狭窄的石阶小径。石阶蜿蜒而上，通向山顶一间小小的草亭。范小鲤跟在林树林身后往山顶走去，林树林俯身拔了一兜草递给范小鲤。

"这是蜈蚣草。"

范小鲤接过那兜草仔细瞧了瞧，道："是中药材吗？"

"是中药材没错，但我们种的这个不能做中药，我们是种来治理污染的。"

"长得像蕨菜。"

"它是蕨类的一种，但比其他蕨类神奇多了，它能吸收土壤中的砷，每公斤叶子含砷量能达五千多毫克。这草治理土壤污染效果很好，就是工作量很大，每年割三次，山坡上的草割完后要施肥催生。稻田里的就简单多了，冬季种一季紫云英，开春翻埋，再种蜈蚣草，能管三季。割下来的蜈蚣草送到冶炼厂高温热解，变成砷酸铜。"

"砷酸铜可做什么用？"

"可以做农药。"

"哈！"范小鲤张了张嘴，想说点什么，但林树林很快就抢过话头。

"物质不灭嘛，所以还要教育农民少使用农药。"林树林指了指脚下，道，"以前这里是山谷，矿渣堆积成了现在这样。雄黄矿的矿渣里有很多残余的砷，知道吗？雨水冲刷，这些砷就到了山脚下的农田、小河，从小河又流入湖泊……"

范小鲤皱紧眉头，道："这就是你说不要吃东山湖鱼的原因？"

"你知道就行了。"林树林说。过了一会儿，似乎是出于安慰，他又说道："不过这几年好多了，国家开始重视环保，种草的钱就是国家划拨的。蜈蚣草能吸收土壤中的砷，海州香薷能吸收土壤中的铜，竹炭能吸收土壤中的镉……我们现在尽量用这些没有二次污染的方法来治理。在原来的东山冶炼厂那边，我们种了一大片海州香薷，也就是铜草花，现在正是开花季节，特别漂亮，每天都有人去那儿拍婚纱照，我带相机了，一会儿给你拍几张。"林树林看了看手腕上的表："去秦村正好顺路，我们喝点水就过去。中午到秦村吃午饭，那边我们也有个工作点。"

范小鲤苦笑道："这里的水还能喝吗？"

"放心吧，我们的工作点用的都是青山镇的山泉水，青山镇那块，可能是地势的原因，是这一带唯一没被污染的地方。以前那些矿主都是去青山镇吃饭打水的，有钱人惜命如金，你以为他们会随便乱吃乱喝吗？"

平常人哪能知道这些？范小鲤看着手里那棵蜈蚣草，一时无语。周围都这样了，可有人还是能筑起一片孤岛般的乐土，继续过他们的享乐日子。

那段石阶大约有三里路长，山势不算平缓，爬到山顶时，范小鲤出了一身的汗。不过，当她坐在草亭下的石凳上时，她看到的景致让她觉得此行还是值得的。这是典型的丘陵地带，平缓起伏的原野上，是星罗棋布的池塘、村舍，稻田鳞次栉比，接连成片，直铺到天际。远山淡淡，似被水洗过，山脚下闪亮的小河，蜿蜒灵动，像活泼的小蛇，爬向前方浩渺的东山湖。右侧，淡淡群山后面，目力所不能及处，就是她的故乡西山县。山风宜人，一切看上去都很美。

8

木菡比约定的日期提前了一天。她到了象城大学西门家属区，望着一栋栋一模一样的房子犯了难，她又有点搞不清木莲家到底是哪栋楼哪个单元了，末了还是掏出手机给木莲打电话。

木莲在沃尔玛采购，晓得木菡到了，连忙出门打了辆车往回赶。木莲在电话里让木菡去校门口不远处一家叫红月亮的咖啡厅等她。木菡就开着车去了。红月亮冷气很足，环境也还算清雅，大理石地面，黑色胡桃木桌椅，椅子上扔着大红和金黄的靠垫。里面有几对学生情侣，依偎在一起看书说话。木菡挑了临窗的位子，点了杯卡布奇诺。这家咖啡厅做的是学生的生意，咖啡端上来后，木菡喝了一口，觉得像在喝涮锅水，就推到一边再不肯喝了。她从自己的小包里翻出一盒薄荷味的女士香烟抽了起来。

约莫一个小时后，木菡隔窗看见木莲左手一个购物袋、右手一个购物袋风尘仆仆地过来了。木莲穿着条奶油色棉布连衣裙，平底凉鞋，两手不空，看上去就一不折不扣的中年家庭主妇，木菡直摇头。好在木莲还戴了副墨镜，衬着短发，倒也有三分干练。

木莲走到木菡对面刚坐下，木菡就埋怨起她来："你看看你，买这么多东西，就不知道叫罗浩一起去？累不累先不说，左手一只鸡、右手一只鸭的，像什么？"

木莲将墨镜推到头顶，只是笑，吩咐服务生端来两杯柠檬水。等喘过气来后，木莲才说道："现在是毕业季，罗浩成天跑来跑去的，前两天刚飞郑州做答辩导师去了，忙得很。"

木菡把手中的烟摁灭，撇了撇嘴："他的日子倒是好过。"

木莲知道木菡不喜欢罗浩，但还是忍不住要为罗浩说句话：

"他也是为了这个家嘛。"

"我就是看不惯人人都说他好。"木菡笑。

木莲也笑，看看也到吃午饭的时间了，就问木菡是不是换个地方吃饭。木菡看了看手腕上的表，说："不早了，就在这儿随便吃点吧，我开了三个小时的车，只想躺下来睡个午觉。"木莲于是叫了两客盖浇饭来吃。

木莲看着木菡，说："姐，你这条裙子是新买的？真好看。"

木菡穿着一条碎花真丝裙子，深蓝底子上开着白色和粉色的小花，改良旗袍式样，直筒裁剪到膝，领口低到锁骨处，露出一截白嫩无皱的丰腴脖颈儿。木菡最爱真丝，年轻时身材好，可钞票不够；现在钞票够了，好身材又没了。木菡常引以为憾。

听木莲夸自己，木菡很高兴，就说："老钟去杭州开会时买的。现在这身材，按说穿真丝有些勉强了，可我就是喜欢。"

"姐夫眼光不错，这颜色很衬你的肤色。"

木菡撇撇嘴："他也难得买对一回。"她打量了下木莲，道："没有丑女人，只有懒女人，大热天出门，防晒霜都没搽，是不是？"

木莲笑而不语。

此时窗外走过一个年轻女人，木菡喊木莲看，说："倒是搽了一脸的霜粉，独独舍不得往脚背、胳膊、腿上再抹点，过一个夏天，一个身子不得成几截颜色？"

正说着，木莲抽纸巾揞脸，连打了两个喷嚏。木菡把饭碗一推，站起来说："这冷气太冷了，我们回家去说吧，别感冒了。"她拎过木莲的一个购物袋，边走边叹气。这般负累，在木菡看来就是典型的在最好的年华里没能打下翻身仗的大妈。

两个人到家后，先后冲了个澡，换上舒适随意的家居服，都光着脚在屋里走来走去，仿佛一下回到了少女时代。木莲将冰箱里冰着的葡萄拿出来洗，木菡打开推拉门，走到阳台上。为了防暑，阳台上挂着竹帘，几十盆吊兰长得很好，有几盆抽出了长长的穗子，开着淡雅的小白花。木菡摘下一串小花，别在自己胸前的扣眼里。

"快进来吧，阳台上太热了。"木莲在身后叫她。

"还记得吗？"木菡关上推拉门，回身指了指自己胸前的花，问木莲。木莲就笑。小时候，两人在鹿城常追着走街串巷的小贩买玉兰花戴。

"我上次来，吊兰是十二盆，现在三十七盆，还多了一小盆薄荷。"

"你多久没来了！"

木菡很少来象城，木莲家房子小，没有客房，钟华和罗浩俩连襟又不怎么谈得来，在一起也是枯坐。每年清明木莲和罗浩带小星回鹿城扫墓，姐妹俩才有机会相处几天，平时都靠电话联系。木莲说完这句话又想起来，好像木家的人都不爱走亲戚，在鹿城，她们原本也有几门远房表亲，奶奶在的时候就不怎么来往，怕连累他们。现在走路撞到只怕也不认得了。

两人吃着葡萄，各自躺在一张沙发上午休，茶几上小电扇摇头晃脑，身下细丝竹垫凉爽宜人，倒也不觉得热。

木莲问木菡："这两天你睡书房还是睡小星的房间？"

"书房吧。"

"好的，床单毛巾被都洗过，书房有空调，要是觉得热，你打开就是了。"

木菡笑了下，说："和你过日子不容易，不能吹空调，不能……"

"是的，我的禁忌多。"木莲打断木菡，"可我没做手术前就不怎么吹空调啊。说吧，这次来有什么事？"

木菡用一只手撑起脑袋，她看着木莲，说："我想你了，来看看你。顺便也想接小星去我那儿住几天，这不又是周末又是高考放假的，正好老钟要去省里开会，我闲得慌，接小星过去玩儿几天。我好好给她做点好吃的，青春期的孩子，正长身体呢。"

"她跟你说在学校吃得不好吗？还是——"

"那倒没有，"木菡说着话，突然坐起来，把一根食指竖在嘴唇上，"嘘……"木菡侧耳倾听了一会儿，道："你们这单元里有人打孩子呢！"木莲也坐起来屏息聆听，果然听到隐约的孩子痛哭声。

"呜呜……我再也不敢了……哎哟，别打了……呜呜……"

是个小男孩的声音，稚嫩纤细，充满恐惧，在一波波的蝉鸣声里忽隐忽现，时断时续。木莲的心一下揪了起来。

"你们这栋楼里住的都是知识分子吧?！"木菡在鼻子里哼了一声，不等木莲拦阻，起身就往外走，木菡说，"我倒要看看，到底是哪家斯文人这样打孩子！"

木菡打开大门，哭声却又忽地消失了。木菡站在原地听了一会儿，除了蝉鸣声，什么也听不到。木菡关上门，走回到沙发前坐下。

木莲两手撑在身边，呆呆地坐着，她有些羞愧。一想到木菡或许对她的生活洞若观火，她就有些无地自容起来。

9

范小鲤没有想到，铜草花开起来竟然这样美。她和林树林坐在半山腰的一块青石上，眺望山下的小村庄。村庄漂浮在一大片紫红色花海里，一条小河从村边流过，河水被花草染得五彩斑斓，美得令人喘不过气来。

"人间仙境啊！"范小鲤深深地呼出一口气，赞道。

"土壤越毒，这花开得越艳。"林树林说。

林树林说得一本正经，令人扫兴。不过这会儿范小鲤就当没听到，土壤的毒反正看不到，但货真价实的美景使她深深沉醉了。

山脚下的公路边停着两辆小汽车，三四个人围着一对新人忙前忙后，果然是在拍婚纱照。新娘拖着白色的长长的裙裾，宛如天仙。

"你是怎么想到种花种草来治理污染的？"

"哈哈，这是我工作中头一回用上英文，让我感觉大学四年没有虚度时光。"林树林嘴里咬着一根青草，笑着说，"我用英文搜索'重金属污染治理'，发现了美国一家植物修复公司的网站，他们利用植物对重金属污染点位进行修复已经很多年了，我觉得这是我们应该采用的最好最经济的办法。"

"顺利吗？"

"一言难尽，费尽了周折。"林树林摇着头，道，"这是我采用植物治理的第一个试点村，今年是第三年了，估计明年，部分稻田就可以恢复水稻种植了。"

"怎么发现土壤被污染了的？"

"成了癌症村嘛。全村二百六十人，三年里病死了十好几人，几乎每家每户都有癌症病人。看杉林的老张两口子，一个胃癌，一个直肠癌，一个孙子是患白血病去世的。后来就检测，五百亩水田、一百二十亩旱地，全被污染了，土壤中的铜、锌、镉都严重超标，大米中的镉超标两倍多，吃这样的米，能不生癌吗？"

"可怜。"

"政府也很重视，搬迁了冶炼厂，给每家每户发放生活补贴。当然有些损害无法弥补，死去的人救不活了。老张两口子，到现在他们的儿子儿媳都不肯原谅他们，认为是老人没带好孙子，一直在外打工，从不回家。两个老人年纪大了，又有病，干不动农活了，我就安排他们住到治理站，割蜈蚣草的季节给大家烧烧水、做做饭，平时看管一下杉林，挣点药钱。"

"秦村也是这样？"

"秦村好多了，毕竟地势稍高点，距河边远点，就是有点镉，稍微超一点，也在治。用的是竹炭，在稻田里铺一层炭灰，长出来的稻米是一点问题也没有的，基本上都达标，可以放心吃。"

"你这一套，农民能信吗？"

"在秦村没说是污染啊，不严重，免得说了引起恐慌。就说是防虫实验，给他们实验补贴，而且用了炭灰确实不生稻飞虱，呵呵。买农药也要钱的嘛。我都是把炭灰给他们送到田头，他们很愿意用。"林树林笑了笑，又道，"其实种苎麻最好，富集镉，种玉米也比种水稻好，但农民哪肯用好好的稻田种这些东西？我在网上看了篇中科院教授写的文章，才想到这个法子，用炭灰，花钱不多，效果还很好。"林树林面露得意之色。

"瞒着村民，责任重大，你担得起吗？"

"当然要汇报组织，组织上做决定才行。"林树林笑着敲了敲自己的脑袋，"这个可不是木头做的。"过了一会儿，他又说道："不过，我觉得其实农民心里都明镜似的，补偿那么一点，够干什么？当然是该种什么种什么嘛。田种不得了，传出去，以后村里年轻人只怕连媳妇都找不到。"

范小鲤听着冷笑了一声。

林树林看着她："笑什么？"

"冶炼厂从秦村搬到靠近我们西山县的王村了，是吧？呵呵，过几年，你得去王村种草了。"

林树林不吭声，过了好一会儿，他才说道：

"要发展嘛，都得有这么个过程，资本主义国家还不是这么过来的！"

范小鲤又一声冷笑，道：

"人家是污染环境后，制定了环境保护法。我们能一样吗?！"

一提到这法那法的，林树林就不吭声了，这事上他真说不过她。再说，好不容易见次面，他可不想跟她吵。林树林就挠挠头皮，呵呵笑着，不语。

他们下了山，到开满铜草花的稻田里拍照。范小鲤对照相没什么大兴致，林树林用他新添的数码傻瓜相机给范小鲤胡乱拍了几张。到秦村的时候，已是下午两点多钟，早过了乡下人的饭点。林树林预先打电话做了安排，秦村老刀桌子上炖着一只鸡，一直没吃饭，等着他们俩。

秦老刀四十来岁，长得很老相，看上去足有五十岁开外。他是秦村的村主任，对村里的情况很熟悉。林树林提前在电话里跟他打了招呼，说有个律师想了解一下秦晓玲家的情况。老刀对律师没什么好感，看在林树林的面子上勉强答应下来。老刀老婆随便吃了点东西就出门干活儿去了，桌上炖着的鸡她没动一筷子。老刀亲自盛饭倒酒招呼来客，鸡炖得喷香，几样小菜炒得很有味道，柴火米饭也格外香。这顿饭让范小鲤想起了自己的童年，童年时吃什么都觉得好吃，那时的东西是真好，青菜都顺应季节，在日头底下长大，化肥农药用得少。现在的孩子表面上看上去很幸福，什么都不缺，顿顿有鱼有肉，其实连口好饭都吃不上。林树林对老刀家很熟，晓得到哪只抽屉里拿茶叶。他和老刀说话时说东山县方言，两个人谈论了一会儿招募农民割蜈蚣草的事，时间定在双抢后。老刀提出要涨工钱，林树林表情很严峻，答复说得开会研究。东山县与西山县一山之隔，可是口音却相差很大。范小鲤虽说能听懂，但是却不会说，她插不上话，觉得有些别扭，就一边吃饭一边四处打量。老刀家的布置也是典型的乡村风格，这间饭厅也是客厅，迎门的墙上贴着大红福字，福字下方有台很大的平板电视，甚是气派。两侧墙边是齐齐整整一溜儿竹椅，中间摆了张圆桌，一日三餐，待客喝茶扯白话，全靠它。几只母鸡咯咯叫着，在门外往里探头探脑望了一阵，却并不进来，接连踱着方步走开了，一副被严苛的主人打怕了的样子。

饭后喝茶的时候，范小鲤问老刀，王小金自首招供杀害秦晓玲一案大家怎么看，她家现在还有什么人，是否愿意请律师索赔。

老刀一口气答道："陈年烂账，翻它干吗？翻翻能使人活过来吗？已经一命偿一命了，公平了结，为么子又翻老账？晓玲出事后不到两年，她老子就得病去世了，她妈现在跟她哥嫂过，她哥老实得像个棒槌，家里都是她嫂子做主。她嫂子是在晓玲死后才嫁过来的，晓得什么？！先前她家跟律师打交道，没得便宜，十二万赔偿款，律师拿了三万多，答谢乡亲花了二万五，还有其他一些七七八八的嚼用，秦家没落到什么。"

范小鲤点头。情况跟她预料中的差别不大，她不由叹了一口气。过了好一阵后，她问道："她爸，得的是什么病？"

"哪个晓得！穷，没去过医院，成天喊身上疼。晓玲初中没毕业就出去打工，赚钱给她老子买膏药贴，贴的膏药做得几床被子，也没好。晓玲出事后，她老子身上疼，心里也疼，等于是活活疼死的。"

范小鲤听得出老刀肚里有气，她就没再多问。

临走前，老刀带着林树林、范小鲤在村里转了一圈，有的人家在收割稻子，割完稻子的稻田露出乌黑的泥来，果然是在稻田里铺了炭灰的。林树林走两步就要跟干活儿的人聊聊，农民看到他都很热情，问他什么时候来收炭泥，什么时候他们才可以在稻田里养鱼，这两年都没吃过禾花鱼。林树林跟他们有说有笑，要他们照去年那样把炭泥用挡板推到田头堆起来，到时有车来收。至于禾花鱼，林树林粗野地说：

"个卵，还想着什么禾花鱼，一起稻飞虱就要打农药，也敢吃？"

"隔壁小全村年年养年年吃，有个卵事！"有个村民爽快地答。

林树林看了范小鲤一眼，想了想，说：

"明年再说吧，现在养也来不及了嘛。"

路过一户人家时，老刀扯着嗓子喊了两声："有人吗？"没人应，卧在檐下的一只老黑狗起身叫了两声，被老刀厉声喝住，那狗哼了一声，又照原样躺了下去。老刀指了指那房子，说这就是秦晓玲家，没人在，都下田干活儿去了。范小鲤抬眼看，是三间平房，偏厦都有些歪斜了，门前的稻场也还是泥地的，一稻场的鸡屎。檐下晾衣绳上搭着几件旧衣服，颜色都污糟不堪。

老刀将林树林和范小鲤一直送到村口停车处，路边有一块红薯地，一位五十来岁的黑瘦妇女在地里劳作。看到范小鲤他们，妇人直起身来愣愣地看着他们，表情有些麻木呆痴。老刀说，这就是晓玲妈，有点傻了，你问也白问。范小鲤就盯着那女人看，只见那女人穿着一件到处是洞的男士汗衫，渔网一样披挂在身上，两只干瘪的乳房耷拉到了腰部。一头花白头发打着结，顶在头上像个鸟窝。她手里握着一把红薯藤，整个人干瘦枯黑，显得特别老，但一双眼睛又细又长，眼角上扬，直插眉梢，年轻时想来也是中看的。看着她，范小鲤就想起秦晓玲，出租屋里的秦晓玲，袁宝见到的秦晓玲，可怜的小动物一样的秦晓玲。汽车开出很远后，范小鲤从后视镜里看到秦晓玲的妈妈还站在那红薯地里，呆呆地朝着汽车的方向看，也不知她到底在看什么。坐在汽车里的范小鲤，突然就有些鼻酸，想哭。她想到了自己，自己和秦晓玲有什么不同呢？幸运的就是自己父母身体好，没病没灾，自己没辍学……真的是一路懵懵懂懂过来的，回头看简直要吓出一身冷汗。范小鲤也想起了袁宝，河滩里的袁宝抱着马的脖子啜泣……范小鲤愈加难过，她忍不住对林树林说：

"你知道吗？我们街上有个男孩，有一天，他去河滩，看见人鞭打一匹老马，哭了。"

"哈！"林树林笑道，"小屁孩，见过什么世面？"

范小鲤张了张嘴，想说点什么，但她什么也没说出来。接下来的路程，范小鲤都很沉默，令林树林摸不着头脑。把范小鲤送到东山县去象城的巴士上后，林树林站在车下扮鬼脸逗范小鲤笑。范小鲤一点都没有要笑的意思。"一个高高兴兴种草的男人。"范小鲤看着他，想。她咧了咧嘴，对林树林说："跑了一天了，你也累了吧？快回去休息吧。"这时巴士司机发动了汽车，却并没有马上开走的意思。林树林拍了拍微微抖动的汽车，对范小鲤说："再好的发动机，也不能老空转干烧啊，同学，你晓得不？"范小鲤不解地看着他。林树林就把一条胳膊屈起来，隔窗让范小鲤看他胳膊上鼓得像面包的肌肉。林树林把嘴凑到车窗边上，两眼盯着范小鲤，说："现在是我一生中身体最好的时候……一寸光阴一寸金，同学，请珍惜光阴！"范小鲤先是愣了下，接着，她把头一低，笑了。

10

周末，小星到家。木莲带木菡和小星去一家叫北绿岛的西餐厅吃饭。北绿岛在河西金地附近的一条小巷里，是一家以经营意大利菜为主的餐厅，店面很小，只有四张餐台，需要提前预订。小星和木菡都爱吃这家的菜。打车去北绿岛的路上，路过芒果琴行，木莲看到琴行的门关着，咖啡间的门上挂着暂停营业的小木牌。木莲一时有些担忧，不知周秀美出了什么事。

三个人下了车往小巷走去，木菡和小星走在前面，木莲跟在后面。这条小巷两边多是风格各异的餐厅、酒吧，天还未全黑，小巷已是霓虹闪烁，拉开了夜的温柔序幕。路上行人熙熙攘攘，年轻情侣双双对对，一幅太平盛世景象。木菡穿着黑色亚麻长裤、白色真丝无袖上衣，小星穿着木菡买的粉色蓬蓬裙，露着两条修长好看的少女的腿。一路上，小星一直挽着木菡，亲密地偎在她身边。

木莲走在她们身后，发觉小星又长高了些，快赶上穿高跟鞋的木菡了。小星像个没有安全感的孩子，一直抱着木菡的一只臂膀，一刻也不曾松开。木莲默默地跟在她们身后，默默看着她们，不由感到有些心酸。在餐厅坐下来后，那种酸楚的感觉也没有消退，以至于在餐台前忙碌的老板跟她们打招呼时她也没有看见。北绿岛餐厅像是一条狭长的走廊，只不过比一般的走廊要宽阔些。顶头餐台隔出来一个不大的操作间，有一扇门通往后厨，中年老板总是戴着高高的白帽子站在餐台后调酒水。进门左手边的墙壁被做成陈列架，上面摆着小巧可爱的盆栽、意大利风景画与小摆设，以及五颜六色的食客留言卡。靠右侧就是四张餐桌，餐桌与餐桌间用苍翠欲滴的高大绿植隔开，木莲预订的是一号桌，在最靠里的位置，对着一扇小窗。木菡和小星没费多少时间，很快点好了自己要吃的东西。小星要了T骨牛排，木菡点了鲔鱼茄汁意面，开胃菜木菡点了油渍橄榄。小星又点了她最爱吃的芝麻菜沙拉和意式蔬菜汤，给木莲推荐了一款饭后甜点——千层派，给木菡点了柠檬冰沙，她自己则要了苹果派配英式甜酱。木莲坐在她们对面，慢慢翻着菜谱，心里却思绪翻滚。她想，等罗浩回来，是不是要跟他谈谈？这些天好像有一个世纪那样漫长，渐渐逼近的真相令她惧怕。而小星也令她担忧。小星总是有些小心翼翼的，又乖又听话，似乎在取悦她们，或许，只因她这当妈的在场才这样？

"主食和她的一样吧。"看了半天菜谱后，木莲指了指坐在自己对面的小星，对服务生说。

"妈妈，你不是不能吃太油腻的东西吗？T骨牛排不适合你啊，还是来份墨鱼汁意面吧。"小星很紧张，睁大眼睛提醒木莲。

"没关系。"

"你能吃吗？"

木莲笑着，伸过手去抚摸了下小星的面颊，说："放心好了。"

木菡也说："你妈啊，哈哈，不用为她担心。"

小星的神情松弛下来，她将身子往后一靠，退到一片灯光外的暗影里。喝完蔬菜汤，等下一道菜的工夫，木莲起身到陈列架那儿去拿留言卡。她想，小星或许愿意为这个夜晚写点什么。陈列架上有块木板，上面贴着密密麻麻的留言卡，"今天，我想你了，所以一个人又来到这里。——小D" "永远在一起。——宝宝和兔兔" "你说过会爱我一辈子的，可是你没有！——YY" ……无处不在的爱与伤痛。木莲从留言板下方的小筐里挑了一张紫色的留言卡，紫色是小星喜欢的颜色。木莲回到座位上时，小星正有一下没一下地用叉子戳着那盘沙拉，点菜时兴致勃勃，吃的时候却又没什么胃口。看得出木菡在极力挑起她的谈兴，不停地说着影星歌星，以及在青少年中正风靡的英国小说《哈利·波特》。但这个晚上，小星似乎对这样的话题也没什么兴趣。木莲对木菡提到的那些影星歌星都很陌生，她年轻时曾喜欢过的那些明星们，非死即老，有些甚至不知所终。倒是木菡，时下备受年轻人追捧的歌星影星，她不但能说得上几个，有几首流行歌曲她还能哼唱一两句。并且，她已读完了已经出版的前四本《哈利·波特》，她提到《哈利·波特与火焰杯》中的"不可饶恕咒"时，小星难得地附和了两句。木莲一直默默听着。晚餐快要结束的时候，木菡看了一直默默用餐的木莲一眼，问起小星学校里的各种人、事，提及一个叫小恩的女孩时，小星皱起眉头，筷子一挥，脱口而出道："贱！真想给她来个'阿瓦达索命'！"

木莲猛地抬头看小星，后来，她又扭头看木菡。木菡默默喝着一小杯茴香酒，不动声色。

"对不起。"小星意识到自己说了粗话，立马像个闯祸的孩子般委顿下来，她垂下眼帘，小脸涨得通红。她以为接下来会听到来自妈妈的呵斥，她清楚木莲是绝对不能容忍如此粗俗的话语的。

"没关系。"木莲低头喝柠檬水，艰难地吐出一句。过了一会儿，她又换了严厉的口气，用英语说道："以后别再说脏话了啊。"

回家的路上，小星显得很有些没精打采。到家后，正好罗浩打电话过来，小星在电话里跟罗浩聊了几句，就把电话递给了木菡。罗浩问候了木菡，对没能接待她表示了歉意。木菡说："没关系，你不在家我更自在。"这是句老实话，可听着却有些刺耳。电话传到木莲手里时，她听到了电话里罗浩的一声爽朗的笑。

"你姐到老也改不了这坏脾气了，"罗浩说，没等木莲回应，接着他又问道，"小星怎么了？似乎情绪不高啊。"看上去粗枝大叶的罗浩也有着很细腻的一面。

"我们刚刚才从外面回来，可能是累了吧。"木莲说。

小星跟妈妈、姨妈道完晚安，快快不乐地回自己房间睡觉去了。尽管跟木菡很亲热，但小星却不肯跟她共享一张床。这点跟木莲很像。木莲小时候和木菡再怎么亲密，也从不挤在一张床上睡觉。木莲是那种对别人的体味极敏感的人，学生时代，每次换个同桌，她的经期都会发生改变。

　　尽管时间不早了，木莲却不想睡，木菡来了两天了，这个晚上她好像有了要跟她畅谈的欲望。她先去看了看小星的房门是不是关上了，然后走到厨房用苏打水、薄荷叶和冰糖给木菡调了杯饮料，她自己就用半杯苏打水兑了些山泉水来喝，两个人盘腿坐在客厅的一张沙发上聊起来。

　　"今晚你一直有些神不守舍，跟姐姐说说，是不是有什么心事？"木菡问道。

　　"没有什么心事啊，只是一个朋友，有几天没联系了，不知她出了什么事，有些担心她。"

　　木菡把头凑过来，小声道："是男朋友吗？"

　　"瞎说什么啊，一个病友而已。"木莲笑着摇头。

　　"真令我失望！"木菡笑道，"乖木莲一次都不肯淘气。可是吧，你和罗浩，你们俩到底怎么回事？"

　　"我们俩能有什么事？"

　　"好吧，你们俩的事我不管，我告诉你啊——"木菡看了看小星的房门，压低声音道，"上周五的中午，我正在办公室午休，小星打电话给我，怕得不得了的样子。"

　　"出了什么事？"木莲惊讶地问。

　　"她的一个女同学被发现怀孕了，她吓坏了，以为自己也会怀孕。"

"什么?!"一时间木莲以为自己要晕过去了。

"嘘——"木菡把一根手指压在嘴唇上,压低声音道,"你放心吧,不是你以为的那样。我当时就在电话里跟她聊了聊,她以为拥抱、接吻就会怀孕,所以我也没有急着告诉你。今天上午,你去买菜后,我们俩又聊了会儿,大约就是这样,她有个男朋友,拉个小手亲个小嘴的,并没有发生性关系。"

木莲觉得又好气又好笑,但十四岁就谈男朋友,木莲依然很难接受。

"比你当年还早熟。"

"是你晚熟,我当年不算早熟的,好不好?"木菡撇了撇嘴,道。

"她今天骂的那个小恩是谁?"

"当然是情敌啊,那女孩向她男朋友表白,那小男孩不知出于什么心理,告诉小星了。关键是那女孩长得漂亮,学习也很好,让小星感到了压力,要不你以为她哪来的恨?"

"嗬!"木莲一时无语,过了一会儿,她问道,"那个小男孩,你知道多少?"

"据小星说他们很谈得来。男孩父母好像都是做涉外工作的,三岁时他跟父母去了日本,九岁才回来,能说一口流利的日语,这点在小星的同学中显得很突出。父母工作忙,顾不上他,我感觉这孩子可能也很孤独,跟小星一样,他也喜欢住校。所以你也不要紧张,俩孩子可能就是抱团取暖。"

木莲不语。

"我想把她接到我那儿去住几天,一是想好好跟她聊聊,二来,这段时间老钟在省里开会,家里就我一个人,正好让她陪陪我。我问过她，今年生日想要什么生日礼物，她说想要台数码相机，这几天我们就在鹿城逛逛，挑一台。"

"姐，这个可不能依着她，这得多贵啊。"

木菡笑："我答应她了，我也买得起啊，总共就她一个孩子不是？"

"你要惯坏她了。"

"怎么会？！一台相机而已！你不知道我像她那么大的时候，有多喜欢照相！"

"谢谢你，姐，你看我和罗浩……"木莲摇了摇头，突然难过得说不下去。

木菡用十分怜惜的眼神看着木莲，过了好一会儿后，道："这是我想跟你说的另外一件事，你和罗浩，有些问题，你们必须解决，不能装作什么都没发生，你们把自己的问题解决好了，就是在帮小星。错过了孩子的成长时间，拿什么弥补啊？！"

木莲长叹了一口气，起身走到木菡身边坐下，她把头靠在木菡肩上，双手环住木菡的腰，喃喃道："你比我更像个母亲……有时候我会觉得羞愧，觉得自己不配拥有这一切……"

木菡轻轻抚摸着木莲的脸颊安抚她。木菡说：

"谁能活得一帆风顺啊？还不都是尽力而为！"

11

暑假来临。

伤感的毕业季过后，校园里显得格外安静。木莲每次散步路过操场，都会觉得那里很快就要长出荒草来，这会令她生出点小小的感伤。小时候在鹿城，暑假里坐公交车去少年宫学琴路过小学校时，隔着铁艺栏杆看到空荡寂寥、荒草丛生的操场，她的心头总会涌上一股半失落、半感伤的情绪，这会让她一路上都不想说话。

小星放假后先是去了木菡那儿，接着参加了一个为期两周的英语夏令营。木莲只觉得这孩子似乎一下成熟了。也许是学业繁重的缘故，她瘦得厉害，褪掉了脸上的婴儿肥，人也比以往更沉默，眼神里隐隐就有了些忧愁。木莲私下跟木菡打电话聊起来，木菡就安慰木莲，说是"青春的清愁"。木莲心里总归是有些不踏实，找了许多机会想跟小星聊聊，但小星很抗拒，一句"忙着呢"就将她匆匆打发了。木莲无计可施。

罗浩忙了两天后，终于清闲下来。这晚，夫妻俩在客厅相对而坐，像在开一次小小的例会。木莲跟罗浩谈到小星，罗浩却并不认同木菡的看法，他不觉得小星有什么特别需要家长注意的问题。

"早恋，偶尔说句脏话，我们不都是这么过来的吗？"

木莲不这么认为。她说：

"可她遇到麻烦时却不找我们。我认为，作为父母，我们应该是孩子在遇到麻烦时最先想起来的人，如果她确信不管发生何事，父母都会站在她这一边的话，遇到事情她就会首先向父母寻求帮助。"

"至少她还知道去找她的姨妈啊。"罗浩认为木莲有些小题大做，"嗯，从你动手术的那一年开始，小星和木菡确实变得很亲密。我认为这也是很自然的，她找姨妈帮助自己，我认为这不代表她不信赖我们。"

"你这样想？"木莲想了想，直接说道，"木菡认为我们之间有点问题，这影响到了孩子。"

"青春期的孩子嘛……"罗浩显得很尴尬的样子。两个人都不知道说什么好，于是都沉默了。

"等小星从夏令营回来，我想我们应该一起回趟乡下，去看看老人。那个池塘，怎么弄你是不是还没有想好？"

"也好！是该回去看看了。"罗浩拍了拍沙发扶手，说，"毕业前太忙了，学生们……"罗浩笑着摇头。每年毕业的时候都一阵忙乱，学生们忙着告别、喝酒、痛哭什么的，有时候罗浩也会有些惆怅伤感，这令他想起自己的学生时代。今年更特别，因为有范小鲤。

木莲起身倒了杯水后，走到长沙发边坐了下来，她没有坐到先前的位置，而是远离了方几上的阅读灯，坐到了沙发的另一端。

"放假前，我们院的书记找我谈话了。"木莲说。

"谈什么？"

木莲在阴影里低了头，摆弄自己手里的水杯，过了一会儿，她抬头看着罗浩，一只手无奈地挥了挥，说："唉，真有些说不出口……"

罗浩把身子往前挪了挪，看着她说："跟我你还有什么不好意思的？"

"我被我的学生告了。"木莲的样子看上去简直有些可怜。

"什么？！"罗浩站起来，看着木莲。

"是的。"木莲看着罗浩，点了点头。

"你说说，为什么告你？"罗浩很激动。

"说我政治思想有问题，告状的学生很不安，字里行间能看出来。"

"什么?!"罗浩又生气又觉得可笑，"就你还能有政治思想问题?这都什么时代了?怎么没一并告你出身于资产阶级知识分子家庭啊?到底是哪个兔崽子?"

木莲摇了摇头，道:"书记找我谈话时，我也有些不敢相信自己的耳朵。是谁告的并不重要，关键是有学生告啊。我一共带了六个硕士研究生，研三那两个刚弄完毕业论文答辩，一个忙着找工作，找到工作的那个忙着办离校手续，基本上不来上我的课了，他们和我主要靠电话、电子邮件联系。剩下四个学生，三女一男，两个研一，两个研二，无非就是他们中的谁……"木莲垂下眼睑，沮丧地道:"也有可能是他们四个。"

"看不出啊，这帮吃干饭拉稀屎不成器的东西!内藤贤的讲座，他们几个还跑去听了，兔崽子!没准儿又是去监听的!历史系果然难出好人啊，我要早知道就大耳刮子把他们扇出去!"

"你瞎说什么!"木莲有些生气。

"哈，你除外!"罗浩挪到木莲身边坐下来，笑道，"讲真的，要是把学校当作一小朝廷的话，那还是你们历史系奸臣多啊。"

"你怎么胡说都行，但别把我的学生想得这样坏，他们还年轻嘛。"

"那时候打死老师的那些小王八蛋，比现在这些学生还年轻哪!"

"两回事，别扯一块儿，好不好?"木莲很不高兴。

"你还真是有些护犊子，"罗浩看着木莲笑，"那你说说，他们到底为什么告你？"

"这之前的读书会，我临时改变了阅读计划，我想来想去，可能就是因为这件事。"木莲每月会有一两个下午与自己带的硕士生一起进行学术座谈，学生们私底下用她的名字给这个学术例会命名，称之为"莲小组读书会"。

"你推荐了什么书给他们？"

"那周本来是要讨论近代以来官职的演变，但研三的答辩不是刚弄完嘛，从答辩中我也看到些问题，不仅仅是我的学生，这届十多个学生，选题也好，研究方法也好，都保守老套，一个个中规中矩的，缺乏新意。所以我就停下讨论课，推荐他们读*The German Conception of History*，就是那年你托人从美国带回来的那本书。"

"伊格尔斯教授那本？"

"是啊，这本书我看了好几遍，感觉研究角度很新颖。我觉得伊格尔斯教授对德国史学研究史的回顾很好地结合了特定历史时期的政治语境和社会背景，跳出了以单纯的人物或事件为导向的研究方法，有一种新颖而特别诚实的文风，所以就想推荐给学生。"

"嗯，他的视角很特别，唯一的遗憾就是没有解决价值系统问题，不能回答当时德国为何会出现这样的学术现象。"

"遗憾是有，但从学术研究的角度来探讨纳粹恐怖主义在德国出现的原因，这个即便在法学界也不多见吧？"

"学术研究史是思想史的一部分，法学界搞法制史研究的人顶多会把学术研究史作为一个背景来考虑，毕竟重点是制度史嘛。"

"因为国内还没有中译本，我就给他们分发了该书的复印材料，并谈了一点我自己的阅读感受。我想的是这或许会对他们有启发，希望他们能好好利用这个暑假读点书、写点文章，毕竟一开学，研二的就要开题了嘛。谁想得到我还吓着他们了？书记应该知道是谁，但他没有告诉我，我羞于问，也不能问。我暗地里把他们四个都挨个儿想了一遍，可他们哪个也不像是会到书记那儿告我一状的样子。"木莲低着头说。

"就这他们都接受不了？"

"讲党史的宋老师总是说，学生不好教，现在我算是知道他说这话是什么意思了。"

"他们都是研究生了啊，起码的学术自由意识应该有吧？唉，有时候我还真是对现在这些学生感到失望。"罗浩叹了口气，道，"去年有两个学生，是我们和美国一所大学联合培养的博士，他们没有按期回国，就有不少学生骂他们是卖国贼。不回来，违约是不错，那就承担违约责任嘛，能与'卖国'画等号吗？学法律的学生说出这样的话，真让人失望啊！"

"法学院的学生能说出这样的话，别的院系就更不用说了，不过细细一想，出现这种情况也正常呢，现在的年轻人在有些概念上模糊得很，比如'人权'这词，对我们来说确实是个新词，几千年来我们讲的都是民意、民心，孙中山讲民权，一阵子。民心、民意也好，民权也好，都是集合概念，并不关涉个体，人权到底是怎么一回事，很多人都不清楚。学生不明白，说来说去，是我们做老师的失职。"

"你说得对，到底应该教给学生些什么，确实值得我们思考。"罗浩直点头。"不过你这件事，我觉得吧……"罗浩看着木莲，思忖道，"学生会不会是受了谁的挑唆？"

"怎么会？"

"我们先'小人'一下啊，不是马上要评职称了吗？政治思想表现可是个硬指标。"

木莲再次把头一低，道："我可没想过要评什么职称，这些年我有什么拿得出手的东西？"

"别人可不这么想啊，呵呵，现如今有自知之明的人可太稀缺了。就你们院那个写了本《中国古代房中术概要》的教授，前段时间还找我，想挂靠我们法制史博士点，混个博导当呢。"

"真的吗？秦教授找你了？你怎么跟他说的？"木莲不禁笑起来。

"我说，法制史小专业，庙小粥薄，自家的猪都饿得嗷嗷的，没有可棸的糠，我让他另谋高就。听说他又去找我们院长了，想挂靠宪法学专业。宪法学！讽刺吧？"说到这儿，罗浩看了木莲一眼，忙改口道，"现在的学生不好带啊……认认真真读书的学生太少了。"罗浩说着拍了一下大腿，道："你们文史学院得赶紧弄个博士点才行啊，我看那帮人都快疯了。"

木莲没有说话。

罗浩想了想，又问道："你们书记怎么说？"

"他没说什么，单是问我近来身体怎样。"

"你怎么回答的？"

"我还能说什么？血肌酐偏高呗！"木莲没好气地回道。

"真聪明！"罗浩拍掌赞道，"估计下学期也不会给你排什么课了，你正好休息休息，专心做点研究。"正说着，罗浩又愣了下，一脸紧张地问道："血肌酐真的偏高吗？"

"哪里！顺坡下驴，别让人为难嘛。"

12

假期，罗浩除了打水，还多了一件事情，就是做饭。

学校食堂在假期是不开的，所以一日三餐都得自己做了。假期里客串一下"煮男"对罗浩来说是不错的体验，他喜欢做饭，他喜欢为木莲、小星做饭。日常琐事尽管看来微不足道，但它们却像流沙，不知不觉就把千疮百孔的生活重新填补充实了。

菜都是木莲买。只要罗浩或者小星在家，木莲就会买上一刀肉，或是一小尾鱼。鱼基本上都是死的，木莲从不买活鱼。罗浩还记得他们刚结婚那阵儿，木莲买了条活鲫鱼，让小贩杀了拎回来炖汤。木莲把鱼拿到水龙头下冲洗时，已经清干净内脏的鱼在水的冲击下颤动起来，木莲发出一声尖叫。罗浩以为她被烫到了，或是切到了手指，急忙冲进厨房，见她笔直地贴着冰箱站着，脸色煞白。木莲冲水池指了指，罗浩走过去，看到那条鱼静静地躺在水池底，只有尾巴在流水的冲刷下偶尔轻颤一下。鱼当然是早死了的，只是鱼的末梢神经和肌肉细胞还有点反应而已。道理木莲当然都懂，可她却自此以后再不买活鱼了。夏天天气热，死鱼常常不够新鲜，罗浩曾以为木莲会为小星改变，可是她并没有，至少在鱼这件事上没有。这是木莲曾经令他感到意外的地方。小星从小到大跟着他们一起吃死鱼，喝用死鱼煮的汤，有时候小星自己去买菜，也只挑那些在水箱里一动不动的鱼。

这天，木莲刚买菜回来，就接到韩老师的电话，约她下楼去葡萄架下聊天，说那里有风，凉快。韩老师与木莲共用一个办公室，多年来两人相处平和，却也未有深交。韩老师研究英国法制史，著有一本《传统与变革之间：英国法制史考》，在学界颇有影响。学术上有所建树，人就不免有些傲气。罗浩曾亲眼所见，在一个导师工作会议上，新调入的研究生中心主任跟韩老师搭讪，问她留学哪国。韩老师头也不抬，说："大不列颠及北爱尔兰联合王国。"听的人好一阵才回过神来，不就是英国嘛！

罗浩想不出她和木莲能谈什么，就问："你去吗？"

"为什么不？"木莲笑。

罗浩就不再说什么，从木莲手里接过那袋子菜，拎到厨房里。果然，木莲又买了一条鱼、一小把紫苏，用只红色的小塑料袋装着。鱼当然是死的。罗浩拨开鱼鳃看，是鲜艳的红色，还算新鲜。他开始清洗起这条鱼来。确实，不会有任何反应的鱼更令人心安。现在，他很难想象一条已经被掏空内脏的鱼在掌心颤抖的样子，那会令他产生可怕的联想……放假前的一个下午，范小鲤找到他，问到了木莲移植肾脏的来源。范小鲤看上去非常难过的样子。他不知道她是怎么知道的，不过，他相信以范小鲤的人脉，她知道，不过是早晚的事。

"木老师不知道，但老师您知道，是吗？"

罗浩无法直视范小鲤的眼睛。他救妻心切时，从未想到会有这么一天。

世界真是小到令他喘不过气来。他怎么也没想到，自己的学生居然和那孩子在同一条街上长大。范小鲤还跟他说起了那个"女大六，乐不够"的故事。范小鲤又失望又难过，眼睛里泛起泪花，说："我们都狠狠地利用了他！"

木莲做手术前，罗浩对她说是遭遇意外的人的捐献，就是因为直觉告诉他，木莲一定会拒绝死刑犯的捐献，就像她不会买活鱼。罗浩知道她内心有多柔软。人类的历史一直充满了悲剧，不要说什么战争，只是平常秩序的维护，就需要时不时付出残酷的代价。而人性往往在那些残酷的时刻显示出它令人困惑的一面，不管东方还是西方，都是如此。罗浩小时候在罗家坳，没少看万人公判公捕大会，也曾和小伙伴一起，兴奋地在尘土飞扬的乡村公路上追着押着死刑犯的解放牌大卡车奔跑。看客总是兴奋的。无论哪种文明，都很难说没有经历过这些。罗浩记得，他的一个师弟的硕士论文，做的就是明朝的郑鄤案，崇祯年间，进士郑鄤受诬陷被凌迟处死后，其肉被一条条出售，人们提着小篮排队购买，以期获得一条肉来治恶疮。"二十年前之文章气节、功名显宦，竟与参术甘皮同奏肤功。"当时罗浩还特地邀请木莲参加了师弟的开题报告，不过，木莲没有听完就退场了。那时，他只是简单地认为这是一个小女孩善良柔弱的天性，不愿谈论残忍的事情。罗浩曾经从图书馆借了一本叫《檀香刑》的小说来看，小说写得非常棒，可木莲根本就不愿意打开那本书。两个人都研究法制史，都知道那些酷刑是怎么回事，不过罗浩从不让过去变成自己的负担，他曾很有些对木莲的妇人之仁不以为然。现在，他开始明白她了。她所做的一切，不过是在努力保持一颗纯净的心，作为一个看待生活并不乐观却又不幸把生活多少看透了的人，一颗纯净的心才可使她快乐地活下去。明白这一点后，他在内心对木莲更多了一丝怜悯，至少现在，如果换他去市场，他也不会买活鱼了……以前他还杀过鸡呢。木莲生下小星后，为了催奶，他每隔一天都要杀只鸡煲汤给木莲喝。鸡都是正宗的土鸡，"胶西王"罗家栋从罗家坳弄过来的，一共十八只，全是小母鸡，都有着或黄或白或黑的油亮顺滑的羽毛。对于杀鸡，罗浩起初也有些不忍，鸡似乎是特别温顺的，他现在还记得他是如何把鸡的双翅握在左手里，再把鸡冠拉过来夹在双翅中，让鸡的脖子完全露出来。扯掉鸡脖子上的绒毛后，鸡似乎就知道了等着自己的是无法挣脱的命运，它们停止挣扎，把眼睛闭上，一声不吭地等着。不过那时候，年轻的罗浩正为父亲这一新身份而激动，根本不曾有什么太多的感受，他麻利地干活儿。小时候，在农村，他还见过被杀掉前流着泪给人下跪的牛。纵然会流泪会下跪，有着人一样的举动，那又怎么样？结果还不是一刀？现在，他常常想起那些被他杀掉的鸡来，每一只鸡在临死前都有同样的举动，最初咯咯叫着，四处扑腾，到最后安静地引颈受戮。

罗浩洗好鱼，从水池边直起身来时，隔窗看到木莲走在楼下那条通向葡萄架的小路上，路两边是修剪得平平整整的齐腰高的女贞，穿着白色无袖上衣、深灰色棉布长裙的木莲，有着一个少女似的单薄的背影，看上去似乎并未被时光改变太多。但罗浩清楚，这白衣灰裙下的单薄身体，早已历经沧桑、伤痕累累。罗浩想起头一次见到她的情景……听说历史系法制史研一有个十分聪慧的女生，对明史颇有研究，罗浩就捧着自己的博士论文大纲过去找她。昏暗的水房内，木莲正在洗床单，一身白裙子，黑发及肩，听到罗浩叫她名字，木莲扭头看过来，微微吃惊的表情令他怦然心动。想到这里，罗浩不由伸出一根湿漉漉的手指，隔着一层窗玻璃轻轻去触碰木莲的背影……但很快，木莲裙角一扬，走出了罗浩的视线。

罗浩把中午要吃的菜收拾好后，看看时间还早，就到书房去改稿。

他的一部书稿，《明代中央司法审判制度》，马上要再版，他想借此机会把自己近两年的研究所得也加进去。在修改书稿期间，罗浩也一直在用英文重写这本书，自从内藤贤捎来那封邀请函后，他就着手这项工作了。用英文再写一遍，要花掉罗浩很多时间，但他并不确定自己为何要这样做。他也还没有跟木莲谈这件事，即便是在向木莲征求译文意见，比如"按察使"到底是译为Justice好，还是按其别称"臬台"音译为Nietai好时，他也没说。当然木莲也没问。罗浩知道她不是不关心，她不问只是因为他还没说而已，她尊重他的一切决定，这些年来一直如此。而自己呢，却好像顺水乘舟，把一切交付给了时间的流水，他不去想到底要去哪里。他知道答案总有一天要揭晓，这点他明白得很。不管旅程有多长，他明白总有一天，船头会嘭的一下撞到绑着一圈废旧轮胎的码头，告诉他别再逃避，因为"到了"。他单是等着那一声"嘭"。

罗浩蹲下来，到书柜底层去找一本工具书，一个牛皮纸袋从一排书上滑了下来。他打开来看了看，是木莲手术前拍的X光片，木莲的结构图，排列整齐的肋骨和连接精巧的盆骨清晰可见。人多么像一架精密仪器。他记得木莲看过片子后说过一句话，当时木菡也在，三个人在病房里正有一句没一句地聊着天。那是个黄昏，只有他知道第二天有个人要被执行死刑了。等着一个人去死的感觉真是太糟糕了。随着天色越来越暗，他的心情也变得越来越糟糕，他焦躁地在狭小的病房内来回踱步。木莲和木菡都以为他是压力太大的缘故，故意找了些轻松的话题来聊。就在那时，护士送来了木莲的X光片。木莲拿在手里看了看，说："还好有副皮囊，可供我们每日描描画画的。"他和木菡同时想到《聊斋》里的《画皮》，于是都笑了起来。

他一直对木莲和木菡撒谎来着。

他说那孩子遭遇了车祸。他还说："那孩子在重症监护室里，医生说他撑不过二十四小时。"

尽管那孩子的死会让木莲受益，但木莲和木菡还是决定为他祈祷，希望他能好起来。两个人都不信教，她们煞有介事地商量了一阵后，选择向佛陀祈祷，祈祷佛陀能保佑那个孩子渡过难关。她们郑重其事地跪在病床边祈祷的时候，他借口打电话走了出去。

罗浩把牛皮纸袋塞回书柜。他有些烦恼起来。

人生终究不可能光滑平顺如桌面，那些细小的磨难开始令他不安，他觉得生活把自己变成了豌豆公主。放假前夕，应邀去河南某大学法学院做博士论文答辩主席，也有令他不快之处。因为经费有限，五个答辩博士，三个专业一锅煮了。当然这并不是他头一次遇到这种情况，近些年来答辩导师的出场费、招待费节节攀升，法制史又是小专业，哪位导师都没有能力办个专场的法制史博士论文答辩会，他自己的学生也是这样，为节省费用，只能和其他法学专业的博士一起答辩。他很清楚，他觉得不快，并不是自己作为答辩主席，却对参加答辩的非法制史专业的博士论文无法提出自己的建议所引起的，而是因为有个民法学博士的答辩论文是《论我国人体器官移植立法研究》。那个博士在作陈述期间，他起身离开了。他在走廊里抽了两根烟后回到会场，却发现大家都在等他，只好坐下，硬着头皮一直听下去。这学生的论文写得不错，但对罗浩来说却是一场折磨。他回想起木莲生病之前的日子，尽管那时也有各种压力、各种不顺心，但现在回头看，每一天都是坦荡荡过来的，只觉得美好。现在，即便木莲把话说得那么坦白："木菡认为我们之间有点问题，这影响到了孩子。"他也没能当面承认。独处的时候，他承认自己比木莲更懦弱，这让他无比沮丧。是啊，如果承认他们之间有问题，作为丈夫，他该如何解决呢？他要如何解决呢？

木莲回来时，罗浩刚把饭做好。两个人吃着饭，罗浩问道："韩老师找你干什么？"

"一些琐事，不说也罢。"木莲皱着眉，默默地吃了几口饭后，却又说道，"不知她怎么突然关心起院里换届这事了。"

"我也听说了，她在活动。我觉得她就是心高气傲，不甘心处于你们院那几个碌碌无为的家伙之下。"

"是的，领导们轮番找人谈话拉票，其实我们都挺烦的。可只有她，干脆挺身而出，形成第三方。"木莲笑了，道，"既然她想，我肯定会支持她的。我刚才也这么跟她说。"

"可她似乎没什么胜算，据说有领导说她胡闹呢。"

木莲叹了口气："唉，其实她又何必呢？去年她女儿去英国留学，我还以为她会申请去英国访学的，他们夫妻离异后，那孩子一直在她前夫身边长大，她正好过去陪陪那孩子，增进增进感情……"木莲摇摇头，不想再说。罗浩也就不再问。他们所面临的情况一样，那就是他们都为过去所困，而对他们生活里正在发生的事情失去了谈论的兴趣。

罗浩终究没忍住，他再次联系了中院那人，让他替自己联系小清河监狱的狱警。那人什么也没问，一口应承下来，他很快就安排好了会面，并打电话告知罗浩。罗浩于是背着木莲去了趟象城小清河监狱。他倒了四趟公交车才到了那儿。在监狱的办公楼里，罗浩见到了那个狱警。狱警姓张，须发尽白，还有两年就退休了。整个会面过程，张警官一直在嚼槟榔，一脸的疲惫与厌倦。最近有个死刑犯闹自杀，尽管没死成，却也给他招来了不少麻烦。问及那个叫袁宝的年轻人，他还记得，袁宝正是在他的管辖下，度过了人生中的最后一段时光。

"中院王主任给我打电话，说你想了解这事，罗教授，你多虑了，别的死刑犯我不敢说，但他是自愿的，千真万确。"

"张警官都还记得？"

"怎么不记得？你要是干我这行当，有两种人你不会忘记，一种是最闹腾的，另一种是最听话的。袁宝是后者，他是真安静。"

"他是怎么想到要捐献器官的？你还记得吗？"

"执行死刑的前一两天，我们要做相关安排，有天，轮到他了。他坐着——死刑犯都得上刑具，所以大部分时候他们都坐着。他坐在那儿，忽然看着我对我说：'张警官，我没有杀人，你相信吗？'自他转到重监区后，这还是他头一回开口说话，所以我记得很清楚。我当时很有些不以为意，好不容易开次口，结果却是一句陈词滥调，他不是唯一一个说自己没有杀人的杀人犯，有些被抓现行的家伙到了刑场还一直喊冤呢，这种人我见得多了！我一般都笑笑，不作回答。那天也是，我看看他，拍拍他的肩膀。后来他又说：'如果你相信，我就做一件好事，帮助帮助那些需要帮助的人。'他看着我时的眼神，好像他真的很需要我说相信，至于做好事，第二天就要伏法的人，哪里还来得及？我就在心里对自己说，给这孩子点安慰吧，左不过就一两天了。于是我就说，好吧，我相信。当时他笑了笑。后来我才知道他说的好事，就是捐器官。"

"为什么没通知家属？"

"没有一定要通知家属的规定。"

"您相信吗？他没有杀人？"

"电视我看了，但我说不好。"张警官嚼着槟榔，抖动着一条腿，眼神显得很茫然。过了一会儿，他两手一摊，说："这不是我分内的事，我说不好。"

"这不是我分内的事，我说不好。"回来的路上，罗浩想起张警官，竟不由有点羡慕他。不是吗？他和木莲，各自都给自己设了个审判庭，但他们却没能找到一句可以给自己安慰的辩护词。而且，他们相互间无法施以援手，尽管他们对彼此的处境都心知肚明。

13

令罗浩和木莲没想到的是，小星的夏令营还未结束，从罗家坳却传来罗家栋病危的消息。

电话是罗家坳的村主任打来的，罗浩意识到事情严重，接到电话后马上赶回罗家坳。木莲赶紧联系夏令营的老师，让小星提前离营。她在家又等了小星一天，第三天才带着小星赶到罗家坳。木莲在乡场上见到前来接她们的老乡臂缠黑纱，就知罗家栋已经过世了，不由落下泪来。

木莲知道，罗家栋对她没能给罗浩生个儿子一直不满。不过他也知道，计划生育，这是没有办法的事。他只待在罗家坞，不去象城，不过就是在香火这事上不顺心，又不愿老想着这不顺心而已。木莲隐约知道的是，她手术后不久，罗家栋以修祖坟为由，叫罗浩回去过一趟。那一次后，他们的父子关系一度变得很僵。敏感的木莲隐约猜到和她有关。

　　罗家栋生前的一位老友做知客师，负责采买、接待，需要什么他都跟罗浩商量，罗浩倒也不觉得办一场乡村丧事有多为难。按照罗浩的心意，他当然更愿意用另外一种更简单、真切的仪式——追悼会——来为父善终，可这是在罗家坞，他只能按罗家坞的方式来办。村子里的人都聚拢过来，老人、妇女各司其职，给人一种忙而不乱的感觉。木莲看到穿着白衣白帽、腰缠草绳的罗浩走来走去地给帮忙的人递烟，她不知道他是如何在最短的时间内把大家组织起来的，她也不知道该如何帮他分担。她和小星也像罗浩一样，穿着白衣，戴着白帽，腰里扎着根草绳，但她知道，她一定也像小星一样，看上去与这一切格格不入。她唯一能做的，就是领着小星帮罗浩守罗家栋棺材边上的那只烧纸钱的火盆，时不时往里添点，不让它熄灭。木莲临来前在银行取了三万块钱，这笔钱帮上了罗浩的大忙。按照罗家坞的习俗，一场隆重的丧事最少需要三天，如果天气允许，可长达一周。罗家栋死在炎热的夏天，但三天却是不能再少的了。棺材是罗家栋生前就备下了的，选上好的杉木板子做成，年年都拿出来刷一遍生漆，刷得黝黑发亮、滴水不漏。除了不能自己挖坑把自己埋了，罗家栋再没什么事需要麻烦活着的亲人。木莲和小星赶回的当天晚上，午夜时分，举行了封棺仪式。罗家栋所有的亲人，他的两个妹妹的七个孩子，七个孩子带着他们的七个幼小的孩子，都跟在罗浩、木莲和小星的身后，绕棺一周，跟安静地躺在棺材里的罗家栋告别。告别过后，就有两位上了年岁的村民，拎了铁锤上前，用一根根七八寸长的钉子将棺材钉得严丝合缝。世间再无罗家栋。在"嘭嘭嘭"的敲打声中，木莲看到跪在自己身前的罗浩把头抵在满是鞭炮屑和纸灰的地上，哭得两肩抽搐，就起身走到他身边跪下，伸出一只手揽住了他的肩头。亲戚们，还有村民们看到这一幕，表情都变得有些不自然起来。

应该说，罗家栋的后事办得十分热闹。他在村小教了一辈子书，学生不少，罗浩在县城、乡镇工作的同学、学生也都赶来吊唁。罗家稻场上摆放的花圈，都可以开个纸扎店了，这让村里许多老人心生羡慕。如果非要说这场葬礼有什么令人遗憾的地方，那就是木莲了。在乡下，一个儿媳妇在葬礼上最主要的职责就是哭，一边哭，一边抑扬顿挫地诉说。罗浩的两个姑姑、三个表姐都已做出了表率，但主角显然应该是木莲和小星。小星当然是不能指望，她还是个孩子，乡亲们能够理解。但木莲在这事上的表现令大家有些失望，要不是她的悲恸看上去十分真切，那她用手帕擦拭眼泪的样子就会成为一个笑话。"哦哟！城里媳妇！"大家背地里感叹。罗浩的两个姑姑对此也面露不悦。木莲能感受到大家的失望，但她无暇顾及，只是尽力履行自己女主人的职责，看管那只烧纸钱的火盆，不时走到后厨去看望那些来帮忙的村妇，对她们表示感谢。后厨基本上都是她们在照料。她们温和地回应木莲的感谢，平静地做事，偶尔闲下来，她们聚在一起聊自己在外打工的男人，还有家里的猪，以及这段时间里打麻将的手气，哪个也不像是传言中和罗家栋有过亲密关系的样子。午夜过后，稻场上鼓声不断，所有的人，老人、孩子，还有妇女，都聚在稻场上听诙谐的乡下送歌郎唱夜歌。在一阵热闹的鼓声里，小星竟睡着了，罗浩把她抱到屋内床上后，出来与木莲守在灵前。木莲从未见过乡下办丧事，她偎在罗浩身边，有些好奇地听着、看着。送歌郎三十来岁，许是长期熬夜唱夜歌的缘故，人十分清瘦，但打起鼓来干脆有力，开口一唱，气韵十足，令木莲颇感惊讶。

> 灵前三通金鼓，宝炉几炷高香
> 众歌司请坐两旁，听在下开个歌场
> …………

木莲留神听着。起初无非是追忆亡人此生如何不易，细数其生前功绩，罗浩的两个姑姑听着听着又拍着大腿哭起来。木莲见众人都扭头看她，赶紧把头低下了，默默往火盆里添纸钱。

> 此生已鸣金收兵，彼世再击鼓重振
> 孝儿你不必悲伤，孝媳你切莫哭断肠
> 孝媳你切莫哭断肠，孝媳你切莫哭断肠
> …………

这送歌郎用了各式腔调反复唱这末了一句，稻场爆发出一阵阵大笑，笑声简直快把临时搭起来的塑料大棚掀翻了。大家一边笑，一边回头看木莲，木莲手足无措，脸热得像要烧起来。罗浩不由也笑，他起身给送歌郎丢了包香烟后，送歌郎这才放过"孝媳"，接着往下唱：

> 山中哪有千年树，人间哪得百岁郎
> 日吉时良好收场，丧鼓一响到天堂
> …………

送歌郎后面唱了些什么，尴尬的木莲一句也没听进去。

给罗家栋办完后事，罗浩和木莲都瘦了一圈。

等亲戚朋友都散尽后，罗浩对木莲说："爸爸留下遗书，要我们把房子卖了，你看呢？"

木莲很惊讶："卖房？"她不止一次听罗家栋对他们说"叶落归根"之类的话，言外之意，就是让他们退休后住到罗家坳来。有不少在外混得不错的人，都会回故乡整修祖屋，偶尔回乡住住，算是衣锦还乡。

罗浩把罗家栋写着遗言的本子拿给木莲看，木莲接过来，只见上面写着：

罗浩吾儿、木莲吾媳：
　　你们看到这本子时，为父已不在这人世了。有些事，交代在此，愿你们量力执行。为父一生执教于乡间，清贫过活，混得衣食足而已，未能给你们、给小星留下什么家产，心中甚是愧疚……

木莲看到这里，鼻子一酸，掉下泪来：

"爸爸说的什么话！"

罗浩不吭声，递了张纸巾给她。木莲擦过眼泪，接着看起来：

> 房子可卖掉，你们退休后不一定要住到罗家坳来。你夫妻二人，一辈子读书，不谙世事，在罗家坳未必住得惯。房子可以卖给罗四岭，五月里我跟他谈妥的价格是一万三，含屋后一亩菜地，以及地头的果树。浩儿可只要一万，四岭人忠厚，会领你这情，日后你们清明回来扫墓，也好有个落脚处。村里的小广场，你们不必管，你们给村里修过一条水泥路，这就够了。其他家具物什，你们看着处理。再无他事。人生苦短，望你们快乐过活。父留字。

木莲看着罗浩。罗浩点了点头，笑道："那个要我们清理池塘的电话可能是打给他身边的人听的，没准儿那天他正好在村委会呢。"木莲也想起来，那次罗家栋的嗓门儿特别大，简直是在嚷嚷。木莲于是也笑了。

"在罗家坳未必住得惯。"罗家栋的这句话，令木莲惊讶之余，也为罗家栋对他们的体贴、多虑感动。老人家看上去是在混世，其实什么都清楚啊。

"以前我从没想过要回罗家坳养老，以后，我不知道。"罗浩看着木莲，道，"知道为什么那个送歌郎要取笑你吗？"

木莲摇摇头。

"起先知客师跟我商量，你一城里人，肯定不怎么会哭，两个姑姑年纪大了，不能指望她们。知客师建议我请两个哭丧的，一个晚上一人五百。我实在没法儿接受让两个职业哭丧的人来哭我父亲，就拒绝了，送歌郎打趣你是有原因的。"

"这样啊，乡村政治学。"木莲并不气恼，她笑了笑，道，"要真请俩哭丧的，只怕你爸会气得坐起来。"

罗浩也笑："他不会，他会打着拍子在里面附和。"罗浩笑过后，叹了口气，说："我能为罗家坳做什么？这些年来，除了这条五尺宽的水泥路，我什么也没给他们办成过。"

"他们也没什么事要你办啊。"木莲带着些安慰的语气说。

"这次村里除了大田家没来人，还有村西头刘大爷家，一个人也没来。"罗浩看着木莲，道，"你知道为什么吗？"

"为什么？"

"大田家没人在这儿了，不来，正常。他那年打那个狗官司，赢是赢了，但他花了不少律师费，村里人都笑话他。他觉得没脸在村里待下去，就带着老婆孩子去深圳打工了，再没回来过。刘大爷家不来人，跟我有关呢。"

"哦？你怎么得罪他们了？"

"这事有几年了，他家儿子去石城一建筑工地打工，年底讨薪，被老板找人打断一条腿，报案后没个结果，就找到我了。我在石城实在没什么关系，电话打了不少，但没找到人，没帮上忙。"

"这不能怨你。"

"话是这么说，可就是看见他家的人吧，我就有些不好意思。他们不来，我不怨他们。"罗浩又叹了口气，说，"唉，真有些没脸回罗家坳养老。"

木莲安慰罗浩道："我看乡亲们都很忠厚，他们对你有要求，是因为他们把你当成个人物了。我觉得吧，如果有天他们发现你不过是个普通人，他们也一定会接纳你的。"

罗浩原打算卖了祖屋，把这笔钱留给木莲买水喝。因为木莲的坚持，罗家坳的房子最终还是没卖，拜托邻居代为照管。

"既然钱是要给我用的，那这件事我说了算，留着。"木莲说，"怎么说也是祖屋呢，距县城不太远，出入也还方便，万一你将来退休了，想回来住住呢？"

罗家栋的后事办完后，罗浩很快就着手办理出国手续，他得到学校正式的通知是在开学前没多久。

这晚，罗浩进家门后没有开灯，黑暗中他双手抱头默默坐在客厅沙发上。他在回家前去见过孙律师。"刚开始就是哭嘛，翻来覆去就一句'我没杀人'，后来就越来越蔫巴了，渐渐一句话也不说，现在想来那时他是真绝望了。事情也太巧了，时间、地点丝毫不差，证据确凿啊，在当时看来，如果给他做无罪辩护有百害而无一利，因他是初犯，请求轻判是最好的选择，只是谁能想到后来被害者家属会闹成那样？唉，说来说去，只能怪这孩子点背。"

孙律师的话仍在他耳边萦绕。

自他向学校提出申请后，他要出国访学的消息已经传遍，但他却一直没跟木莲说。木莲也没问起过。他不确定木莲是否已经知道，但他知道自己之所以没跟木莲说，是因为他一直无法确定自己是否一定会离开。他一直在纠结，去留两难中。

也不知过了多久，在房间内看书的木莲察觉有异，走了出来。木莲打开灯，罗浩抬起头看她，神情悲伤。

木莲怔怔地看着罗浩，过了一会儿，她转身倒了两杯水，一杯给自己，另一杯给他，然后她在他身边坐了下来。

罗浩艰难地说着出国访学的事。他说完后，木莲倾过身去，拍了拍他的肩膀。木莲高兴地对罗浩说："出国访学是好事啊。"

"你愿意我出去吗？"

"当然。"木莲毫不犹豫地说道，"这些年你也看到了，我一个人，能行。"

这话没错，除了不再穿高跟鞋，除了要吃药——早晚各两粒骁悉，FK506早晚各一粒，以前偶尔还遵医嘱服用激素，服用激素的话，早晚各一粒。除了这些，木莲的生活看上去跟以往没什么区别。她一直很努力地想要使罗浩觉得什么都没改变。

"把小星也带出去吧，就她这成绩，不上不下的，在国内考个好高中都难，将来就更不用说大学了，出国没准儿是条出路！"木莲似乎一直在期待这一刻，她心里比谁都清楚，无论是罗浩，还是她，或者小星，都需要一个出口。生活早在不知不觉中被改变了。这些年来，他们对她说得最多的一句话就是："药吃了吗？"木莲也受够了。无论如何，有选择的人生，总好过没有选择的人生。木莲希望罗浩能挣脱目前的困境，过得好一点。她认为他，还有小星理应得到更好的生活。在罗家坳的那几天，木莲看着罗浩辛苦应付，想着他平时在象城，又何尝不是应付得很辛苦？他和罗家坳人坐在一起，谈地里的收成，以及在外打工的收入，看上去和他们无异，一样粗壮结实的身材，可是他微皱着的眉、疲惫落寞的神情，让木莲感觉到了他的孤独。木菡提起罗浩时，总是说"你的那个乡下人"，一场丧事办完后，木莲发现，罗浩现在连乡下人也未必做得好了。在送罗家栋的棺材上山的路上，每隔一会儿，抬棺材的人就停下来，奋力将棺材高高托举起来，齐声喊道："升棺！升官！给罗浩升官！"罗家坳以前并无此习俗，近些年与时俱进，演化出这新风俗。那些家里有人从政，或是在外发了财、有些体面的人家若有老人过世，会事先准备数额不小的红包讨口彩。抬棺人每升一次棺，就能得到几个红包，这是一场白喜事必不可少的高潮。罗浩听到"升官"二字，却没有一个体面的乡下人应有的高兴，尽管他也听从知客师的安排做好了准备，并将事先准备好的红包一一塞到抬棺人手里。好在那段路并不长，罗浩一共升了五次"官"，木莲当时看罗浩的脸色，觉得如果再来那么一两下的话，他就要发火了。这让她一路上都很担心。整个罗家坳都没什么青壮年男性在家了，这些抬棺人都是五十上下的年纪，他们也是看在罗家栋教过他们儿子、孙子的面上才凑到一起担此重任的，如果罗浩发火，那将会是件令人心寒齿冷的事。还好他没有。

木莲亲手购置罗浩和小星出国需要的东西，她和他们谈论种种细节，兴致勃勃的样子，就好像他们只是去进行一趟大家都期盼已久且归期确定的旅行。

第四章

二〇一四年秋

1

入秋后天气一直不好，因为雾霾严重，太阳看上去像个淡白的鸡蛋，小而无光。范小鲤坐在林树林的奔驰车里，透过车窗盯着正在西移的太阳看，感觉跟在夜晚看月亮没什么区别，小时候看一眼太阳后立马短暂失明的记忆变得不真实了。

往年，秋天是象城一年中空气最好的时候。而现在，因为雾霾，这个城市常常呈现一种末日气象，令人感伤。

林树林有几次想开口跟范小鲤谈谈，但每次范小鲤都用一阵剧烈的咳嗽制止了他。不知是因为雾霾，还是人到中年身体机能自然衰退的缘故，近年来，每到入秋，风一转凉，范小鲤就会咳嗽不止，吃了许多药也不见好。范小鲤一咳嗽，林树林就只好把想说的话都咽回去。

七年前，林树林辞职下海，他的园林绿化公司现在已发展到了一定的规模，象城许多街道上都种着他的公司培植的观赏树种。他们现在住在象城最好的小区，在公司郊外的苗场里还有栋别墅。林树林现在不种草了，他迷上了石头，给自己取名石仆。他在苗场里修了栋戒备森严的房子，专门放置他从各地收来的奇石。范小鲤的父母早已搬离了市场街，和他们住在一起，替他们照顾他们的女儿林爱理。

市场街从范小鲤的生活里远去了。

范小鲤的妈妈偶尔回趟市场街，带回来市场街的只言片语。街坊都老了，好些档位前坐着的年轻人都不认识了，生意还是老样子，就是蔬菜的价格相比当年翻了两番，可赚钱照样是难的，市场管理费、自来水、煤气、电什么的，哪一样不是涨了又涨？样样事情都得打起精神应付，稍犯点迷糊，生活就会像一件青春期孩子身上的旧衣，越来越捉襟见肘。范小鲤的妈妈也曾提到袁宝妈妈罗英："老得厉害，只晓得念阿弥陀佛，都不晓得哭了。"妈妈说到罗英时，范小鲤从不搭话，她沉默地做事，心里又明白了一件事情：世界上确实有一些不为人知的哭泣方式，只有那些真正心碎过的人才会懂。

路过一家药店时，范小鲤让林树林停车，去药店买了点中草药。现在她去药店的次数明显增多了。当然她也不全是去买药。除了药，她还买了一包口罩。她买过很多口罩，开始是几十元钱一大包的普通口罩，后来买几十元一只的防霾口罩。口罩也在不停推陈出新，环境污染的加剧使得一些行业兴盛起来。范小鲤的爸爸戴着她买的口罩接送林爱理上下学，爱理当然也戴着她买的儿童口罩，上面有孩子们喜欢的卡通图像，喜羊羊灰太狼什么的。有很多次，范小鲤下班回家时，看到她妈妈和几个老太太坐在小区的中心花园聊天，每个人都戴着口罩，看上去很有喜感。

范小鲤自己，去公共场所的时候也总是戴着口罩，因为她的咳嗽。当然，咳嗽也给她带来便利，她不用上课了，她心安理得地坐在学校纪委副书记的位子上，拿着不低的工资，轻松度日。

此刻，她用咳嗽止住了林树林想倾倒的不满。

这个下午，林树林奇石馆的珠宝鉴定师刚刚递交了一份辞职信。林树林十分惊讶，因为就在不久前，两人刚刚预订了去云南看石头的飞机票。林树林猜到大约和范小鲤有关，她曾不止一次巧妙地赶走他的女雇员。现在奇石馆里除了一个女讲解员、一个女清洁工，基本上都是男性。林树林认为这不符合经营一家奇石博物馆的要求，年轻漂亮的女讲解员、女鉴定师是必需的。其实即使范小鲤不咳嗽，林树林可能也不知道该怎么跟范小鲤谈，范小鲤做得无懈可击，因为都是女孩自己辞的职。通常都是这样，她见过她们几次，然后，女孩就会幽怨地递上一份辞职报告，任他怎么挽留也不行。林树林大部分时候对那些女孩的去留并不太关心，有时候她们的离开甚至帮了他的忙，一件事情在没有变得棘手前就解决了，多好。可这一次不同，这个年轻的女鉴定师信息广、眼光辣，在过去的八个月里，她帮林树林以非常优惠的价格买到了两块上好的昌化鸡血石原石。这两件东西，为林树林的奇石馆增色不少，多少来参观的人都是冲着这两件宝物来的啊。林树林这一次是真的有些恼火了。

"于嘟嘟今天辞职了，你知道吗？"范小鲤拎着草药一上车，林树林就问道。那个珠宝鉴定师叫于嘟嘟。

范小鲤淡淡地"哦"了一声。

"过两天我要去云南看石头，没她还真不行呢。"

"这样啊，"范小鲤微微一笑，道，"那你就留住她呗。"

168

林树林噎住了。

打蛇打七寸，范小鲤没费什么力气就知道了于嘟嘟的底细，知道她以前是如何介绍商人用价值不菲的翡翠原石、饰品贿赂某位贪腐官员的，范小鲤也知道她是如何在这宗贪腐案中安全脱身的。范小鲤只是跟她提到了正在服刑的那位官员的名字，于嘟嘟就立马告饶了。范小鲤也清楚她不过是因为风声紧，在林树林这儿避一避而已。林树林这池子浅，养不了于嘟嘟那么大一只母王八。

"其实也不用急着买翡翠，价格炒得太高了，是不是该等一等再说？"范小鲤漫不经心地道。

林树林不吭声。即使去云南，他也不一定出手，反腐以来，各种石头的价格都在降，随着政府反腐的深入，他相信翡翠的价格还有很大的下降空间。尽管他认同范小鲤所说的，但心里总觉得不舒坦。她总是对的。光这一点就令他恼火。

"人各有志，实在留不住的话，该给人奖金给奖金，该补发工资发工资，别让人在钱上吃亏。"范小鲤看着窗外，冷冷地说道。狗不能喂得太饱，但也不能让它饿着滚开。这点她相信林树林还是明白的。

林树林一直不说话。车到了小区门口，林树林对范小鲤说："我不回家吃饭了，晚上还有应酬。"声音听上去像在赌气。

范小鲤刚下车，林树林的汽车就噌的一下开走了。范小鲤看着远去的车影，想，总有一天，你会感谢我。这么想着，她笑了笑，转身回家去了。

老范正在厨房准备晚饭，听见开门声，他从厨房门里探出头来，道：

"回来了？"

"回来啦——"

"树林回家吃吗？"

"不回。"范小鲤打开电视机，在沙发上坐下来，给自己倒了杯水。范小鲤冲着厨房问道："妈带着爱理出去了？"

"去买彩纸，说是老师要求做手工。"

电视里正在宣传土豆的营养价值，土豆已被指定为第四种主粮。

范小鲤舒舒服服地坐在沙发上喝水，厨房正煲着什么汤，飘来一阵好闻的香气，她的心情丝毫也没被林树林影响。她知道林树林的不悦很快就会过去。她只做正确的事，她一向如此。如果说现在这世上还有什么能令范小鲤感到紧张的，那就是孩子了。也只能是孩子了。林爱理上二年级了，是个十分可爱的小姑娘，有着跟范小鲤一样的大眼睛和林树林那样的微黑紧绷的皮肤。每次看到有孩子失踪、被拐卖的新闻，范小鲤会不由自主地想象，如果这事发生在自己身上——这将会是一件她无力解决的事。她会浑身抽搐，好一阵才能从这可怕的想象中清醒过来。她愿意为孩子的幸福做出任何牺牲，做事情也总是先考虑孩子。孩子像是一盆清水，将从前的她彻底洗净。

范小鲤放下水杯，从茶几上拿起一个小石臼，捣起她刚买的中药来。为了治疗她的咳嗽，林树林从秦村老刀那儿找来一个奇特的土方子，范小鲤一直按照这土方子服药，不是这方子有什么奇效，她其实并不关心疗效，咳嗽像是她生活中的一个小意外，和雾霾一样。她迷上了这种意外带给她的新鲜体验。这土方子里有一味药是蜈蚣，每年秋天，范小鲤都要吃几十条红头金足的蜈蚣。她亲自动手，把晒干的蜈蚣放在石臼里，加入一小片金箔捣碎，和着汤药吃下去——是的，金箔，金箔她现在吃得起。她盘腿坐在沙发上，捣着蜈蚣和金箔，她非常喜欢它们被捣碎时的松脆声响。她就剩这点癖好了。生活改变了她。除了这点，她偶尔还玩玩象棋，心情不好的时候，在网上找对手厮杀一番，枪挑几个校尉，或是将某个中郎将斩于马下，也是件会令她感到痛快的事。她再未像从前那样在网上跟人瞎聊，更别提什么线下"奔现"了。从小跟着爷爷在乡下下棋练就的本事，现在只是帮她打发掉许多闲暇时光。她略微有些发福了，但成熟赋予了她别样的美丽——不过现在她对"发福""美丽"这样的事也统统不在意了。从前生命里那些令人迷茫、无着的虚空，不知不觉中已被岁月逐一填平。她很庆幸自己终于来到了"稳如狗"的中年。

这次范小鲤要捣够能吃三天的药。

学校已通知她去市里参加为期三天的"依法治国"集中培训，地点在象城中级人民法院招待中心。范小鲤捣着药，想起来自己有快十年没有去过中院了。结婚后她就没有接过任何案子，她的学士学位证、硕士学位证、博士学位证、律师资格证和她的结婚证一起，都压在了抽屉的最里层，只有单位需要填履历表的时候，她才会想起它们来。就像林树林后来不再跟草打交道一样，她不跟法律打交道也已经很多年了。这些年来，生活中的许多问题，她都用钱，或者别的东西来解决，刚好，她也能用钱，或者"别的东西"将问题解决得好好的。比如范小鲢一家三口的象城户口、她爸爸妈妈的养老保险以及生活中层出不穷的于嘟嘟们。偶尔，范小鲤会有些悲哀，觉得自己的生活越来越像一盘棋：法律不重要，游戏规则才重要；正义不重要，输赢才重要……不过，偶尔她也因此在心里嘲笑自己的悲哀，自觉渺小，不配有这样宏大的悲哀。

十年前，范小鲤最后一次去中院，是去听王小金自首案的庭审。

在王小金自首案二审开庭的前一天，范小鲤得知了审判将移至象城中院开庭的消息。在这之前，她一直没有去看望袁宝的妈妈罗英。如果王小金的自首不成立，袁宝案的申诉就无从说起，没有十足的把握，她不想跟不幸的罗英旧话重提。她唯一知道的，是王小金自首案传开后，罗英曾几度晕厥。

身为母亲，现在的她更能体会那种痛。

范小鲤弄了张旁听证，那天上午九点之前，她赶到了象城中院刑事审判庭。范小鲤走进审判庭时，离开庭还有二十来分钟，庭内近百个座位几乎都坐满了。范小鲤选了个靠角落的位置坐下后，环顾四周，看到袁宝的姐姐姐夫也来了。在被告席正后方，有个女人几次回头张望，范小鲤认出来，那是东城街一片云理发店的老板娘章云。范小鲤往后躲了躲，不想让她认出自己。王小金自首案被媒体披露后，范小鲤去过几次东城街，她还找章云烫过几次发。在理发店里，她没有看到那个小女孩。媒体的报道令一片云一度热闹非凡。"杀人犯的女人"，大家都想知道她长什么样子。章云深感无奈，但生意也出奇地好，她咬着牙坚持下来。好奇的人们其实大都善良，顾客并不会给她太多难堪，也不会问太多离奇的问题，基本的好奇心满足后，他们至多会啧啧咂嘴，叹一句："你的胆子怎么这么大?！"仿佛一个杀人犯上床时腰里也会别着把刀。范小鲤没有跟她谈起王小金，那时的章云看

172

上去一脸疲惫、不胜负累，令范小鲤心生怜悯。

"早知道是这样，我就不会找他要什么照片了，随便找张照片，阿猫阿狗的，比这省事得多！"

她回回都听到章云这样跟人抱怨。她总是在抱怨，一脸苦相，乡下的收成不好，父母年纪大了，女儿要上学，开销一天天多了……范小鲤很同情她。她们年纪差不多，可章云看上去是那么憔悴、萎靡。她们都出生在农村，谢天谢地，自己多么侥幸，没有落到章云那样可怕的境地里。在听说章云爸爸当过代课老师后，范小鲤告诉章云，政府正在研究给代课老师发退休补助金的事。章云听了两眼都放出光来。可是他们自己，办起来终究是困难的，材料递上去后迟迟没有音讯，后来还是范小鲤打了个电话，托人把章云爸爸的名字拖进补助名单。这对她来说是举手之劳。就像她的父母当年在鱼档，来买鱼的顾客若忘了带钱，他们会笑容满面地说下次来买鱼时顺便带来就好——他们说"下次"，都不说明天。但倘若客人真忘了，"下次"买鱼时他们也不会忘了提醒。总之，不吝做力所能及的事，但也绝不让自己吃亏。范小鲤继承了这些。现在章云爸爸每个月可得两百六十元补助金，章云虽然不知道范小鲤帮助了她，可光是提供信息这事，她见一回就要谢一回，都不肯收范小鲤的烫发钱。"本来代过课的人没一个巴掌的数，现在全乡突然冒出来二十多个代课老师呢。"章云跟她说这事的时候，语气里有抑制不住的高兴，并没有觉得不公平，情形有点像一辆专车的主人，在庆幸自己没有被疯狂搭顺风车的人挤下去。毕竟，两百六十元，等于从章云肩头卸下了一副重担。范小鲤很有些心酸，她再没去过那个理发店。

九点整开的庭。法官、书记员、抗辩双方各归各位，一声沉闷的法槌声过后，身着黄色看守所马甲、戴着手铐的王小金在两个法警的押送下走进法庭。范小鲤看到他不停地用眼睛在旁听席上寻找章云，章云站起来后，他们对视了一眼，一声不响地各自坐下了。跟一年前电视里的王小金相比，眼前这个王小金，剪掉了额前那一撮红发，人长胖了不少，在回答法官、检方的问话时语气也很平静温和。

因时隔已久，袁宝案的证据材料大多是复印的，王小金的辩护人对原始材料提出了查阅要求，主审法官核准后宣布休庭，第一次开庭就这样草草结束了。宣布休庭的那一声法槌声余音未消，审判庭霎时就闹哄哄的了，人们起身时座椅发出的撞击声此起彼伏。范小鲤在拥挤的人流中走出中院大门，似乎受到众人失望情绪的感染，她站在路边打车时突然心生厌倦，这世界的热闹与袁宝到底有何干系？无论怎样，正义都已成了一列误了点的火车，怎么跑都追不上他了。

或许是因为实在不能补充什么新鲜的话题，第一次开庭过后媒体只发了不到五百字的简讯。从省高院第一次审理时王小金自首承揽乌衣巷强奸杀人案后，时间已过去了一年多，就连律所的同行们都早已不再谈论这个案子，大家对最终的结果其实已有基本判断。王小金自首案不成立的话，袁宝案恐怕很难有重审的转机——除非天恩浩荡，绝地逢生。王小金自首案二审还没审完，但袁宝这人，差不多算是又死了一次。

没多久，新一季党校的青年干部培训班开班，范小鲤忙于教学、备课，日子过得非常忙碌。她从秦村回来后不久，林树林直接向她求婚，他们连恋爱都还没开始谈呢——好像他们都不需要再谈什么恋爱了似的。他们时常在周末见面，看电影，吃饭。林树林跟她谈论草，那些吸附重金属的草。他又发现了新的种类，南美的一种藻类，能清洁被污染的湖水。但也有苦恼，在池塘实验投放的结果表明，这种适合净化湖水的藻类，繁殖能力惊人，它们在改善水质的同时，也会成为一场新的灾害。相比以往跟其他男人有亲密关系后会谈论的话题，林树林所说的让范小鲤觉得轻松，她宁愿听他谈草。因而他的罗圈腿，在她看来也比从前顺眼了许多。渐渐地，他开始在她的宿舍过夜。青干培训班也有从东山县来的干部，和林树林都很熟，林树林在党校如鱼得水。有人开始喊范小鲤"嫂子"。他们彼此见过双方父母，像他们这个年纪的单身男女带可能的结婚对象回去，这对他们年事已高、忧心忡忡的父母来说差不多就是惊喜，谁还挑剔谁呢？没多久，林树林分期付款在象城买下了一套期房，半年后交房。他们约好，等房子拿到手，就结婚。范小鲤没有问林树林钱的事，她不想操这个心。林树林说我们去看看房子，她就跟他去看房子。林树林说我们去跟装修公司谈谈吧，她就跟他去装修公司。林树林说我们去看看家具吧，她就跟他去看家具。她都随他。在她看来，让生活走上正轨，其实就像跟一个人上床一样容易，只要你下得了决心。

她很少去想罗浩。

那次长谈过后，他们再没见过面。自从她知道那件事后，她突然就厌恶起他来，甚至连一个学生对老师应有的尊重，也一并失去了。后来，她听同学说罗浩出国了，和木老师离了婚。她觉得这都是意料中的事。面对身体里有袁宝一个器官的木莲，对罗浩来说应该是种折磨。离开没什么好奇怪的。倒是病歪歪的木莲令范小鲤大感意外，她常背着一大包自己弄的提案跑北京，范小鲤可是都知道的，市里信访局的同志去接过她多少回！这种把自己置于风口浪尖、拼蛮力的事她范小鲤不会干。罗浩更不会干！从罗浩的处境、性情来看，离开是一件顺理成章的事情。但自杀显然不是他的风格。他对自己无力解决的问题，既无法面对，又不能容忍，因为面对和容忍都会伤及他的骄傲与自尊，而这恰好又是他最不能容忍的。

范小鲤偶尔会想起他们最初在网上相遇的情景，那时她刚刚把离婚证拿到手，常上网下棋发泄。有一局棋，她执红，大列手开局，过河车直取中士，很快将他逼向死角。大约是她凌厉的杀伐吸引了他，他们很快就聊起来，从天气到人生……她感觉到他学识渊博，非一般网络小混子，也察觉到他的不开心、压抑，上网似乎也是在逃避什么。有时她觉得他像是个睿智的大叔，便把自己被抛弃的憋屈一股脑儿都倒给了他，他豁达、充满智慧的安慰令她笑出泪来。有时她又觉得他就是个袁宝那样的小男孩，于是忍不住逗他，不停地约他出去玩。他总是犹豫，挣扎得厉害。有一次他终于答应了，他们约好了见面的地方，可过了没多久，他又取消了约会，他匆忙发来"对不起"三个字后就下了线，此后再没在网上出现，他消失了。要不是后来她读了他的博士，有次她和同学一起为某个学术会议做准备，借用他办公室的电脑加班，无意中发现了这个秘密，她可能永远也不会知道那个曾在网上跟她下棋、聊天，说了不少心里话的男人就是罗浩。

范小鲤还记得，多年前的一天，林树林到象城开会，他和她约好中午一起吃饭，下午去家具城转转。范小鲤上完两节课后，打车去了他们约好的一家餐馆。这家叫象城春秋的餐馆以做家常菜声名鹊起。范小鲤到的时候，还不到吃饭的点，但饭店里已经很热闹，没什么空位了。服务员把她引导到距大门很近的一张餐台前，她要了壶绿茶，边喝边等林树林。餐厅最里边的墙上挂着一台大屏幕的平板电视，象城新闻台正在播报本地新闻。市委书记接待了某位侨领。市长为一座新竣工的桥梁剪彩。全市开展安全生产检查。三百多位中低收入者喜迁新居……天气寒冷，范小鲤喝着热茶，无聊地打量周围的食客。他们说话的声音此起彼伏，不时有人爆发出哈哈大笑声，令众人侧目。就在这嘈杂声中，在"全市蔬菜价格稳定"的新闻之后，有一条新闻，居然是关于王小金案的。范小鲤听到"王小金"三个字，马上绷直了身子看向那台电视机。电视里报道说王小金上诉案昨天上午开庭，庭审经过了三个半小时，于十二点三十三分闭庭。餐厅里依然很热闹，即使有人注意到这条新闻的与众不同，短暂的注视也很快就被旁的事打断了，吃梅菜扣肉还是红烧肉，鱼是要清蒸还是红烧……无论如何，世上有太多事比一桩陈年旧案重要。范小鲤听不清，起身径直向电视机走去，她站在那台电视机下，抬头看着电视机。或许是她的举动令大家感到好奇，餐厅里再次有了片刻的安静，是的，片刻。片刻之后又像锅烧开的水，热闹起来。范小鲤仰着头，电视里漂亮的女播音员字正腔圆地说道："庭审中，王小金上诉案中构成重大立功涉及强奸的事实部分，因涉及个人隐私，法庭依法进行了不公开审理。经过法庭调查、法庭辩论，发现上诉人的供述与实际情况有多处出入。首先，上诉人的供述与被害人身高不符，上诉人多次强调'我与被害人身高差不多'，实际上上诉人比被害人高了十五厘米。其次，上诉人供述的作案手段与尸检报告不符。乌衣巷凶杀案的尸检报告没有鉴定出被害人骨折，而上诉人多次供述踢打被害人胸部，并

177

听到被害人肋骨骨折的声音。最后，上诉人关于尸体特征的供述与现场勘查、尸检报告不符。被害人脖颈处的伤口系右手持刀刺伤而成，而上诉人是左撇子。鉴于以上几点，法庭判定不能认定乌衣巷强奸杀人案系王小金所为，裁定上诉理由不成立。"范小鲤一直站在那儿，直到电视里开始播起广告。她转身走回到座位上。"就知道是这样。"范小鲤两手捧着茶杯，想。她看了看手上的表，只差五分钟就十二点半了，林树林还没到。她感到有些饿了。"就这样了。"她喝着茶，餐厅里喧闹的说话声令她烦闷起来——多年后，她只要想到那个中午，那种此起彼伏的喧闹声依然会像波浪一样涌来，令她头晕目眩——"该死的！"她咒骂了一句。想到袁宝，"倒霉蛋！"她的脑海里又冒出这句话。她把头发往后甩了甩，十分冷漠地想："每个人都有自己的伤口要舔……"她打开菜谱看起来，一个机警的服务员马上过来立在旁边等她点菜，她就在菜谱上胡乱指了指。后来，她怎么也想不起来那天中午他们到底吃了些什么菜。林树林到后，他们还说了很多的话，她也想不起来他们到底聊了些什么。唯一可以确定的是，饭后他们逛了家具城，看中了一套价格不菲的进口布艺沙发，颜色温润的柚木扶手，清爽的英式田园风格碎花亚麻布面靠垫。是她非常喜欢的。她坐下去后，就不愿起来了。林树林涨红了脸，小心翼翼地对她说："那边有套国产的，和这个差不多……"可她把头支在沙发护手上，脸埋在臂肘内开始落泪。囊中羞涩的林树林搓着手，十分惶恐地立在她边上。她明知道这套沙发对他们来说太贵了，可那个下午，她就像个受尽委屈的执拗的孩子，一心只要得偿所愿，完全顾不上别人怎么想怎么看。

范小鲤捣完药，把石臼放回到茶几上。十年了，沙发依然还是那张沙发，靠垫的布面换过三回了，花的钱已足够再买一张新沙发了，可她依然没舍得换掉它。林树林也舍不得换掉这张沙发。"要不是它，我哪里有今天？"他常用有些得意的口吻跟人解释他辞职下海的原因，说是它让他意识到自己的贫穷，并深深地刺激了他。在这件事上范小鲤从不跟他争辩。沙发的扶手因为承受了太多的抚摸，已变得又油又亮。范小鲤把手搁在沙发扶手上，想到那个下午，那应该是她一生中最重要的一个下午。她后来的一切，都与那个下午有关……范小鲤笑了下，她伸了个懒腰，看看墙上那只价格昂贵的百达翡丽挂钟，时针已指到下午六点，电视里开始介绍土豆的各种吃法。她讨厌吃土豆。从前她吃过太多的土豆了！范小鲤不耐烦地关掉电视机。妈和爱理很快就要回来了，而再过几个小时，林树林也会回到家。范小鲤起身往厨房走去，她要盛出碗汤来给林树林留着，无论他在外吃得有多饱，一碗汤他总还是能喝得下去的，对此她深信不疑。

2

　　天还没亮，一阵电话铃声把木莲从梦中惊醒。潜意识里木莲很担心铃声会把罗浩吵醒，未及睁眼，木莲就翻身一把抄起了话筒。等她完全清醒过来后，才明白自己的担心是多么多余，家里只有她一个人，罗浩并不在她床上——他不在她床上已经许多年了。而且，此刻他有可能正和另外一个女人在一起。小星曾从QQ上发来那个女人的照片，华裔中年女子，样子还算过得去。

木莲手里握着话筒，发了一会儿呆后，拧亮了台灯。

床头柜上的闹钟指向凌晨四点，谁会在这个时候往家里打电话呢？木莲把话筒贴到耳边。

"小莲……"电话里传来姐姐木菡的哭泣声。

木莲大吃一惊。四年前姐夫钟华心梗发作去世后，木菡的生活受到了极大的影响。不过，在凌晨四点打电话给木莲，还在电话里哭泣，这可是头一遭。

木莲赶紧坐了起来，问她怎么了。木菡不说话，抽抽搭搭哭个不停。木莲十分吃惊，木菡从不以弱示人，从未有什么事能令她如此这般，那年钟华突然离世时她也不曾这样。尤其是活到现在这个年龄，再过几年就可以退休的人了，真可称得上是"老而弥坚"的。木莲赶紧换了个问题，问她在哪里。木菡哽咽着说，在北京。

木莲这才想起来，三天前，木菡从她工作、生活的鹿城打电话给自己，说她要去北京参加书展，替她所在的单位鹿城市图书馆采购些书回来。她问木莲有什么书要买。书展为期一周，可不正好在北京？

木莲又问她出了什么事。从时间上看，她应该也是刚刚睡醒过来，木莲猜她不过是因为梦见了老钟，心生悲伤的缘故。凌晨四点多，差不多是黎明前最黑暗的时候，如果你不幸在这个点醒来，而你又恰好孤零零一个人睡在一张宽二米、长二米二的双人床上，伸手一摸，半边床冰凉……请想象一下吧，谁还能没点伤心事？

木菡没说什么事，只是有些哽咽地问木莲："今天，你有空吗？你能来趟北京吗？"

木莲当然有空。不过，这些年来，"木莲进京"可是个敏感的事情。为了免却麻烦，木莲先是从网上订了张象城飞武汉的机票，然后在武汉天河机场临时买票飞北京。航班准点，下午三点多钟，木莲就赶到了北京。她在海淀区一家星级宾馆内找到了木菡。木菡房门上挂着"请勿打扰"的牌子。木莲敲开门后，吓了一跳，房间里堆着齐膝深的海绵碎屑。木菡给她开门后，深一脚浅一脚地走回到窗前的一把圈椅边坐下，她两手抱膝，一张脸蜡黄，眼角的鱼尾纹也比平时显得深了许多。不用问，她这一天应该都还没出过门，也没吃过东西。

　　房间内开了空调，吹着暖风，热烘烘的，木莲脱掉风衣，在木菡对面的圈椅上坐下后，问她："这些东西哪来的？"她指了指地上的海绵。

　　"床垫里的。"木菡红着眼睛，说。

　　木莲起身掀开床单看了看，床垫被开膛破肚，惨不忍睹。木莲愣住了，一时间不明白发生了何事。

　　木菡抬头看了木莲一眼，说："小莲，我病了。"语气里有无限的凄怆。

　　"什么病？"

　　"大约是……精神病。"

　　"掏床垫的精神病？"木莲松了一口气。她可真怕听到什么更令人难堪的病。

　　"我总是无法自控地寻找东西。"

　　"寻找什么东西？"

　　"我也不知道……"

　　木菡的眼神看上去像精神病人一样无辜，她说的那些话听上去也有点不正常。人不正常不是一下子就能解决的。木莲弯腰把地上的海绵拾起来往床垫里塞，同时吩咐木菡去洗漱。无论如何，她得先带木菡出去找个地方吃点东西。等木菡收拾好自己后，木莲把"请勿打扰"的牌子挂在房门上，带着木菡去了一楼的咖啡吧。木莲给自己要了杯温柠檬水，给木菡要西点，还有热咖啡和水果拼盘。木菡不说话，窝在沙发内的样子看上去特别疲惫、憔悴，仿佛刚刚经历过一场无比辛苦的旅程。东西上来后，木菡埋头吃了起来。一杯热咖啡、几块点心下肚后，木菡的脸色才渐渐红润起来。木莲喝着柠檬水，仍然在想房间里一地的碎海绵，那里就像是个无法处理干净的凶案现场。毋庸置疑，那些海绵都是木菡从同一张床垫里掏出来的，但是，任谁也不可能再把它们都塞回到同一张床垫里去了。生活中到处都是这样蹊跷的事情。

"你不想知道吗？那个床垫？"木菡用餐巾纸擦了擦嘴角，看着木莲小心翼翼地问道。

"你想说的话，自然就会说的啊。"

木菡叹了一口气，用她那双依然美丽的大眼睛看着木莲，说："小莲，我病了，病了很久了……"

"医生怎么说？"

"这不是医生能解决的，"木菡挥了一下手，就像在赶苍蝇，"老钟死后没多久就开始了。"她把屁股下那把沙发椅往前拖了拖，道："我就都告诉你吧……"

"你晓得的，我十七岁就开始谈恋爱了……"

"十六岁，好不好？"

"好吧，十六岁就十六岁，其实只差两个月就十七岁了。你别打断我，让我说吧。"木菡调整了下坐姿，接着道，"到老钟，他大概是第四个？也许是第五个男朋友了，记不太清了。在恋爱这事上其实你比我有天赋，不要不承认，你一下手就比较准，你没费多少周折。罗浩和你还是很登对的，你看你们，一个是研究法制史的法学教授，一个是研究法制史的史学教授，你们有多少共同语言！"听到这儿，木莲张了张嘴，想说点什么，但木菡打了个手势制止了她。

"你不用跟我争论，旁观者清，虽然你们离了……"木菡叹了一口气，道，"倒是我，白瞎了许多工夫。第一个男朋友，那个公交车司机就不说了，他长得像电影里的牛虻，对十六岁的我来说，有这一点就足够了。有几场恋爱，我一无所获，我不是在说金钱，也不是在说成长什么的，回忆起来时，脑海里一片空白，这样，爱情还有什么乐趣可言？可就有这种情况：白谈了一场。"

木莲不语，低头喝柠檬水。她很久不曾谈论爱情了。两个年过五十岁的女人，这样谈论爱情，在她看来也实在有些怪异。

"到老钟时，我参加工作有几年了，人已变得现实多了。图书馆的工资不高，而我一直希望能过上宽裕点的生活。你还记得奶奶那把象牙梳子吗？经历了那么多批斗，奶奶还是给自己留住了一样好东西。抄家的人以为是塑料的，这是奶奶笑着告诉我的。这把梳子现在还在我那儿。小时候，我常常把玩那把梳子，我自小对这些东西就比你有兴趣，你从小就是个书呆子。这把梳子隐约让我看到奶奶年轻时所过的日子，穿着绫罗绸缎，跳舞看戏，上新式学堂，家里仆佣成群……小时候我甚至暗暗希望自己是奶奶的女儿。我爱妈妈，可我还是希望自己是奶奶的女儿，你能理解吗？如果我是奶奶的女儿，我距那样的生活就会近一些，那时我就是这样想的，至少在遇到那个公交车司机之前，我都是这样想的。后来，爱情让我生出了别的欲望，要做奶奶女儿的念头才淡了下来。妈妈去世的时候，我哭得那么伤心，并不完全是因为她的离去，主要是因为我觉得自己对不起她，呵呵，因为我曾经竟然希望自己不是她的女儿啊。"

木莲感到惊讶。她不记得什么象牙梳子，奶奶在她印象中也不像是过过仆佣成群的日子。她知道奶奶在一九四九年以前做过鹿城女中的校长，读过很多书，这没错，但木莲记忆中的奶奶，却是个胆怯而又可怜的老太太，她教木莲弹钢琴的时候，会一直替她踩着弱音器，怕邻居有意见。木莲从她炒的菜里吃到过头发、沙子甚至蚯蚓。她还记得，奶奶在母亲以及邻居们面前的那种卑微、讨好的表情——这一点曾经让年幼的木莲深感难过。她从来不知道木菡竟然有过那样的想法，希望自己是奶奶的女儿。木莲的惊讶还没过去，木菡却又开始谈老钟了。

"老钟是我的一个同事介绍的，就是那个在我们婚礼上喝多后吐了一地的女人。她是我们图书馆的妇女主任，跟老钟他妈一样，在单位发了一辈子避孕套避孕药。现在她们都躺到鹿城极乐园公墓里了。那时老钟的条件对我很有吸引力，比我大几岁——我一直希望丈夫比我大点。干部家庭出身，中人之姿，短婚未育，独自住一套三室一厅的房子——这房子是他母亲单位市体育局分的，就是我们婚后一直住的那套。这房子虽说跟我以前憧憬过的深宅大院没法儿比，但在二十多年前，对普通的工薪阶层来说，差不多也等于豪宅了，多少人一辈子也分不到三室一厅的房子。"

木莲不语。她依稀记得，当年木菡跟她说之所以挑中老钟，是因为老钟有"才华"。老钟那时就是市委宣传部的笔杆子，副处级干部，前途很光明。木莲知道他们只见了两次面，就把关系确定了下来。

"第一次见面，他告诉我为什么离婚，他说他不喜欢小孩，而他前妻婚前也答应不要孩子，可是婚后不久就开始逼他了。这方面我们真的有共同语言，那时我是真的不想要孩子。我很怕变成妈妈那样，我觉得我像她，生完孩子后一定也会像她一样不可收拾地发胖。在孩子这个问题上的一致让我和老钟都很高兴。我们很快约着见了第二次面。我记得第二次见面时，我们谈论了文学，老钟问了我一个问题，中国古典小说中，你认为最好的描写孤独的诗词是哪句？我说的是哪句，我记不太清了，大概是《红楼梦》里林黛玉那句，'孤标傲世偕谁隐，一样花开为底迟'。我倒想说《金瓶梅》来着，'懒把宝灯挑，慵将香篆烧，挨过今宵，怕到明朝'。没好意思说罢了。才见了两面嘛，不想把他吓跑。老钟说的我还记得很清楚，'夜深独立无人问，一点流萤过画廊'。很好的两句，是不是？当时我一听他说出这两句来，就很高兴，暗自想笑，呵呵，你要知道，这是《九尾龟》中的两句，嫖界'精英'章秋谷的诗。当时我就在心里想，这个看上去板板正正的男人，可能背地里还是蛮有趣的。那时我还年轻，却自以为成熟、历经沧桑，能看懂男人。唉，还是太天真！有一些男人，他们在心里会给自己修许多的路，哪里有红绿灯，哪条路通向哪里，只有他们自己知道，他们根据不同的情况选择走什么样的路，做什么样的人。老钟就是这样的男人。我们在一起生活了二十多年，有些事情，要不是他突然去世，我可能永远也不会知道，他就有瞒你一辈子的本事。接下来我要跟你说的这件事，就是在他死后我才知道的，就是这件事，让我变成了今天这个样子……"

木莲放下手中的杯子，凝神细听。她以为自己是了解木菡的，这些年来，她们一直保持着不错的联系，一件衣服洗坏了，木菡都会打电话向她倾诉。可是，这又能说明什么呢？自己不也是这样？没有什么好惊讶的，人心就是一口深井，即使是最亲密的人，也有抚触不到的地方。

"老钟葬礼后的第二个周末，你不放心，去鹿城看我，你见我像个没事人一样，照样打扮，照样逛街坐咖啡馆，到处找好吃的，一开始你很担忧，还以为我是应激反应。你还记得吧？你在卫生间偷偷给小周打电话，要她帮你调课，你说你想多陪我几天。你打电话时我都听到了，不过我也想让你多待几天，免得你就这样回去了还担心我。我记得你住了一周才走。老钟的离去确实让我很难过，不要说是个人，就是和只狗在一起过了二十一年，它突然抛闪下你，搁谁谁难过啊。我的难过没持续几天也是事实。老钟的葬礼过了几天后，我打起精神收拾屋子，头两天不断有领导、同事来慰问，屋里一团糟。几天过后，大家都上班，都忙，谁还管你？我就想，生活要继续，一个人也是要生活的，于是我开始慢慢收拾起他的东西来。老钟又没什么传染病，他的衣服大部分都很不错，我就想整理好放进塑料袋里，搁楼下的垃圾箱边上，或许有人用得着。那天我把衣帽间里他的衣服啊围巾啊什么的都搜了出来，堆在地板上慢慢清理。他有一个手包，是他出访欧洲时买的，他上班天天拎着。他出事后他的司机捎给了我，一直扔在客厅沙发上。整理了一会儿衣物后，我觉得有点累，就去沙发上躺了会儿，他那手包正好在我手边，我就顺手打开看了看，一点零钱、几张信用卡，还有就是名片什么的。可笑的是，翻包时我还跟他说话呢，说着话还流泪呢。我说老钟，对不起啊，从来没翻过你的包，现在我要翻了，你不要见怪。结果在一个很不起眼的夹层里发现了一把钥匙、一张门禁卡。刚开始我也没当回事，我想大约是办公室的。于是我把包放好，躺了一会儿后就又去整理他的遗物了。他有几十条领带，大都很新，有些甚至没拆包装。我想清出来看能不能送人。我在打开一条阿玛尼真丝手绣领带时，脑子里突然像打了个霹雳，啪的一下，刹那间电光四射，那条领带上的鸢尾花好像活了，跳起舞来。很奇怪很鬼魅的感觉。我扔下手里的东西，跑到客厅，翻出那张门禁卡仔细瞧了瞧，是一个叫华府世家的小区门禁卡。我赶紧上网查华府世家，是鹿城市中心一个规模不大的精装修小区，是五六年前落成的，闹中取静的好位置，过马路就是烈士公园，护城河从小区边上流过。我马上拿着那张门禁卡，还有钥匙，开车去了那里。一路上，我的心情很难用语言描述，感觉不像是真的，但是有一点我无法否认，就是我很兴奋。老钟是四月一日去世的，愚人节，我甚至想老钟也许是在跟我开玩笑，说不定他没死，躲在某个地方，拿着门禁卡和钥匙就能找到他。我把车停在华府世家对面的街道边，坐在车里打量了下那个小区。六栋小高层，带着宽大的落地窗，错落有致地排列开来，每一栋都无遮无挡，但私密性非常好，小区里种的树都有两层楼那么高。进门处距街道还有三十多米，两排樟树亭亭如盖，给人庭院深深之感。种着薰衣草的花坛，大理石门柱，电子控制栏杆，神情严肃的穿灰色制服的年轻保安，这些都让我喜欢。我把车开过去，到了门口，降下车窗玻璃，拿出门禁卡对着电子读卡器晃了晃，只听嘀的一声响，栏杆抬了起来，保安冲我敬了个礼，放行。进小区后，我顺着指示牌往左拐，看到地下车库入口，车库入口处也有电子栏杆，我再次拿出门禁卡试了试，栏杆抬了起来。我笑了，哎，太欢乐了，这时我大概猜到是怎么回事了。这年头，没吃过肉，但成天见猪跑的嘛。我想了想，把车从车库门口倒出来停在路边，然后下车去物业中心。那天是个星期二，下午两点钟，我觉得时间正好，如果这是老钟金屋藏娇处，那'娇'此刻不在屋子里的可能性就很大，我只需进去看一眼就一清二楚了。我下了车，先到小区里转了下，小区的南面就是护城河，河两边种着高大的垂柳，风一吹，数千万条绿丝绦迎风摇摆，看得我入了迷。楼与河之间，是一片狭长的树林，桃花、李花、杏花开得极灿烂，树林里绿草如茵，林下的蜿蜒小径落英缤纷，散个步真是再好不过的了。家家户户宽大的弧形阳台下，就是这片美景，谁看了都会心生妒意。我一边走，一边想着几种可能的情形。一、户主是'娇'，那我就没什么搞头，转身离开。二、户主是老钟，里面有'娇'，我要怎样把她弄走，又不让别人知道，这得好好想想。三、没'娇'，户主还是老钟，我会去给老钟烧香烧纸钱，感谢他给我这巨大的惊喜。四、户主不是老钟，是某个我不认识的人。五、户主是我……那一刻我的脑子飞速乱转，快得我都能听到它转动的声音。我很快找到了物业中心，物业接待处像个酒店大堂，非常舒适。我在接待处坐了一会儿，喝了杯水，发现他们工作非常认真，想来如果我回答不出相关信息，恐怕很难让他们告诉我这钥匙到底能打开哪扇门。于是我离开另想他法。说实话，我离开的时候心情很愉快，很好的物业，不是吗？我对所有工作认真负责的人都怀有敬意。后来，我花了两天时间，找了个高手破解门禁卡的内置信息，五号楼一单元601，好朝向好位置啊。我立马再次开车去了华府世家，我直接把车开到五号楼下的车库里，随便找了个车位停车，然后我去了一单元601。为谨慎起见，我先敲了敲门，无人应声，我这才拿出钥匙开门。钥匙没费什么劲儿就插进了锁孔，我屏住呼吸，默默念了声'芝麻开门'，转动钥匙，天啊！门开了！那一刻，我这辈子都不会忘记的。那间公寓非常宽大，有三个卧室，两个有窗的卫生间，除了那条护城河，站在阳台上还能看到烈士公园里的小山、湖泊。房间里空荡荡的，除了客厅里一张朝向阳台摆放的长沙发外，没有其他可移动的家具。我特意打开门厅处的鞋柜看了看，里面只有一双男式拖鞋、一双男式运动鞋，看尺码显然都是老钟的，两个卫生间里都没发现女人的化妆品，主卫的浴缸上搭着一条棕色浴巾。衣帽间的柜子里挂着老钟的两件T恤、一件睡衣，那睡衣的颜色、款式都和家里那件一模一样。厨房的操作台上有一个水晶玻璃杯、几瓶矿泉水，冰箱的冷藏室内还有几个没来得及吃的苹果。那一刻，我前所未有地思念起老钟来，假如不是突发心梗带走了他，他一定会选择个合适的时间带我过来的，最有可能的是在他退休之后。我了解他，他一直非常谨慎、克制，肯定不想让我知道太多。我觉得他在保护我，一下热泪盈眶啊……"

"等等！"听到这里，木莲忍不住插嘴问道，"你是说老钟偷偷留了套房子给你？"

"可以这么说吧，一套不错的房子。"木菡笑道，"两周后我度过了我的四十八岁生日，我就当这是老钟送给我的生日礼物。"

木莲惊讶得说不出话来。

"我一下就爱上了这房子，我脱了鞋，光着脚在屋子里走来走去。后来我走累了，就在客厅的沙发上坐下来休息，这时我才发现沙发边上有个小纸盒，有点像是鞋盒，但比鞋盒大，里面有一沓病历本、几盒药。我把那纸盒子捡起来搁在自己腿上，一本本翻看起来。病历有三十来本，有的都很旧了，显然是多年积累起来的。这些病历是不同医院的，有北京协和、北京天坛、部队医院的，也有上海医科大附院、香港威尔斯亲王医院的，四处求医问药啊，甚至还有鹿城某男性专科诊所的，就是那种深藏于小巷中的小诊所，病急乱投医的感觉。每本病历上面写的名字都是钟广菊，一个陌生的名字。我都看糊涂了，就又拿起那几盒药来看，有两盒是六味地黄丸，还有什么他莫昔芬片、硫酸锌糖浆，天知道是治什么的药！有一盒药，我拿起来看时，突然就控制不住地大笑起来，这药叫什么'五子衍宗丸'，天啊，木莲，五子衍宗丸！让人想到江湖骗子。老钟会不会就是钟广菊？如果是，那他并不是不想要孩子，而是他有毛病，这辈子都在疯狂治病，到死也没有放弃！如果他不死的话，他要治到什么时候才罢休？如果治好了的话，他是不是会和我离婚，去娶一个更适合生养的年轻女人？我明白过来后，浑身发抖，抑制不住一阵阵地恶心，可同时我还在那儿笑呢，简直停不下来。你要知道，有那么一阵，我也想过要孩子的，是在小星两三岁的时候，可爱的小星让我想要一个孩子，是老钟打消了我的念头。'宝贝'，他这样叫我，他对我说，'宝贝，我不想家里多个第三者来分享我对你的爱。'唉，你知道我总是需要很多的爱，这是我的致命伤。他就这样说服了我。可谁能想到，他不要孩子，并不是为了全心全意爱我，而是弱精症——这可能是他第一次婚姻破裂的真正原因，也可能是他和我结婚的真正原因，一个真的不想要小孩的傻女人，也不是那么好遇到的吧？那天我在那套房子里一直待到天黑，等我打起精神从沙发上爬起来的时候，我就像死过一回。我感谢他突发心梗死了，不然，我一辈子都要生活在一个谎言里。"

木莲心疼地看着木菡，道："也许，他到处求医，并不是为了要孩子，只是想治愈他自己。"

"谁知道？"木菡撇了撇嘴，接着道，"第二天，我跑到鹿城中心医院挂了个男科，把钟广菊的病历拿给医生看。医生表示了祝贺，说从检测结果来看，患者的精子成活率快接近正常水平了，还说这个年纪，能达到这个水平，等于是治好了。从医院出来后，有那么一刻，我为老钟感到难过，功亏一篑啊。记得那天天气特别好，我站在医院门口的台阶上，抬头看着蓝天白云，下定决心要好好活着，即便是作为人民的好干部钟华的遗孀，我也要好好活着，还有许多事要做，不是吗？接下来，我打电话给单位领导请假，我什么也没说，只用一种忧伤的语气说需要休息，近期不能上班。单位领导爽快地答应了，说市里领导早已打过招呼，要他们好好关照我，有什么需要尽管说。呵呵，这也是老钟的遗产，我没有理由不接受。我从医院出来后，一个人去找了家餐馆吃饭，我要想好下一步该做什么。可以这么说吧，这几年，我基本上都是这么度过的——寻宝。当我吃着饭，在心里列着我的行动计划时，我根本就没有想到这事会一干四年多，那房子里的每一个角落我差不多都翻了一遍。最初发现自己可能还有套房子，我可兴奋了，悲伤一扫而光。所以，过了两天，你来看我时，我正处于亢奋状态呢。你在我家的那一周，我也没耽搁。我打电话找了个可靠的同学，他姐夫在房地产管理局上班，我让我同学替我去房地产管理局查那栋房子的户主。户主是钟广菊，没错的，就是那个患弱精症的男人！这房子上无抵押贷款，也就是说房产证一定在钟广菊手里。你离开鹿城的那天，我把你送到火车站后，马上开车去了华府世家，途中我在一家五金店门口停车，下车买了劳保手套、钳子、起子、撬棍、锥子等各种工具。我先从主卧室开始，把所有的墙纸都撕了下来，撬掉踢脚线。撕墙纸比我想象的难多了，一开始总是撕不干净，总有一层白膜撕不下来，后来熟练了。现在我用不了多少时间，就能把墙纸从墙上整张揭下来。第一次干我可是费了不少劲儿。卧室的地板是实木地板，撬地板不是件容易的事。你一定以为我疯了，可我了解老钟，如果他想往墙上、地板下藏点什么，他绝对不会留下任何痕迹的，因此要想知道地板下到底有没有东西，只有亲手撬开瞧一瞧。那天我忙到天黑，累得不行，我就劝告自己不要太着急，有的是时间，慢慢来。我坐电梯下到车库时，看到一个保安拿着对讲机站在我的汽车前，正对着对讲机说着什么。边上停着一辆迷你宝马，一个年轻女孩坐在车内，满脸不悦。我意识到我占了她的车位，马上过去道歉。保安对着对讲机喊话，不用找了，业主到了。他的一句"业主"提醒了我。我把车开出来后停在一边，告诉保安我是几号楼几号房的业主，并对他说，我们不常住这儿，以前都是老公偶尔过来看看，自己很少过来，记不得我家的车位号了，请他帮我查一下——我在心里责怪自己，为什么一开始没想到这一点呢？保安通过对讲机与物业联系后，问我，业主叫什么名字？我说钟广菊。保安告诉我，业主名下只登记了一辆车，一个车位，B区107。如果还需要车位的话，可以与物业中心联系，物业中心东侧有个地上临时车位可供出租。我道了谢，把车开出车库，停在物业中心东侧的临时停车场上后，我又去了车库。如果说那天拿钥匙开门时我还有过剧烈的心跳，这次我却很平静，我知道我会看到什么。我找到了B区107，这个车位在电梯井背面，十分不引人注目。车位上停着一辆黑色本田雅阁，和我的那辆车一模一样，只是颜色、车牌号不同而已。一辆白，一辆黑，情侣车！很'搞'是不是？车是锁着的，车身上有一层薄薄的灰，显然很久没人动过它了。我把额头贴在车窗上往里瞧了瞧，车里除了一盒纸巾，什么也没有，干干净净的。我从车库上来时，心情愉快得什么也不想说。老钟，你他妈的！我只想骂娘。这下可好，除了房产证，我还需要寻找汽车钥匙。这是老钟死后不到一个月内发生的事情，接下来的几年，我都是这样过来的，找到了这个，又发现了那个，找到了那个，又发现还有别的。当然，我得说，这些发现也令我受益匪浅。我觉得我应该去做反贪的工作，现在我能找到任何人为藏起来的东西。"

木菡看着木莲，笑道："你在哪里藏了点什么没？让我去找找看？相信我，我能很快找出来。"

"没有。"这是实话。除了一些危险的念头，木莲觉得自己委实没什么东西可藏。

说了许多话后，木菡显得轻松了些，她从手袋里摸出一根香烟点上。她抽了一口后，接着说道："踢脚线是比较方便藏东西的，一般在两根踢脚线相接的地方，掏一个圆形的小洞，可塞下银行存单或是小根金条之类。衣柜的拉手、浴缸底下的沙堆中，还有好太太晾衣架的晾衣杆内，都是好地方。千万别小看冰箱内冻着的鱼，鱼肚子里藏得下许多东西。空调壁挂机的出风管道内也是藏东西的好地方，室外挂机也是——真不知他是怎么爬出去的。假身份证可能一直藏在你眼皮底下，书房里的某本你可能永远也不会去翻的书，钟广菊的身份证就夹在《马克思恩格斯选集》第五卷中——不明白为什么是第五卷，而不是第一卷或是其他几卷。我还坐飞机去过张家界，从老钟办公室清回来的他的私人物品中，有一本叫《中国十大国家公园》的书，底页上夹着一张图，看上去像是随手涂鸦，翻过来是张家界的宣传标志。可我真就靠那张图在张家界天子山的一棵松树下挖到了东西。我还找到了老钟的一个私密记事本，非常小，用胶布贴在橱柜底板下。事事都写得很隐晦，要是丢了的话，都看不出是谁的。上面记了件很有趣的事，有个女人敲诈老钟，说她怀孕了。老钟什么也没说，只是把自己的医疗检测报告拿给那女人看，后来这女人再没出现过。老钟为此很得意。'君子断交，不出恶声。'老钟在记事本里这样写。瞧，弱精症给他带来的也不全是坏处。后来，我把这记事本又给他藏了回去，我就当自己从来没有见过它。很多东西我一时用不着，又不知该怎么办，我也慢慢藏回去，我藏得跟老钟一样好。我也当自己从未发现过它们。我在藏这些东西的时候，常想，这家伙生前活得该有多孤独啊，像只鼹鼠！记得他的司机把他的私人物品给我送过来时说过一句话，他的司机看上去很哀痛，说：'我跟过很多领导，钟局长是个好人。'后来，我在翻箱倒柜找东西的时候，在我把那些东西又藏回去的时候，我都会想起司机这句话，这句话对我来说是个线索。一个好人会怎么藏东西？尤其是一个群众心目中的好人？跟一个大家认为是坏人的家伙藏东西肯定是有区别的。事实证明我这么想是对的。"

木莲不知道该说什么好，当听到木菡说把那些东西又藏了回去时，她暗暗松了一口气，好像这对木菡来说是个不错的选择。

"不是全部。"木菡似乎猜到了木莲在想什么，她看着木莲，吐出一口轻烟，"有些东西藏不回去了，有些是不方便藏回去的。比如我不可能再飞一次张家界吧，再说，我也不可能还得到那棵树。"

木莲只是沉默，她想到了楼上房间内那些没能塞回去的碎海绵。回不去是人生常态。

"你想过，上交单位吗？"过了好一会儿后，木莲还是没忍住，问木菡。

"啊呀，你知道你在说什么吗？！这不是要吓死人嘛！"木菡拍着胸口，"刚开始我很害怕，想来想去，就给老钟的一个老部下打了个电话，这人能调去象城中院，老钟是帮了忙的，人不错，知道感恩，逢年过节，他都会上我们家坐坐，和老钟喝茶聊天，老钟部下不少，可来往这么密切的，就只有他。有天晚上，我就打电话跟他说了，我说，老钟的遗物里，有些东西好像不是我家的，问他该怎么办。你知道他怎么说吗？"

木莲摇头。

"他说——"木菡的嘴角飘起一个略带嘲讽的微笑，"嫂子，他很严肃地说，嫂子，钟局长是个有三十多年党龄的老党员，组织上信任他，我们也要信任他，逝者已矣，您好好生活就行了，别再自寻烦恼。他说得没错，我想来想去，也只好这样，别自寻烦恼。"木菡喝了口咖啡后，又道："不过，那辆汽车后备厢里有些现金，我以钟广菊的名义捐了出去，捐给了鹿城白血病患儿基金会。"过了一会儿，她又说道："我花了不少时间才去掉不劳而获的罪恶感。""老钟这类人，"木菡摇头，笑道，"有时你还真是不能不佩服他们。"

"你这样……"木莲犹豫了下，问道，"这样翻来找去，老曹知道吗？"老曹是木菡的男朋友。

"他应该能猜到点，我一直找借口不让他搬过来住，有一次……"木菡有些胆怯地看了看木莲，"我去他那儿，半夜起来，我把他客厅的地毯掀了个底朝天。他什么也没问我，但后来他说，不如住毛坯房。"

木莲再次沉默了，一时有些难过，不知该说什么好。木菡经历了这样不可思议的事情，可这些年来她竟然一点也没察觉。"除了小星，除了罗浩，我还有什么亲人？"她在心里问自己。"木菡就是我在这世上唯一的亲人！"她看着木菡，想起她在凌晨四点的哭泣声，心里很清楚她为此付出了什么样的代价。木莲感到揪心，叮嘱木菡道："不管怎样，你得赶紧从这种生活里走出来啊。"

"是啊，我也这么想。有时候刚躺下准备休息吧，可视线一落到某个地方，突然就会觉得那里看上去像是藏有某件东西的样子，于是好奇心又促使我马上爬起来。这次出差，头两天都好好的，我还以为我好了呢。可是到了昨晚……今天一早起来，我可真被我自己吓到了——"木菡脸上露出一股严肃的神情，"小莲，我得承认，我的生活确实出了大问题。"

谁的生活不是呢？

木莲把一只手放到自己左侧髂窝处……它在那儿，隔着一层薄薄的皮肤，只能感觉到一个小小的温柔凸起。她的身体对它来说是异乡。她每天吃药，好让它安分，它被禁锢在她的身体里，永世不得离开。木莲的眼睛里腾起一层水雾。木莲也想到了小星，一个人孤零零地漂在上海，只对镜头里的世界有兴趣。木莲还想到罗浩，他托名罗大为（David Luo），把自己囚禁在了异国他乡的寂寞小城。木莲有时候会想象那座小城……位于一大片望不到边的原始森林中，靠每周两趟的小航班和一条运输木材的公路与外界相通，半城的人都是那所大学的师生，那所大学一半的专业都与森林有关……小星读完高中后逃也似的离开那座森林中的小城去多伦多上大学。在小星的描述中，那个人口不足五万的小城整个就像是设在森林中的监狱，有着漫长、寒冷得令人畏惧的冬天。罗浩把自己的后半生都囚禁在了那里。木莲也想起了那些告她状、曾使她内心深深受挫的学生——尤其是那些学生，她一直都很爱他们。可是谁能想得到，她不过就是给他们推荐了几本他们以前从未读过的书，不过就是在课堂上讲了几句他们以前从未听过的话，这就把他们吓坏了。现在，他们都已年过而立，他们怎么样？过得好吗？相比别的学生，木莲倒更挂念他们。

"给他们钱，应该，就可以了吧？"

"你说什么？"

"那个床垫……"木菡不好意思地笑了下。

"嗯，是的，给他们钱。"木莲说。给他们钱，让他们去买张新床垫，这件事就算解决了。生活中有些事情就是这么简单。木莲低头喝咖啡，心里却一直在想，木菡以后，以后她要怎么办呢？

木菡现在显然不在想这个问题，确定钱可以解决眼前的麻烦之后，她的表情看上去轻松起来。于是木莲也决定暂时不去想它，想又能怎样？这不是一个一下就能解决的问题。

于是她问木菡："那个名字，为什么是'钟广菊'？"

"噢！天知道他是怎么想的。"木菡拍了拍自己的脑门儿，欠身把烟头摁灭在烟灰缸内。她端起杯子，将杯子里剩余的咖啡一饮而尽。"钟广菊！广菊！"木菡把杯子重重地搁回茶几上，"这名字总让我想起我们图书馆的一位清洁工大姐，她有个特别宽大厚实的臀部……"木菡比画了一下，笑道："像张桌子！"

3

小星的一组摄影作品《且把异乡当故乡》得了"中国新锐摄影家大奖"。她在草原明珠鄂尔多斯领完奖后，顺便回了趟象城。

小星买了些鄂尔多斯特产回来。一件米色羊绒衫、两大包新鲜羊脊骨，还有几本摄影大赛获奖作品画册，是给木莲的。小星的作品在画册的第三十七至四十三页上，共七张照片，主人公全是罗浩。

"你爸，老了。"木莲匆匆翻看后，说。

小星笑道："这还是三年前的照片呢。"

这晚，等小星睡下后，木莲戴上老花镜，又把那本画册打开来凑到灯下细看。有一张是小星大学毕业回国前拍的，罗浩站在多伦多皮尔逊机场安检处冲小星挥手，须发银灰，嘴角的法令纹特别突出，看上去苍老而愁苦。

"也瘦了……"木莲看着照片，喃喃道。

有一张照片，不知是在谁家的后院，罗浩穿着一条很旧的牛仔裤，坐在露台的一张椅子上，手里拎着瓶喝了一半的啤酒，扭头看镜头的样子很是落寞。背景处有个大腹便便的中国男人在烤鹿肉，一股轻烟弥漫在他与罗浩之间。小星告诉过木莲，那个男人是罗浩的前女友阿娟的哥哥，他很喜欢打猎，那头鹿是他和朋友们一起去打的，那是小星和罗浩第一次吃鹿肉。照片上没有阿娟。

"她在厨房切鹿肉，一块块分袋装好冻在冰箱里，能吃一个冬天。"小星说。

"他们很快就分手了。"小星还说。

木莲问过小星，他们为什么分手。小星摇头说不知道。不过，她讲到了一件小事：

"有一次，阿娟叫我和爸爸去她家吃饭，她哥哥和几个朋友猎到了一头熊，阿娟的哥哥分到了一只熊掌。我们到那儿的时候，阿娟从厨房出来跟我们说话，她说着话，手里忙着给一只泡得软软的熊掌拔毛，阿娟用一根拔眉毛的夹子拔熊掌上的毛。刚开始真的没觉得怎样，我们很开心地聊着天。后来，熊掌上的毛拔干净后，阿娟一边说话，一边无意识地用那只熊掌在自己的另一只手掌上拍打了几下，我突然发现那只熊掌特别像一只人手，五指短粗、掌心厚实，一只干净的成年男子的手！我猜我爸也发现了这一点，有那么一会儿我们俩都没吭声。后来熊掌烧好后，我们都没怎么吃。我不知道他们什么时候分的手，不过，那以后我们就很少在一起吃饭了。"

木莲和罗浩联系不多，但彼此消息从未间断。小星每次来看木莲，或是打电话，都会谈到罗浩。大约小星和罗浩联系时也是这样，会谈到她。小星会跟罗浩怎么说自己？"妈妈很好。""妈妈喝大桶水。""妈妈又收了一个学琴的学生。""妈妈那个姓周的朋友收养了一个小女孩。""妈妈的吊兰都开花了。""妈妈的小金鱼得了烂鳍病……"诸如此类。因而木莲和罗浩对彼此的情况应该都不陌生。小星第一次在QQ里跟木莲谈到阿娟，是在她和罗浩离婚三年后。

　　"是个老移民，摄政王大街和邓唐纳德大街交叉处那家零点比萨店的服务员，她说在那儿工作十五年了，我先前应该也见过她。"小星似乎是为了安慰她，说道，"我一点印象也没有，你可以想得到，是个不怎么出色的女人呢。"小星在QQ上半开玩笑地问她："妈妈，你吃醋吗？心酸吗？"木莲发了个笑脸给她，说："不会比你嫁人时更酸的啦。"

　　小星说的摄政王大街啦，邓唐纳德大街啦，木莲都异常熟悉。小星随罗浩去了加拿大偏远小城福莱后，租住在一对老年白人夫妇家一楼的两个房间内，房间的窗户都对着一个叫奥德尔的公园。那时的小星每周都和木莲聊QQ，她们约定在每个周六的上午十一时聊天，那个点小星刚刚吃完晚饭。她用木菡送的数码相机拍了许多照片传给木莲看。时间久了，木莲仿若亲临，对那个小城无比熟悉。透过这两扇窗户，木莲看到过公园内美得令人窒息的大红枫树、如茵的草地。木莲也知道出门右拐，就是史密斯大街，史密斯大街再右拐，就是邓唐纳德大街，顺着邓唐纳德大街走五分钟左右，就到了摄政王大街与邓唐纳德大街的交会处。过马路有一家叫零点的比萨店，比萨被切成三角形一块块出售。

每周六的中午，父女俩会到那里去吃比萨，每次罗浩要吃五块，小星两块就够。顺着邓唐纳德大街一直往北走，就到了罗浩工作的那所大学。小星上的高中就在那所大学东边约一公里处。这一路走下来，要四十多分钟，一年四季，无论白天黑夜，很少能在街上看到什么行人……

木莲默默端详了一阵画册里的罗浩，想起那些远去的往事，她叹了口气，关灯睡了。

木莲上完钢琴课，去咖啡间找周秀美。每次课后，她都要和她聊聊天再走。这是她们的下午茶时间，快十年了，未曾间断。

那年夏天，木莲辗转打听到芒果琴行。以怎样的身份来认识周秀美，木莲很是思考了一段时间。最后，她选择了求职者的身份，选择来琴行做钢琴老师。不过那是在罗浩和小星离开象城，去加拿大之后。大约在九月，他们离开后没几天，木莲就到琴行去了。去的路上她十分内疚，似乎自己一直在盼着罗浩和小星离开，好方便自己去琴行。她的求职很顺利。木莲五岁那年开始跟奶奶学琴，先是在一架脚踏风琴上练习，后来，妈妈卖了爸爸留下来的一块手表，买到了一架很便宜的二手钢琴。最初学的是车尔尼。尽管奶奶曾认为她缺乏天赋，但凡事认真努力的木莲也取得过不俗的成绩，十五岁那年，她得过鹿城青少年器乐大赛的亚军。来琴行之前，木莲在家练习了好一阵子，许久不弹，都生疏了。

"我身体不是很好，提前办了病退，闲不住，想找点力所能及的活儿干干。"当时她这样对周秀美说。

其实那时她的病退手续并没有办好，她被学生告了一状后，不再带研究生，基本上处于无课可上的状态。一个学期终了后，她接受了一件事：无论是学校，还是学生，抑或是那个专业，没有她，大家都照样过得很好。这个发现令她伤心过一阵，不过，这伤心很快就过去了。在琴行面试时，木莲弹的是肖邦的《一分钟圆舞曲》，没等弹完，周秀美就连声说可以了。周秀美安排木莲给成人业余钢琴爱好者上课。一小时收费七十元，琴行拿三十元，木莲拿四十元。十年来学费当然也涨了不少，但木莲一直都不怎么关心酬劳。她的药钱医保能报销大部分，病退后的工资也够她花的。虽然出于各种各样的原因，许多学生都不能坚持学下去，木莲还是感觉到了教琴的好处。相对于教书，教琴要安全得多，也要愉快轻松得多。站在讲台上的时候，面对学生，你必须完全打开自己，没有保留。语言是唯一的交流工具，而这世上还有什么比语言更危险的呢？愈真实的语言愈透亮，人们几乎无处可藏。而钢琴的诉说却像密语，人们在琴声中的相遇，巧妙得像句精心构思的暗语。木莲渐渐喜欢上了她的新职业。学生最多的时候，她一周有三个下午在琴行度过。

"我原来念钢琴系，也是因为身体不好，学业中断了，办个琴行糊口。"周秀美当时听木莲说办了病退，这样介绍自己。两个人慢慢熟悉起来后，周秀美告诉木莲，自己二十一岁时得了尿毒症，植入过一个肾。

"现在我身上有三个肾。"周秀美这样对木莲说。

当时木莲差一点就告诉她，自己身上也有三个肾。

木莲家里有一本剪贴簿，剪贴簿上全是关于袁宝案的报道，是木莲从报纸上剪下来的，整整贴了一大本。如果袁宝活着，现在三十六岁，是个中年人了。虽然木莲无法接触到袁宝案的第一手材料，她不清楚他是否一定是含冤而死，但木莲为自己的源自他的所得而不安。她无法忘记他，每年自己过生日时，也给他加一岁。"生日快乐，朋友！"木莲会这样说。就像木菡控制不住要去刨墙掘地一样，木莲也时不时会把剪贴簿拿出来看看。木莲现在知道，一个人最终会变成什么样，全是生活在打造。跟周秀美刚认识的那阵儿，木莲每次都把剪贴簿装在手提袋里拎到琴行去，不过她一直没有拿给周秀美看，因为她一直没有找到合适的机会，一个十分恰当的时机，可使她把剪贴簿从手提袋里拿出来，直接翻到有袁宝照片的那一页，这样她可以像周秀美把《圣经》递给她时那样，很轻松自然地指着照片对周秀美说："你知道吗？他的故事？"

木莲也曾问过周秀美："是亲人捐赠的吗？"

"不，一个死刑犯，这家伙杀了人。"周秀美一动不动地端坐着，一只手飞快地在空中打了个响指。

剪贴簿的最后一页，是十年前省高院关于王小金上诉案的最后裁决，高院裁定王小金自首情节不成立，称没有足够证据证明王小金就是袁宝案的真凶。省高院的裁决出来后，大小媒体热闹了两天后，很快就见不到任何相关报道了。除了一点悲凉情绪，也没什么新鲜的东西可以报道了。后来，就连这点悲凉，也很快被生活的洪流席卷一空。悲伤的事情人们总是更愿意尽快忘掉。这么想着的时候木莲会感到无助。所谓尘埃落定，就是这么回事。这是一个一切都在飞速流逝的时代，人们的耐心有限，没有什么能使人们长久地铭记。很难说这个裁决曾在木莲心里引起了怎样的情绪。现在已经没有多少人关心所谓袁宝案的真凶这回事了。追寻真实表面上看上去已毫无意义，因为发生的一切皆已不可挽回，不过，真实自有一股不可抗拒的魔力，因为唯有它才能照亮时间长河里那些黑暗的角落，使人们最终看清楚自己到底身处何境。木莲对现在的司法审判程序并不太清楚，她研究了大半辈子的历史，对真实的判断要抱着比一般人更多的谨慎，她知道真实不会开口说话，不会道出自己，但真实会一直在那儿，一直在那儿……

同样是做过肾移植手术的人，木莲喜欢独处，不似周秀美那样喜欢泡论坛、刷微信。周秀美是一个叫移肾友论坛的成员，那个论坛里全是做过肾移植手术的人。随着通信的发展，他们现在又建立了一个微信群——移肾友微友会，常常在一起交流，分享医疗资讯，互相鼓励着活下去。木莲从未想过要加入他们抱团取暖。不过，木莲对他们也不陌生，这些年来，木莲时常从周秀美那儿听到些论坛里的消息，谁换了一种不错的抗排斥药，谁又要做第二次手术，谁熬过了第二十五个年头，诸如此类。有时候好消息也令木莲感到伤感。有一次，周秀美告诉她，论坛里的一个朋友告诉大家，美国人正在研究一种人造肾脏，可能不久就能成功面世。木莲听了很高兴，但随即心里却生出了一丝不被他人察觉的悲凉，为自己的高兴。有些消息在微信群里引起了热议，其中一则是某地一杀人犯被判死刑后想捐献自己的器官，居然没能捐出去，因为患者宁愿死，也不愿意要他的"黑心烂肺"。同样是死刑犯的捐献，后来又有两例，当地都没有一家医院、一个医生愿意去刑场摘取器官。这些消息使秀美他们那个论坛里的人万分惊讶，困惑不解。木莲虽然不清楚这几则消息的具体情形，却很理解秀美他们的惊讶。对死刑犯的器官利用问题，岂止他们，全国应该都没几个人会多想的：不利用就浪费了，大家都把这个问题与废物利用等同了起来。现实中各种层出不穷的案件也令木莲揪心……每一件事情的背后都关联着另一件，搞史学研究的人除了关心发生了什么，还关心因果，以便尽可能客观地做出对历史事件的解释。木莲对所有发生在自己生活中的事情都有自己的解释，这种学术研究的习惯也会在生活中得到体现。她比以前更沉默了。

"木老师，您又拿好吃的给我，叫我怎么谢您啊！"一见木莲，周秀美就迎上来握木莲的手，嘴里说着客气话。

上课前，木莲拿了一大袋冻得硬邦邦的羊脊骨递给咖啡吧的服务生，让他转交周秀美。

"谢什么啊，是小星从内蒙古带回来的，放点山药或者萝卜炖汤吧，我喝着很好。"

"小星回来了？"周秀美将脸上的黑框眼镜往上推了推，单薄的嘴角露出一个浅浅的笑，"您去年冬天拿来的海参，我还没吃完呢，让您这么费心，小星走前我们一起吃顿饭吧？"

"你啊，就是太客气，我一个人吃不了，才拿给你的嘛。"木莲拍了拍周秀美的手背，说，"小星去看她姨妈了，她从鹿城回上海。下次吧。"

周秀美把木莲领到临窗的桌前坐了下来，然后又转身去给木莲拿水。上了一节课，木莲确实有些累了。年岁不饶人，跟十年前相比，她明显感觉到自己更容易疲倦了。

坐在咖啡间，木莲总是想起第一次来芒果琴行的情景，极其炎热的下午，她一路找过来，流了许多汗，腋下和后背都湿了。她感到尴尬，怕服务员看到，她都没怎么好意思在琴行转，问了钢琴的价格后就匆匆离去……眨眼十年过去了。

　　木莲不喝咖啡，周秀美照例给木莲端来一杯纯净水。她身后跟着服务生，服务生手里端着一碟曲奇饼、一碟小蛋糕，都是木莲爱吃的。周秀美坐下后，把一本比砖头还要厚的书推到木莲面前。木莲拿起书一看，发现又是本《圣经》，不由笑了。

　　"你送过我多少本《圣经》，你自己记得吗？"

　　"这是刚出的启导本。"

　　周秀美坐在木莲对面，看木莲翻看那本《圣经》。她坐在那儿的样子，显得格外娴静。周秀美身材娇小，她身上所有的部位都显得单薄，薄而柔顺的长发披在单薄的肩上，单薄的脖颈儿上顶着张安静的缺少表情的脸。她身上最有生气的部分，就是她的十指，动起来指间生风，会使整个人看上去都不一样。

　　周秀美是基督徒，木莲不是，但木莲有许多不同版本的《圣经》。作为基督徒的周秀美并不清楚《圣经》到底有多少版本，哪个版本更好，买《圣经》送朋友似乎只是她在尽一个基督徒的义务。周秀美送给木莲的不外乎是不同版本的和合本、启导本，木莲却有一些可能周秀美听都没有听说过的《圣经》版本。木莲读《圣经》，是出于学术研究的需要，她收藏过许多版本的《圣经》，拉丁武加大译本古腾堡马扎然版的英译本、廷代尔译本、美国标准本，以及文言文版的《马礼逊译本》《马士曼译本》《高德译本》等几种现在的基督徒很少见过的版本。木莲所藏版本中，最珍贵的应该是她的前夫罗浩送给她的那本，玛索拉版列宁格勒抄本的影印本，也不知罗浩从哪里弄到的。有一年暑假，小星回国，罗浩让小星捎回来给她。现在这些书都静静躺在木莲的书柜里。木莲谢过周秀美，把书收好放到自己的手提袋内。

"秀美，我下周可能要出趟门，下周的课……"

"没问题，我通知学生。"周秀美问道，"这回您要去哪里？又是去找他们签字吗？"

"去郑州……"木莲低头喝水，她不愿谈论自己所做的事。

周秀美起身从书报架那儿拿来一张《象城晚报》，翻开后递给木莲。周秀美问木莲：

"木老师，今天的报纸，您看了吗？"

木莲现在很少看报了。周秀美为照顾老年学琴者的需求，订阅了一份《参考消息》、一份《象城晚报》，她自己其实也只是闲来翻翻。

木莲接过报纸，只见顶头粗体黑字印着一条新闻：《中国明年起全面停止使用死囚器官作为移植供体来源》。报道称，中国医院协会人体器官获取组织联盟主席在一个医学研讨会上宣布，从2015年1月1日起，全面停止使用死囚器官作为移植供体来源，公民逝世后自愿捐献将成为器官移植使用的唯一渠道。

木莲只觉得心跳得厉害起来。她把一只手捂到胸口，激动地说："这还只是医院协会的表示，非官方的，不过，这已经是一个重大的进步了。"她看着周秀美，眼睛里流露出激动、喜悦的神情："其实几年前，我们国家就建立了人体器官分配与共享计算机系统。去年，国家卫计委又出台了人体捐献器官获取与分配管理的试行办法……"

周秀美对木莲说的系统啊，规定啊都很陌生，这在她看来都是些归肉食者谋的事，她没什么兴趣聆听，于是直截了当地说出了自己的困惑："也许您是对的。但我们移肾友论坛的朋友，还有我微信群里的朋友，大家都想不通，一边是眼巴巴等着的病人，一边却又……"

木莲点点头，说："是的，我相信有不少人会想不通。怎么说呢，死囚的身体器官，不是物……"木莲想起来这些话以前就对周秀美说过，她就停下来不再复述。她想了想，道："上个月，市场稽查大队查获了几车非法捕捞的海鲜，准备公开销毁，这则消息见报后，很多市民写信、打电话到相关部门，纷纷要求把这些海鲜送到学校，或是孤儿院、养老院去……你知道这件事吗？"

"我好像在电视里看到过的，是啊，就应该送到学校、孤儿院、养老院去，销毁多浪费啊！"

木莲笑了下，说："是很浪费，可惜最后还是销毁了，可能考虑到存储、拍卖的成本，也说不定这批海鲜有质量问题不适合食用。当然，也可能在现行管理体系之下，这样做更能预防执法渔利、为利弃法的情况发生，捍卫执法目的的正当性。人很难不贪利，你想啊，如果执法机关可以将这几车海鲜送到孤儿院、养老院，那再来几车就可能会送到餐馆、酒楼了，这几车不收钱，那几车就难说了，执法机关可以从中获利的话，谁又那么起劲儿去查非法捕捞呢？而且，也会刺激非法罚没行为的发生，没准儿有一天，合法捕捞的海鲜也会被贪利的执法人员罚没……"

"可是，"周秀美还是很不解地道，"这两件事是不一样的啊。"

"是不一样，但内在的道理却是相通的。死囚也是人，剥夺他们的生命权，已经使他们得到了相应的惩罚。他们其他的合法权利，比如保持尸体完整的权利，应该得到尊重。"木莲实在不知该如何一下说清楚死囚权利的被侵犯与普通人的权利保护间的关联性。世界上有些恶，善良的人总是看不穿。

木莲无法让周秀美一下明白死囚的器官利用问题与其他事情间的某种微妙联系。正义是人类的共同利益，对一人的不公，必然使他人受损。木莲想了想，只得换了个角度来说：

"古代有种剐刑，知道吗？"

周秀美点了点头。

"唐宋时只是几刀而已，断四肢、割喉。后来刀数越来越多，从几刀到几十刀、一百多刀，后来发展到三百六十刀、一千多刀，历史上有记载的最多的刀数是三千多刀。越割越多，除了统治者对酷刑威慑力的迷信，还有一种说法，认为这跟刽子手出售死囚人肉牟利有关，割得越碎，赚得越多。"

"太可怕了！"周秀美两手抱肩，叹道。

"在我们现在看来，这非常残忍，非常不人道，可当时的人们并不这么认为，因为他们相信人肉、人血可以治病，用一个罪大恶极的人的血肉，使更多的人得到救治，有什么不好？"

"唉，"周秀美叹了口气，伸出一只手在桌上摸来摸去，"您说的，我大概明白了。可是，病人怎么办？只能等死吗？"

木莲用安慰的语气说道："我相信情况会越来越好，接下来一定会更注重器官移植的制度建设，越是公开透明的制度，越能令人信赖，自愿捐献的人一定会越来越多的。"

"我明白……"周秀美垂下眼帘，说，"其实，有件事我一直没好意思跟您说，我不知道那个死刑犯是不是自愿的。做完手术后，有一段时间，我时常暗地里想——"周秀美的声音微颤起来："那个人，那个被枪毙的人，真的是自愿的吗？我希望他是自愿的，那样的话，我会觉得自己受到了祝福。"周秀美说着话，眼睛湿润起来。

木莲不再说什么，隔桌握住了周秀美微凉的手。两人就这样相对而坐，看上去像对母女。木莲的黑发中掺着不少的银丝，年轻时圆润的鹅蛋脸现在变得瘦削了，就像河流在入冬后会露出河底嶙峋的岩石一样，年过五旬的木莲，脸颊瘦下去，颧骨、下颌骨渐渐凸现出来，这无形中给她增添了一股坚毅的神情。周秀美似乎从木莲那儿获得了一种力量，情绪渐渐平复了下来。很快，她的脸上，又恢复了那种安静的神情。

4

小星到鹿城时，临近黄昏。出租车载着她往城外开去。

木菡搬到郊外后，给她打过电话，告诉她新家的地址。在小星心里，鹿城是比象城更像故乡的……需要疗伤的时候，她会首先想到鹿城。小星坐在车里，才发现去木菡的新家，与去她以前在市体育局大院的家正好是两个完全相反的方向。

尽管小星早就知道木菡现在住在一套毛坯房里，但进门后还是吃了一惊。墙壁、地面连白灰也没刷，所有的电线、水管都是露在外面的，只用透明塑胶管做了简单的保护。家具都简单，毫无装饰，一律长着四条高高的腿，稍一弯腰，沙发底下、床底下就一目了然了。但木菡看上去很精神，新做了头发，黑色羊毛衫外加了条紫罗兰色羊绒披肩，和粗糙黯淡的房间形成鲜明对比。

小星一时手痒，不管三七二十一，进了门先拿出相机一通乱拍。

"快歇歇吧，有你拍的呢，等我收拾收拾，你好好拍拍，再去拿个大奖。"木菡一边紧张地整理自己的头发，一边高兴地招呼她。

"不用收拾，这就很好。"

木菡的气色相当不错。小星将镜头对准她，还有她的男友老曹。老曹很大方，也不见外，殷勤地给小星沏茶削苹果。一番热闹过后，小星放下相机，把给他们的礼物拿出来。她在鄂尔多斯给木菡买了件玫红色羊绒衫，和木莲的那件一样，只是颜色不同。给老曹买了条灰色的羊绒围巾，老曹高兴地收下后，眉开眼笑地进厨房忙活去了。厨房门一关，小星就像只小猫一样拱到了木菡怀里。她在木菡面前总是活泼娇嗔得像个孩子。

"姨妈，您真的就住这毛坯房啊？"她搂住木菡的脖子说。

木菡拍着小星的背，说："住毛坯房不折腾了，睡得可好了。"

"半夜不爬起来翻箱倒柜刨墙凿壁了？"

"不咯，一觉能睡到天亮。"木菡拍着小星，"你这次得奖的片子，你妈说是你那年拍你那乡巴佬爸爸的一组照片？就他那个样子，也能得奖啊？"

"是啊！"小星笑道，起身从行李箱里拿了本画册给木菡后，往沙发上一躺，舒舒服服地把两条大长腿伸开来。

"我也不知道拍出来后能引起这么大的反响。后来我自己看照片的时候，也被我爸脸上的表情震到了，尤其是他站在十字路口等红绿灯的那张，看到没？那种孤独，很打动人是不是？还有第五张，机场那张，看得见的离愁恨啊！"小星将两手垫在脑后，忧心忡忡地对木菌说，"唉，我老爸老妈，他们俩啊，没一个叫我省心的。"

"他们现在都能跑能跳的，你等过几年再操心他们吧，你呀——"木菌伸出一根手指，戳了戳小星的额头，"先照顾好自己，过去的事，该放下就要放下，人生苦短，得往前看啊。"

小星不说话，坐起来把头靠在木菌肩上。

"我还等着抱外孙子呢。"木菌说。

"我知道……"小星指了指木菌手中的画册，说，"看照片吧。"

木菌就看照片。木菌说："你爸这人……"她撇了撇嘴，道："要不是读了些书，他根本就是个粗人。你看他！看他结实的！"木菌啪啪拍打着画册："把他放在沙漠里，也能活几十年。你呀，不用操心他，你多关心关心你妈就行了。"

"我爸到弗农后又找了个女朋友，叫丽兹，我都没敢跟我妈说。有次我打电话过去，是丽兹接的，声音听上去很年轻，后来我就要我爸发了张照片给我看，是个丰满、和气的女人。"小星叹了口气，"就是看上去和我爸完全是两个世界的人，呵呵，我感觉我爸这些年把爱情当救命稻草了，可他不知道，有时候，爱情救不了命，爱情只会要命。"

"放心吧，什么样的爱情也要不了他的命，抛弃生病的结发之妻后还能长这么一身肉的人，他的心该有多狠，狠得能吃下爱情的砒霜！"木菌撇撇嘴，"哼！说白了，他离开你妈，还不是嫌你妈身体不好，你妈还为他说话，不高兴听，你妈这傻瓜！"

"姨妈！我爸瘦了好多，好不好。有些事你不知道，我爸吧，其实也好可怜……"说着小星的神情变得忧伤起来。

"好，不说他，真是一笔写不出两个'罗'字！"木菡笑道，"你等着瞧好了，等他荒唐够了，就需要家人了，到时他爬也会爬到你身边的。只有你妈这傻瓜看不穿！"

"他们之间的事，还是他们自己最清楚。每次和我通电话，都是开口就问你妈怎么样、你爸怎么样的，他俩都这样。我也没敢跟我妈说我爸现在不在福莱了，要是她知道他失去了教职，换了个地方以炒牛河粉为生，她会担心死的。"

"你妈是真傻啊，前不久，我给她介绍我们鹿城文化局刚退下来的陈处长，老曹的朋友，多好的一老头，看着可顺眼了，刚六十岁，没大肚子，最难得的是还有满脑壳的头发，人也风趣。陈处长有这意思，可你妈说一个人过惯了，都是你爸害的她！"

"好了，姨妈，我这次来，不是来听您骂我爸的，我们不谈他们了，我啊——"小星重又搂住木菡的脖子，说，"一来呢，看看我的好姨妈。"小星的声音变得凝重起来："二来呢，我有要紧的事情跟您商量。"

"小滑头，有什么事，说吧！"

小星松开木菡，又去自己行李箱内取出一个装得鼓鼓的文件袋，她把那个文件袋递给木菡。木菡戴上老花镜，打开文件袋，从里面掏出一沓厚厚的打印纸，只见最上面一页写着"关于建立公开、透明的器官移植法律制度的几点建议"。木菡对这样的文章不感兴趣，她皱着眉，说："给我看这个干吗？我又看不懂。"小星说："后面您看得懂。"

木菡翻到最后一页，只见这一页纸上满满都是各种字体的签名，每个签名旁还有一个鲜红的手指印，密密麻麻的，粗略估计，不下百人。

木菡从老花镜上方看着小星，很困惑地问："这是什么？"

"我也是这次回家才发现的，我妈准备了好多份呢，我偷偷拿了一份带出来，您再往前翻翻……"

木菡往前翻了几页，抬头看小星。小星指了指木菡手中那沓纸，木菡又往前翻，直到翻到写着"木莲访问日记"几个大字的那页，小星才说："就这儿，就从这儿开始看吧。"

木菡于是低头看起来。

木莲访问日记

·周秀美　象城太平路一号　芒果琴行咖啡间　2004年12月7日

呼吁立法是好事，有法总比无法好。但您说要反对利用死囚器官，这我完全不能接受，死刑犯嘛，不都是些罪大恶极的人吗？我不觉得他们的器官有什么不能利用的。原谅我不能给您签这个字。同情什么人不好？同情他们？

我也不瞒您，我就移植了颗死刑犯的肾脏，是七年前做的手术。手术很成功，但也不是说从此平安无事，移植的肾脏能用多久，没个定数。我们象城移肾友论坛里的小麻雀，上周六的晚上去世了。小麻雀十二岁，是论坛里年纪最小的小网友，她的移植手术也很成功，可是只用了两年，可能是她年纪太小了。她去了天国，她会快乐的。各人有各命，我们论坛里有个叫老狼的，他就很幸运，做完移植手术后到现在二十一年了，一直很好。老狼做手术那阵儿，医学技术没有现在成熟，手术费也便宜，又正好碰上严打，多的是肾源，老狼说他总共才花了四千来块钱。现在，快十倍了吧。一般来说，管用十来年的，就不错了。家底厚的，有背景的，就不那么怕，只要有钱，有关系，总能找到肾源。我的情况吧，表面上看还可以，有个琴行，我爸妈又是烟厂的老职工，烟厂谁不说好呢？可不瞒您说，我第一次手术就把我们家掏了个底儿掉。后来为了让我开这个琴行，我爸妈把厂里的那套福利房也抵押了，现在他们又退了休，收入少了一大块，琴行的收入也只够混日子的。我是不敢奢望第二次手术了，真的病不起。

我是大三第二个学期生的病，那时樱花开得正好呢。我们武音的樱花不如武大的有名，主要是没武大多，不成规模。但是吧，樱花一开，这里一块白，那里一树粉，校园就变得特别美，心情也会好起来，就觉得吧，呀，春天来了，人会有点莫名其妙的小兴奋。樱花快开败的时候我回家做的手术，我爸去接的我，坐在出租车里，看窗外零星花瓣在风中飘落，心内凄凉得很，以为自己……呵呵。在武汉确诊后，家里就开始找人了，老透析也不是个事嘛。正好有个亲戚与某医院管后勤的领导熟，就这样去了那家医院做手术。主刀医生提供的信息："近期可能有肾源。"我爸就和我家那个亲戚一起赶紧把我送到医院住下了。下午一点进的手术室，出来时天都黑了。移植肾脏质量还是不错的，我们家亲戚跟我爸说了，一九七八年的，男性，生前也没什么病。活是活下来了，可也没多大意思，我就为我爸妈活着。这些年来，我都没谈过恋爱，顾不上，光顾着活命了。有谁愿意跟一个每天大把吃药的人谈恋爱呢？有的人事先不知道，会用那样热切的眼神看着你，可你一旦告诉他，光是每天吃药这点，就会把他给吓个半死。眨眼我就快三十岁了，我不指望谈恋爱，也不指望结婚了，但我想要个小孩。我打算做人工授精，我听说私生子不能进神的国，我很犹豫，倒不是因为户口。不行就收养一个。是的，我信基督。……我希望神能赐给我一个孩子。不管男孩女孩——我希望最好是个男孩，我要教他弹钢琴，让他成为格伦·古尔德那样的钢琴家。像郎朗？哦，不、不不，我不喜欢。李云迪？还可以吧，他的演奏细腻、有诗性，但是我不希望我儿子像他，我希望我的儿子像古尔德。从前我喜欢威廉·肯普夫，举止优雅的绅士，现在才觉出古尔德的好来，他真实、自然，与音乐浑然一体。他弹琴的时候很忘我，有那么多情不自禁的小动作，这要是搁我们这儿还不得被老师打死？如果我儿子也这样，我会包容他，告诉他有个弹琴很牛的家伙也这样。弹琴就是为了让自己开心嘛，想怎么弹就怎么弹，喜欢弹谁的就弹谁的。肖邦那么好，可古尔德不喜欢他，就不弹他，牛！

· 吴青梅　苏州市唯亭镇　某休闲屋　2006年7月14日

又拿东西给我？多谢！上回你送的黑蜂蜜不错。我看你也不是年轻人了，为这事跑了一趟又一趟，我现在没顾客上门，闲着也是闲着，我就跟你拉几句吧。还给钱？啊呀，那我就不客气了！近来生意不好，手头还真有点紧。我们有个小茶吧，来，去那儿坐着聊。

不知您是怎么想的！一个死刑犯，一个早被枪毙了的死刑犯，值得为他跑来跑去吗？呀，说起来也快十年了，都是女人，我就不瞒您了，那时我运气老好，额骨头碰天花板！发病的时候呢，我在一医药公司做销售员，刚跟中心医院的科室主任好上，嘿嘿。我是小肠坏死，后来手术移植了两米一。手术前我相好告诉我，是一九七八年生的男人的小肠，这人是个杀人犯。伲屋里厢个是个脓包，哦，苏州话，就是我那位，说实话，也就是个吃软饭的家伙，平时过个日脚还行，有啥事屁用不顶。我自己呢，是个乡下人，不是苏州本地人，根基浅，没什么关系，都是我那个相好帮我弄的。后来他恨我恨得要死，跟我分手分得很难看，可要不是他，我哪能活到今天？我出生在北方农村，您知道的，我老家重男轻女啊，年三十吃团圆饭女人也不能上桌。我可不像我娘，什么好吃的都上赶着做了给男人端出去，自己就在灶孔前等着吃男人剩下的，我都是拣好的先吃，不上桌就不上桌，谁稀罕？从小我就自己靠自己。我读书一般般，高中毕业复读了一年才考上湖北一所学

校的自费大专，家里原本不让我读的，我寻死觅活，我
爹才同意。我学的是护理。毕业后，在我们县人民医院
做过两年护士，累死累活，又没个正式编制，比正式工
干得多、拿得少，我心里不平衡，后来我就辞职了，出
去闯。我想有钱，过好的生活。正好有个同学打电话给
我，说苏州一家医药公司招人，我就过来了，一待这些
年。都是女人，不瞒您，这些年，男人我是有过不少，
但最让我舍不得的，还就是那个主任。跟您一样，他也
是知识分子，戴一副无框眼镜，儒雅得很。我开始跑业
务的时候，和他根本说不上话，都是和他们科室的小护
士聊。听说他和他老婆青梅竹马，感情好得很。他老婆
是个画家，画水彩画的。那些小护士说，他很以他老婆
为傲，拿他老婆当孩子疼，每次出差去外地，都会给他
老婆买当地特产回去当零嘴，他就有这么疼她。我听着
就羡慕嫉妒得很，就想，这样的男人我怎么没遇到过？
我就上网搜他老婆，看到他老婆的照片，平常人模样
儿，不见得比我好看多少，一头长发，穿得好看罢了。
我就羡慕他老婆命好。开始也没想怎么样，后来，我认
识了一个小经销商，这人和我差不多大，原先也是医药
公司小业务员，因为在医院有关系，就出来自己干了，
生意一点点大起来，开着辆奥迪，人模狗样的。我就
想，他能，为什么我不能？我就打定主意，要试一试。

　　来，喝口茶，算我请客。

　　我打定主意，要试一试。女人嘛，要是长得不漂
亮，就得努力些才行，是吧？我先恶补了一阵水彩画知

识，然后去画廊了解了一下行情。不打听不要紧，一打听，我就生气得很，妈的！简直没天理，一幅砧板大小的画，居然卖到七八千！我累死累活几个月也存不下这些！我爹妈在我老家面朝黄土背朝天干一年也顶不上他老婆随手抹的几笔！跟谁讲道理去？我就打定了主意。舍不得孩子套不到狼，我先找他科室的小护士帮我递话，说我是他老婆的粉丝，新装修了房子，想买一幅她的画装饰新家。他挺高兴的，过了两天，他查完房，就让我去他办公室聊聊。我就去了。呵呵，那天我可是仔细打扮了下，有句话说得好，没有丑女人，只有懒女人嘛。我当着他的面，把他老婆好一顿夸。他问我怎么会喜欢画，我就说了，说我姥爷是画农民画的，耳濡目染，打小就喜欢。其实我姥爷大字不识一簸箕，一辈子只握过锄头把儿，没拿过任何笔，画什么农民画咯！我们就聊了一会儿画，当然我主要还是夸他老婆，说她的画如何特别如何好，他很高兴，说想不到业务员里还有这么有艺术修养的人。这是个开始，具体我也不跟您细说，嘿嘿，一回生二回熟，熟了以后就好办了。自此凡是跟他有关的事我都很上心，他家老爷子抽莫合烟，我就从新疆托人弄了最好的来，我还通过他给他老婆送过丝巾，手工丝巾。这些都花不了多少钱，不过是个由头，一来好见面，二来向他表达爱他所爱的意思。至于他嘛，我不瞒您，男人嘛，个个都吃这一套。什么这一套？您不懂？您真不懂？哎呀，好吧，都这么些年了，也没什么不好意思的，谁年轻时没点花花事？就是先表达对他的敬重，毕竟是事业有成的男人嘛，要用各种好话夸他赞他。枕边无伟人，他老婆肯定不会天天这么夸他的。过一阵，再渐渐跟他说点体己话，丈夫啊孩子什么的。一定要说和丈夫感情好，家庭和睦，男人都是怕惹麻烦的，知道你有个幸福家庭，他们脑子里的那根弦就绷不起来了。过后，再慢慢表达对他的爱慕，几天不见要说非常想见他，男人跟孩子没什么两样，都喜欢人夸他，都喜欢人爱他。这样过了一段时间后，有一天，我们在聊完产品后，聊业余健身之类的事情时，我就说我爱长跑，长跑好啊，因为坚持长跑我生完儿子都没长妊娠纹。我相信只要是个男人，这句话他一定能听进去。又过了段时间，我打听到那晚他有应酬，有应酬好啊，多少得喝点酒的嘛。我就发短信给他，说想见他，公司新进了一个产品，想听听他这个专家的意见。他同意了，我就去他吃饭的酒店外等他。等他应酬完，我们就坐在他车里聊，当然先是聊工作，然后，很简单咯，一句话就搞定了。哪句话？哎呀，还能有哪句话？就说湿了嘛，嘻嘻。这人算是不错的，当天他并不肯那样，他好像很吃惊，眼睛看着车窗外，有些不好意思了都，一再说只能做朋友。我也不逼他，就说做朋友就做朋友吧，香个面孔我死也甘心了。他就歪过头来香了一个。这下我知道他跑不了了，迟早的事，我有经验，错不了！过了两天，我又给他打电话，问他忙不忙，说十分想见他。他就在电话里说忙，说过两天还要出差，去上海开会，住哪家宾馆什么的。我一听，乐了，到了那天我就去了上海。恰好当天晚上他开完会有酒局，他喝了不少酒，嘿嘿，等他回到宾馆见到我时，他再也不说什么做朋友的话了。嘻嘻，就这样，就这么简单！

可我想做生意啊，从上海回来后不久我就跟他提出来，说想自己开公司做生意，和他合作，一起赚钱。他表示支持。我那个高兴啊！他们科室，一年光药就是好几千万呢，随便给我一点，我就翻身了。我就开始准备了，可人算不如天算，我的公司还没注册好，人就病倒了，先是肚子疼，小肠从发病到坏死只用了六天，人他妈真是不值狗屁！他也还算有情有义，找肠源，又帮我联系国内最好的胃肠外科专家，又偷偷给了我一笔钱。说句良心话，没有他，我活不到今天。手术花了十三个多小时，遭了不少罪，不过算是非常成功的。我懂点护理，手术后我自己也很注意，一个月后我就能吃饭，完全停了肠外营养。我恢复得差不多了以后，就想，既然老天爷没让我死成，那我吴青梅还是要赚钱，要过好生活，于是我就跟他旧话重提。这回他有些不高兴了，说我手术期间，他老婆开始怀疑他了，说他们感情基础深厚，告诉我只能做朋友，暂时不能和我联系，也不能帮我做生意了，要我先养好身体，把做生意的事缓一缓。上都上了，他说做朋友就做朋友啊？我很生气，煮熟的鸭子要飞，我不甘心啊，就天天找他，说没他不能活。那阵子我就是这样想的，不能没有他。我想做生意是没错，但我也蛮欢喜他的，他比我家那短棺材强了不知多少！我还打定主意，等身体养好就给他生个孩子，也没打算让他养，我不破坏他家庭，我打算自己养。可这把他吓坏了，说我没底线，再不理我。有好几次我开好了房等他，他也不来。我想死的心都有了，我就疯了似的给他打电话，他不接；发短信，他也不回。男人就有这么无情，提了裤子不认人！后来我一生气，就给他老婆发匿名短信，说他在上海跟人搞了。听说他们闹过好一阵，后来他还发短信骂我呢，说睡你是我最后悔的事。听听，伤人心吧？想想都……唉，我们就那样了。他老婆也嘲笑我来着，打电话骂我。还艺术家呢，屁！骂起人来还不是泼妇一个！唉，现在想来，只怪那时我太年轻，不该写什么匿名信，搁现在我不会这么干，有什么好处嘛，当时真是晕了头。

字签在哪儿？不让用死刑犯的器官，我要再犯病了可怎么办？哈，跟您开玩笑呢，我哪里还能再做一次手术？哪里再去找这么个男人替我忙活？伲屋里厢个是个脓包，我呢，这年纪，一脸核桃皮了都，捞到干的吃干的，捞到稀的吃稀的呗，能怎么办？吃得邋遢，做得菩萨！不过呢，阎王爷搞不好把我都给忘了，我这都多少年了，肠移植能活这么久差不多快破世界纪录了。我知足。搁俺们吴家村，哼，谁得了我这病都得死啊，村主任得了也得死，村主任也用不上死刑犯的肠啊，国家这么大，一年才毙几个人呢！可我吴青梅就齐展展活到今天，我不亏！哦，对了，当年我不是买了他老婆一幅画嘛，买时花了七千块，我跟他闹翻后拿去卖了，赶上他老婆得了个什么奖，行情好得很，卖了足足两万块呢！

222

运气老老好，额骨头碰天花板！

· 江凤娥　象城象山路　某粥店　2008年11月22日

我就代表我自己给您签这个字，我可不能代表陈先生。唉，谁的娃不是心头肉？做错了事，挨一枪就挨一枪呗，连个全尸也落不着，想想也是。我读书少，您说的我听不大明白，但理还是个理。只是我想啊，要是那时就不让用，怎么救得了陈先生？陈先生可是个好人呢。是的，我时常会想起陈先生，隔三岔五的。如果哪天病人冲我发脾气，我就会想起陈先生。前两天我儿子的面包车翻到沟里去了，我也想起陈先生来着。没事没事，儿子没受伤，没人受伤，就是车不行了。我儿子给乡里幼儿园接送幼儿，搭帮菩萨保佑，车是送完孩子回家的路上翻的，要是有孩子在车上，天！想都不敢想！

儿子打电话说车翻了，当天我一夜没睡着，想了一夜的陈先生。这车跑了八九年了，要不是陈先生，我哪里能给儿子买这么好一辆面包车？很大很俊的一辆车，规规矩矩能坐九个大人呢，幼儿园小鬼头齐刷刷装得下三十多个。这车开回去时全村人都来看，都说我在城里拾到金元宝了。哪里！城里有金元宝也轮不到俺们拾啊，哪个城里人的腰杆子不比俺们的好使？就是祖上积德，让我遇到陈先生这个贵人了。本来跟陈先生说好的护理费是五十元一天，当时都是这个价，他出院时又额外给了我五万元。天！从前我真没见过这么多钱！我

223

就给我儿子买了那辆车。自从我给我儿子买了这车后，俺们村的人就都出来做护工了，象城、鹿城、石城各大医院里的护工，您随便蹲住一个问问，十有八九是俺们江山村的。可我现在愁啊，再给儿子买辆车吧，得买辆大的了，现在查得严，一个小鬼头一个位子的车，得要二三十万，我这些年也攒了点钱，都给儿子吧，我和我老头这不眼看就干不动了嘛，老了吃什么？不给吧，儿子接下来干什么去呢？唉，没法儿可想。

陈先生是马来西亚人，但陈先生会说中国话，他祖上是南边的，广州边上，那地方叫什么名我不记得了。但我记得陈先生在马来西亚的住地，叫槟城，对的，就是象城人爱嚼的那个槟榔，陈先生家乡也有很多槟榔树，好记得很。他是心脏上的毛病，在马来西亚排队排了好些年，就是排不上。我们这儿挂号排几个小时队，都喊受不了。啧啧，人家排好几年，排好几年还没排上，这就是外国！陈先生家里做很大的生意，开超市，听说槟城里一半的超市都是他们家的，有钱得很。这么有钱连个病都看不上，可想那城里的穷人过的是什么日子。陈先生做手术前不怎么说话，做完手术，话多了，也爱说笑了。"凤娥女士，你这护工很专业，跟我去槟城吧。"叫我女士可真把我羞死了！我就说啊，那你打算给凤娥女士开多少工钱呢？陈先生就笑，他躺着，不能动，说话也没什么力气，很虚弱，说得轻言细语的，那凤娥女士想要多少呢？我就说啊，凤娥女士有个老头，有个儿子，儿子刚说了一门亲，家里的偏厦内还有两头猪，她得把他们还有猪都带去呢，槟城里有地给凤娥老头种没？有地方盖猪圈没？还有凤娥女士的儿子做梦都想要辆面包车，这得开多少才合适呢？陈先生就不说话，只是笑。陈先生手术后在医院住了三个多月，不长不长，心脏移植有住半年院的呢，陈先生要搭飞机回家，观察好了才能回家。他的住院时间不算太长，就是花钱多，外国人嘛，他换一个心脏的钱，搁俺们中国人自己，能换两个了。不过人家陈先生也不缺这点钱。手术是很成功的，这没说的，最好的心脏科医生主刀，那颗心脏也是最好的，大伙儿论起来过，男的，什么毛病没有，一九七八年生人，不到二十岁，可怜吧？后来大家都跟陈先生开玩笑，有了颗十九岁的小心脏，现在见到太太有没有初恋的感觉？他和他太太就笑。有的人做手术要把自己原来的心脏取出来，陈先生好像不是这样，原来的还留着，把新的支在原来的心脏上。后来他当着我的面跟他太太说笑呢，说这下好了，一心一意是不可能的了。他太太照例只是笑。陈先生的太太又年轻又俊，脾气也好，从没挑过我半个不是，客气得不得了，每天不知道要跟我说多少个"谢谢"。我又不是不要工钱的，谢什么呢！弄得我怪不好意思的。人家硬是要这么客气。钱其实是陈先生他太太给我的，说是陈先生的意思，硬要我收下。那么多的钱，我心颤手抖，想要啊，可怎么好意思要？我就说不要。陈先生他太太就说了，陈先生也不是见谁都这么塞钱的，自己也省得很，一个林吉特恨不得掰成两个花，这是他跟你投缘，想赞助你给你儿子买辆车呢。我不知道林吉特是什么，但还是给她推回去。他太太又说，你再不收下，我让他自己给你，看你好意思跟他一个病人推来推去？阿弥陀佛！话说到这份儿上，我就收下了。后来我但凡去烧香，都求菩萨保佑他们，保佑陈先生健健康康。陈先生刚做完手术那阵儿，人背地里都说陈先生换的是个杀人犯的心，都说陈先生将来不知会怎的。我看那些人是乱讲，陈先生做完手术后说话轻声细语，笑起来菩萨一样，怎会是杀人犯的心？那是颗再好不过的心了！我做了二十多年的护工，遇到的好人不少，但像陈先生这样的，可是不多。一个巴掌上的手指头还不一般齐呢，哪里能指望回回遇到陈先生那样的？

· 王医生　鹿城香樟路　2011年10月3日

　　这个字我一定会给您签！您不用多说，我都明白。前年我写了篇论文，准备参加在墨尔本举办的国际眼科会议，就因为我在手术中使用过死刑犯的眼角膜，最后被拒绝参会。刚开始我也想不通，后来查阅了很多文献，从伦理和法理的角度都更理解了这件事。我支持您的倡议，谁不想在一种更公正、公开、透明的制度下生活、工作呢？

　　十四年前的那件事，我倒还没忘光。我们提前三天接到通知，说可能有角膜了。我马上就让值班护士给患者挨个儿打电话，让他们提前做入院准备。消息确定

226

后，我就让我的助手小刘跟随红十字会的同志去象城取角膜，他们是一大早去的，回来时下午三点多，我们提前就在手术室候着了。那对角膜的质量是没的说的，是位一九七八年出生的男青年的角膜。我之所以还记得，是因为当时小刘介绍角膜的基本情况时，我心里咯噔一下，因为我儿子也生于一九七八年。手术一直持续到第二天凌晨四点多，累坏了，好在那时还算年轻，也还扛得住。虽然累，但心里高兴，因为手术都很成功，这对眼角膜使我的六个病人重获光明。没有比成功的手术更能令一个医生高兴的了。患者中有两姐弟，他们出生在盲人家庭，父母都是盲人。很不幸的是，姐弟俩又先后患上了蚕食性角膜溃疡。角膜一到，我首先就给这姐弟俩做了，术后效果非常好。后来手术费也没让他们出，他们也出不起，家里真是一贫如洗。我们科室打报告给医院，将手术费免了一部分，社会热心人士捐助了一部分，我们科室的医生、护士也捐了一笔钱。这俩孩子现在都大了，常来看我们，俩非常好的孩子，就冲他们俩，我就不后悔做那几台手术。至于角膜……起初我们并不知角膜的具体来源，我们都是跟各眼库合作，不像其他器官移植的科室要跟司法部门打交道。我们医院近些年来也做肾移植手术，他们需要的供体都是通过司法部门，由司法部门牵头把所有法律文件、程序弄完，然后通知医院，有什么合适的医院再跟司法部门联系、沟通。他们大概就是这么个程序。我们几乎不跟司法部门打交道。角膜捐献的情况相对好点，所以我们的来源也要多些。但跟实际需求比起来，差距还是很大的，很多病人都在那儿巴巴等着。我们有一个统计，二十个等待角膜移植的患者中，只有一个能做上手术，等了二十几年的人都有。我上周去红十字眼库，听说他们正与一些国际眼库，像美国眼库、斯里兰卡眼库洽谈合作事项，我想再过些年，情况应该能有所好转。现在确实不太乐观，有时候想到患者，心里那个急啊。想必您也知道，去年，有个医生偷偷去太平间取死者的角膜给自己的患者做手术，结果被死者家属发觉了。我就这么跟您说吧，这不是偶然的一起，应该有不少眼科医生都这么干过，您想啊，一边是等得心急如焚的病人，另一边是过几个小时就会被烧掉的角膜。医者父母心，谁不希望自己的病人好？就那俩孩子，要不是当时来了角膜，要是我们医院太平间也有合适的，这事没准儿我也能干出来。那件事后来闹得很大，那医生被吊销行医资格了，还好他先前拒绝了患者的红包，否则就不光是丢饭碗的事了，只怕还有牢狱之灾。现在再没医生敢这样干了，犯得着吗？犯不着啊，图什么嘛！

现在的情况，和从前相比很难说是好了还是坏了，技术当然是进步了，做的手术多了，康复的患者也多了，但医生和患者之间，唉，说起来伤心，总之是不信任，所以这些年来医患纠纷才这么突出。也不光是不信任医生，不信任是普遍的。捐献者少，为什么？不信任啊，怕有人利用自己的善意牟利，再加上我们的制度也有问题，各自为政，全国每年有多少捐献器官？有多少人在排队？都排到哪儿了？没人知道，几乎可以说没什么排队。我有位同学在香港做眼科医生，听他说，有一阵，港人寻黑市角膜的不少，因为角膜的来源不明，这些人做完手术后，效果都不太好，去他们医院复查复治的逐年增多。我吃惊不小，角膜来源不明，也不知这些人是怎么做上手术的。多可怕！我是个眼科医生，以我医生的眼光来看这些问题，它们都不是孤立的。举个例子吧，一个人如果有糖尿病，那他得眼病的概率就会很大，青光眼、白内障、麻痹性斜视，都是糖尿病的并发症，那你在治青光眼的时候，就不能不考虑糖尿病的问题。所以有问题出现说明我们肯定有哪里做得不对，哪里有漏洞。不管怎样，作为医生我个人有个基本准则，角膜来源不明的，我是坚决不用的。不管怎么说，这二十多年来，我用的角膜，都来自正规的眼库，我问心无愧。至于这些眼库的角膜来自哪里，我没想过，因为这超出了我的职责范围。但我选择相信，不相信又能怎样？不做手术？显然不行。再说了，我们总要相信点什么的吧？

　　再过几年我就要退休了，我希望您的倡议能引起更多人的重视，公正、透明、规范的人体器官移植机制是我们大家都期待的。多说一句，当年去象城取角膜的小刘，后来得了严重的抑郁症，只好调去我们资料室工作，这些年来他就是和两个大姨在资料室混日子，再没上过手术台。那次其实也不是他第一次取角膜，大约您也知道，取死刑犯的角膜有些特殊，现场不止我们一家，还有别的医院的……小刘从前哪见过这阵势？唉，还是太年轻，也是我疏忽了，坏了一棵好苗儿。

· 赵正林　山东省青岛市黄山村　　2013年11月27日

　　海参都好，您只管慢慢挑。

　　其实您不买海参，这个字我也给您签。法不法的我不懂，只要如您所说，将来制度建设好后，自愿捐献的人会更多，就冲这一点，我也给您签。您放心好了。

　　您来得正是时候，您瞧，刚收上来的海参，个大，肉厚，价格还便宜。五月里卖两三千元一斤的干海参，现在都卖一千三了。您来一趟不容易，又是于哥的朋友，就一千一斤给您吧。自己吃，这个就够够的了，我们自己也多是吃这个。唉，行情不好，上头政策紧，送礼的不敢送，收礼的不敢收，高档酒店也销得少了，今年养海参的，十有九亏。海参苗也没赚到钱，六月里我两万斤苗，没销出多少，大部分都倒进自家海里了。今年倒是个好年成，春海参也算是丰收的，碰上夏天也不太热，秋海参长得好。去年不行，去年天太热，一半秋海参都给热化了，有的人家到了捞海参的时候下海一看，啥也没有，哭都哭不出来。今年的天气真是没说的，老天爷看顾。谁承想，好容易碰到个风调雨顺的年头，海参长得好，可政策又不行了，今年基本上是赔定了。好在我这三个海参池子条件好，跟天然养殖场差不多，海参的品质，是没的说的。我做的一向又多是普通老百姓的生意，讲求个价廉物美，目前也还能维持下去。您在周遭走一走就知道了，有不少人在转让海参池，有的人养虾去了，有的人养什么都不成了，池子都赔上了。我们村，就有好几家被民间借贷公司拿走了池子。那些借贷公司，能打交道吗？做生意我再缺钱，也不跟他们打交道。每年投苗季节，他们的小广告就漫天飞，电线杆上有，汽车挡风玻璃上有，还从门缝里塞到家里来。"能让您以最快的速度拿到钱。"速度快是没错的，只要你敢借，要多少他们都给你。手续很简单，情况他们都清楚得很，你有几个池子，几套房子，几个孩子，都住在哪儿，在哪儿上学，还怕你不还钱？我只在最困难的时候找他们借过一次钱，那是为了救命，顾不得了。十六年前，三十万，手术费，加给于哥的信息费。您认识于哥，想必您也知道，那会子我小儿子得了肝坏死，要换个肝，手上是真没有，刀山也得上，三个月后还了五十万。搭帮那年海参好卖，批发价三千一斤的都卖得飞快，五十万，我一气儿还上了。

我儿子现在很好，和媳妇在城里卖海参呢。我们有个海参专卖店，在中山路上，百盛对面，老赵家海参专卖店，距火车站很近，您坐火车过来再方便不过的了。您可以留个地址，让我儿子他们寄给您，从象城过来，火车也得跑六七个小时不是？当然，您要是来度假那就另说。我们这儿就这点好，夏天日子好过，凉快。您跟我儿子说，就说我说的，照老价钱给您。客气啥？您能吃多少！哦，那是我的大儿子，得病的那个是小儿子，我还有个闺女，闺女嫁到竹窝村了，两口子搞农家乐，房有车有，日子也还过得。我这俩孩子都好，没什么可操心的。生病的那一个，老天爷后来给我收回去咯，八成我前世造过什么孽。手术是很成功的，肝也是副好肝，一九七八年的，男的。起初好好的，过了两年，不行了。于哥后来又联系到新肝源，可医生说孩子的身体条件不再适合做手术了。都是命！后来我看报纸，有个演员，胖胖的，老演好人的那个，叫什么名儿我说不上来，戏演得可好，不也是换肝吗？两次都没成功。天意如此，有什么好说的？我倒想得通，就是我老伴，老哭，老哭，把眼睛都哭得不好使了。我没少劝她。没用！剜走一块心头肉，能不疼吗？劝得好吗？慢慢受着吧，人嘛。

于哥这事我也听说了，去年春上判的吧？听说判了十二年。别人怎么说我不管，我是真心感激他。那时我们都没听说过换肝这回事，要不是他，哪里想得到做手术？哪里能去象城做手术？于哥先前卖药，几省地界上跑，他那时无非就是跟医院熟点，消息多点，信息广点，牵个线搭个桥的，那时他真没祸害过人。后来听说做黑市生意，把人圈在那里赚昧心钱，这就不对了。也有比于哥恶的呢，前两年报纸上也写过，贵州一个流浪汉被人杀了，肚子里的东西被掏了个干净，参与这事的医生不到四十岁，很年轻，名医。八成也是干坏事心里不踏实啊，慌里慌张地把做手术用的透视镜缝那流浪汉肚子里了，透视镜上明晃晃刻着"某某大学医学院附属第三医院"几个字，这家伙，警方不得一抓一个准儿？恶吧？从前土匪杀人越货也没这么干的嘛！丧天良了嘛！！

有一说一，我还是感激于哥的，虽说我小儿子只多活了两年。要是没这两年，现在我这心里哪里受得住？年轻的时候成天不着家，一门心思想着赚钱，孩子都是我老伴在管。落后这两年，我才尽了一个父亲的情分。我那孩子临走前对我说，来生还要做父子……嗨！嗨嗨！我前世造了什么孽！不拉、不拉咯。

·苏亮　鹿城职业高中操场　2014年9月3日

我姐签字那年，我就想给您签来着，虽说那时不到十八岁，但我明白您说的。再说了，王伯伯早都签了，我还有什么好犹豫的？

我做手术的时候还小，没觉得怕，因为一直有姐姐陪着呢，其实姐姐那年也不大，八岁。医生护士对我们都好，尤其是护士姐姐，她们老给我们买吃的。给我的印象就是，医院是个好地方，比我们家里要好多了，至少更宽敞亮堂。做完手术后有段时间挺难熬的，不能洗头，不能揉眼睛，打喷嚏啊，咳嗽啊都要非常小心。最难受的是洗澡，我靠！——对不起！洗澡不能用淋浴，只能烧水擦洗。手术后还滴了很长一段时间的眼药水，都是姐姐帮我做的。我也给姐姐滴眼药水来着，没办法，我父母的情况，想必您也知道。在医院的时候，护士姐姐就教我们怎么滴眼药水了，从眼角那儿滴下去，不能滴在眼球上，不能让药水瓶子碰到眼睛。我每次给姐姐滴完，护士姐姐都会表扬我，给我糖吃，所以尽管我小，却也很快学会了。回家后就是我和姐姐互相滴了。眼药水分好几种，滴完这个，再滴那个，中间只能闭着眼平躺在床上，我姐就讲故事给我听，好打发时间。那些故事都是我姐瞎编的，不外乎就是小狐狸大灰狼什么的，有时候她编不下去了，就对我说，你猜猜，后来小狐狸怎样了？我就开始猜，我从小就是个话痨，一猜就猜个没完没了。我姐就省事了，在我好不容易停下后，她只需说一句"你真聪明"就行了。哈，这些我姐应该都没跟您说过吧？她自小就是个闷葫芦，话都让我说了。那时我爸每天都去新天立交桥下上班，给人算命，算个命他只收两块钱，呵呵，因为他自己知道自己在胡说八道，他不好意思多要嘛。不过两块钱也算不错的，那时候两块钱能买四个肉包子，一家人就饿不着。我很小的时候就知道我爸算命的秘诀了，他都是老一套，别人报生辰八字给他后，他会说多少岁前有一劫，人刚一紧张吧，他马上就说如果身上带疤、小时候生过病就不要紧，算是破了这劫。谁还能一点疤没有？谁还能没个头疼脑热？不过人花了两块钱后，离开时都高高兴兴的。都是我妈在家陪着我们。我爸一出生就是盲的，但我妈不是，她是小时候生了一场病后看不见的，家里穷，也没去过医院，我妈说就像眼睛被针扎了个洞，光一点点漏掉，就看不见了。虽然看不见，但她能做很多事，打扫啊，煮饭啊。她最会掐时间，说是五分钟滴另一种眼药水，我妈一声"好了"，睁眼一看，恰好过去五分钟，丝毫不差。

我念书不怎么样，我和我姐吧，学习成绩都很一般，高中读的都是职高，都念烹饪专业。有职高念对我们来说就很好了。王伯伯也说很好，他说将来做一个自食其力的人就很不错。我姐现在已经自食其力了，她是一家酒店的中式面点师，她工作后我们家的生活改善了不少。我跟我姐不一样，我喜欢做西式面点，喜欢西餐。我烤的椒盐饼，我的老师、同学都爱吃，上学期我烤了些，和同学上街为残疾人募捐，吃过的人都说好。就是我家没有烤箱，我烤东西只能在烘焙课上烤。我喜欢读书，我常去我家小巷口的那家二手书店看小说，有本叫《浓情朱古力》的外国小说，我不知看了多少遍！全书十二章，每一章代表一个月，每个月都是一道菜名，有圣诞卷饼、鹌鹑玫瑰、胡桃酱辣椒、香潘冬戈馅儿饼，一共十二种，很好玩！我超级喜欢《暮色》，您看过电影没？电影叫《暮光之城》，超级好看！吸血鬼太好玩了，爱德华一家都吃素，哈！您知道吸血鬼吃素是怎么回事吗？吸血鬼吃素就是不食人血，他们喝动物的血，有意思吧？

　　我们学烹饪，我妈很高兴，学烹饪不需要熬夜写作业。我妈从不让我们熬夜，怕把眼睛熬坏了。她总是说："好心人给的眼睛，要爱惜啊。"我一直很爱惜我的眼睛，能看见真是太幸福了。我爸我妈这辈子基本上没出过家门口附近三条街，他们从没去过餐馆，也没去过电影院。前年暑假，我姐正式出师，找到了现在这份工作，我姐就和我带着爸妈去了黄兴路那边的步行街，我们陪他们吃了麦当劳。那是我爸妈去过的最远的地方，也是他们第一次吃麦当劳。过了几天，晚上临睡前，我爸和我妈面对面坐着在一个木桶里泡脚，晚上他们没什么事可干，所以他们很喜欢泡脚。我爸忽然对我妈说："考考你，没有小明和小亮，你自己还能走到步行街不？"我妈就开始说了，出门右拐，走过十五棵梧桐树，走过六棵大樟树，过马路，坐几路车，到哪里再倒几路车，我爸时不时补充。我和我姐十分惊讶，他们说得丝毫不差呢！路上哪里有个杂货铺，哪里有家面馆，他们都知道，都记得。后来，我和我姐就在吃晚饭时把我们每天去过的地方说给他们听，他们在泡脚时再把我们去过的地方复述出来，一般都不会有什么差错。今年暑假，我去一家叫拉维拉的餐馆打工，我就把那家餐馆的样子说给他们听，距我们家多远，门前有什么，桌椅什么样，墙上挂着什么画，菜谱什么样，上面都有些什么菜。我爸妈听完后，马上一个模仿客人，另一个模仿服务生，玩起点菜的游戏。"先生，我想坐在那张画着大雪山的画下面，行吗？""没问题，请跟我来。您请坐。您想吃点什么？""来一份烤培根风琴土豆吧。""哦，美女，为了您的好身材考虑，我建议您还是来份拉维拉最出色的西班牙辣肉肠甜豆窝蛋吧。"哇塞，他们让我和我姐笑出了眼泪！要是不朝他们看，光是听，您会以为真的是一位尊贵的女客和一位礼貌周到的服务生在说话呢。好玩极了！我们这样玩了一年多，慢慢地，我发现自己能看见的东西比从前多了，我家巷子口二手书店旁有个小缝纫店，它在那儿十多年了，以前我根本就没注意过它。有天傍晚，我看见了歇在邻居屋顶上的蓝色鸟鸦，全身幽蓝幽蓝的，超级酷！我还建议拉维拉的老板把餐桌上的红玫瑰换成紫色勿忘我，以前我哪里会注意这些花花草草？就连我的老师，都说我现在做的菜在色彩、造型上进步很大，很酷很好玩，是吧？

其实，有时候我也会想起那个给我们眼角膜的人，他是我们一家人的恩人。我爸曾对我和我姐说："别光羡慕别人家，我们家也会让别人羡慕的哦。"我就很好奇地问他，别人为什么会羡慕我们，我们根本没什么可值得别人羡慕的嘛。我爸就煞有介事地用十个手指头互掐了一阵后，郑重其事地回答我："因为我们一家虽然只有四个人，却有两双世界上最明亮的眼睛啊。"现在我时常会想起他的这句话，我爸这个糟糕的算命先生，也算是蒙对过一回，没错的，我们四个人，确实拥有两双世界上最明亮的眼睛。

看到这儿，木菡摘下老花镜，呆呆地看着小星。中间她有好几次想停下来，但每次小星都鼓励她继续看下去。她读完苏亮的故事后，像是明白了点什么，但她也不确定。她看着小星，过了很久才开口道："这些人……"

"是的！"小星看着木菡点头。

她们互相看着对方，彼此都有些不敢谈论。

"你的意思是，你妈和他们一样，用的是……"

"是的！"小星飞快地打断木菡的话。小星看着木菡，道："我问过我爸，他说他不想失去妈妈，于是他骗了妈妈，也骗了您。"

木菡把手捂到嘴上，泪水慢慢涌上她的眼眶。"可怜的木莲！可怜的罗浩！"木菡落下泪来。

小星坐到木菡身边，伸手环住她的肩膀。

"可是，你妈，你妈那身体，不应该老这样子跑来跑去啊。"木菡抬起头泪眼婆娑地看着小星，"这些年，她就是这样过来的？"

小星点了点头，思忖着说："不过，起初应该只是想写文章来着，我记得在福莱的头两年，我爸还想写一本书呢，好像叫什么《器官移植立法的比较研究》，他翻译了很多文章，还让我发给我妈，那时他俩都挺正常的，还像两个教授来着。"小星看着木菡，说："谁能想到现在一个炒牛河粉，一个……"小星摇了摇头。

"百无一用是书生！"木菡突然变得有些气恼，"你爸这个人，骨子里就是这样，无论做什么事，一旦看不到收成，他就泄气了，懒得再费功夫。你妈是真轴啊，就做做学问，不好吗？唉，你妈啊！只是……"说着木菡开始责备自己："我怎么就一点也不知道？"

"她不想让您知道，您又怎能知道？"小星停顿了下，指了指木菡手中那沓纸，又道，"她到处跑，把这些送给各地人大代表、政协委员，给他们讲那个袁宝的故事，她还跑去过北京……"小星的脸色变得凝重起来。

木菡睁大眼睛，问："什么时候的事？"

"曾有几次我联系不上她，还给您打过电话，您忘了吗？每次您都告诉我，说我妈出去旅行，去的是山区，手机信号不好。"

"这倒是有的，有时她出门前会给我打电话，说和一帮朋友去哪儿玩，山区，信号不好什么的。"木菡抖动着手里那沓纸，

"做什么不好啊，偏要……哪怕像你那没良心的爸，去炒牛河粉，也强似……"木菡说着摇头。

"我看了这个后，回想了下，那都是比较特殊的时候。她可能知道会不顺利，所以先在您这儿放个烟幕弹，免得您担心。"一个微笑在小星的嘴角荡漾开来，"以前我还故意让您误会呢，让您以为我喜欢《哈利·波特》，其实，我并不喜欢这部小说，我读它只是因为我不想比别人知道得少。"

木菡吃惊地道："你不喜欢吗？我一本不落地买了送你……那你喜欢什么？"

"爱伦·坡。"

"爱伦·坡？！"

"爱伦·坡！"

木菡像是受到打击，她低头把那几沓纸在手上捋来捋去。

"我妈把钱都花到这件事上了，为省出路费，她吃得越来越简单，买一袋馒头吃好几天。我这次回来，发现她正攒钱准备去郑州呢。"

木菡忽地抬起头来："去郑州干吗？"

"还能干吗？"小星冲木菡手中的那沓纸指了指。

木菡愣愣地看着小星。

"我猜，接下来，她应该还是想着推动人体器官移植立法的，她总说那个条例太粗简了，远远不够。"

"她都多大年纪了！又这么个身体，还折腾这些干吗？"说着木菡长叹了一口气，"唉，你妈啊，白读了一肚子书，怎么就想不明白？这样的事，自有专门管这些事的人操心。以前古书里写，罢刀兵，安社稷，物阜民熙。我们小老百姓，刀兵啊，社稷啊，物啊，我们一样都管不了，好在现在天下太平，风调雨顺，我们只管熙就好啊，安乐地过好自己，也是给社会、给国家做贡献了。跑来跑去的，又有什么用呢?!"

"唉，"小星也低叹一声，道，"她可能觉得要是什么都不做，良心上过不去，熙不起来吧。"

木菡无语，只是摇头。

小星面露微笑，像是想到了别的什么。过了一会儿，她说道："我刚回来那天吧，我妈让我上网给她淘把摇椅，我还很心酸呢，想着我妈是真老了，要安度晚年了，都想要一把摇椅了。可第二天我就发现了这个——"小星看着木菡点头。

木菡默然。

"听说要禁用死囚器官了，我觉得这里面应该有我妈一份功劳的。还有，袁宝这案子，我觉得吧，重审是迟早的事情。我相信，世上一定还有和我妈一样坚信正义可能会迟到，但却永不缺席的人，这样的人，一定不止她一个。"小星说着笑起来，道，"姨妈，我觉得我妈好酷！"

这句话霎时让木菡恨得牙痒痒，她起身在小星脸上狠狠拧了一把，道：

"一窝子不安分的！看我哪天恨极了，把你俩四条腿都打折了，养在这毛坯房里倒安心！"

5

连续几个晚上，木莲都梦见了死去的亲人。奶奶、父亲、母亲轮番出现在她梦里，但他们谁都没有跟她说话，也没有看她一眼，他们和她之间，好像隔着层单向玻璃，他们看不到她。父亲的面目最为模糊，他去世的那年，木莲四岁，她对他几乎没什么印象。而他，在梦中也视她为路人。木莲有些伤心，每次都像个小姑娘一样流着泪醒来。有个夜晚，木莲还梦见了她去世的公公罗家栋，她梦见他用特别苦楚的眼神望着她，这让她也跟着难过起来，要知道，那样的眼神，罗家栋生前从来不曾有过。木莲醒来后，却很快就读懂了罗家栋的苦楚：小星。

木莲于是明白，逝去的亲人是在以各自的方式劝说她欢迎小星的归来。

木莲不知道小星为何突然决定回象城。

一周前，她在给兰草浇水时，接到了小星打来的电话。她以为只是日常的聊天。聊了几句家常后，小星突然在电话里对她说：

"妈妈，我想回象城了。"

"能请到假吗？年假不是刚休过了吗？"

"我是说，回象城工作。"

木莲很有些吃惊。她想了想，问道："那，工作找好了吗？"

"还没有。"

木莲用很平静的口吻对电话里的小星说："要慎重啊，现在找工作不容易，即使找得到合适的，也要从头再来。再说，象城的工资水平可是没法儿跟上海比的。"

"我知道，知道。"小星应道。

"你跟你爸商量过吗？"

"他知道的，说只要我考虑清楚了就好。"

"我的身体很好，如果你是考虑我……"

"不完全是这样的，妈妈。"小星打断了木莲的话，"我就是想回去了，我想念象城。如果您觉得不方便，我可以租房子住，隔三岔五去看看您就好，我有积蓄，租房没问题，别为我担心。"

木莲当然相信小星"没问题"，自小受家庭熏陶，小星生活得朴素简单，她的收入一直也不低，木莲相信她应该小有积蓄。可是木莲不知道她为什么突然要回来，她失恋了吗？她在上海过得不开心吗？木莲担心起来。如果她真的回来，木莲不可能让她出去租房子住。这说不过去。

跟小星通过电话后，木莲马上又给木菡打了个电话。不知道为什么，木莲总觉得木菡更了解小星。

"她生在象城，在象城长大，她想回来，有什么好奇怪的？"木菡说着突然停了下来，不客气地问道，"咦，你不会是不想要她回来吧？"

"怎么会?！"木菡这话令木莲简直有些无地自容，"我就是担心她失恋了，或是遇到了什么不顺心的事。"

"这你放心好了……"电话里传来木菡的一声轻笑，"失恋打不倒她，这点她随我。"

"那，她有没有跟你说，到底为什么突然决定回象城？"

"她说要拍拍你我的晚年。"

"啊？"木莲吃了一惊。

"你不让她拍？我可一口答应了她，为了艺术嘛。'一个小官僚的遗孀的晚年'，多好！你的呢，就叫'一个肾移植患者的晚年'，也挺不错的。"木菡在电话里笑。

木莲却一点也笑不出来："这是真的？她说的？"

"看把你吓的！我啊，巴不得她拍拍我呢，她拍人物拍得真好，你看她把你的那个乡巴佬拍得多好……"说到这儿，木菡又笑起来，木莲也笑。笑过后，木菡又道："她想回来，你应该高兴才是，现在有几个孩子愿意跟父母住在一起的？你们母女利用这段时间好好处处吧，没准儿哪天她又想搬出去了呢。"

"嗯。"木莲应道。

"一把年纪了！"木菡犹豫了一下，叮嘱道，"不要再跑来跑去了……有些事……"木菡不知该说什么好，她叹了一口气后，便只拣要紧的叮嘱道："自己的身体要紧，听姐的话，别再跑来跑去啊。"

木莲放下电话，觉得脸有些发烫，就像被人揭了短。

"她知道了吗？"木莲在心里猜忖。夜如墨，窗如镜，木莲对着窗玻璃，把额前的一缕头发仔细地抿到耳后。她静静地端详着窗玻璃里的自己。"也好。"她想。她倒不怕别人知道的，唯一令她觉得难以忍受的，是被人知道那些不体面，被拒绝、被驱赶时的难堪与难看。

窗外刮着大风，像是有人在不停挥舞一面大旗，猎猎声不断。

"好在，好在一切都在好起来……"木莲把一只手轻轻放到自己左侧骸窝处。过了一会儿，她拿起手机给小星发了条短信："家里的大门随时为你敞开。"

很快，木莲就收到了小星的回复，是一长串的亲吻。木莲不由笑了。

木莲上了床，想着小星房间里需要添置的东西，厨房里也不像是正经过日子的样子……都得在小星回来之前准备妥当。有些计划得另作打算，明天就得叫个快递，把刚趁商场搞活动，打折买的一台烤箱给苏亮那孩子寄过去。郑州那边，看来暂时是没法儿去了。

"明天，明天还得去趟商场。

"还好总是有明天……"

这个晚上，木莲就这样满腹心思地睡着了。

尾　声

　　圣诞节后的第一个周末，丽兹又到罗大为家吃晚饭。她带了一包她母亲烤的曲奇饼干做礼物。圣诞节丽兹回乡下和父母家人一起过，她回城后上了两天班，到周末才来看罗大为。不过饼干被仔细包装好了，从纸袋里拿出来时仍然松脆可口。

　　晚餐还是虾仁炒饭，汤换成了蔬菜浓汤。罗大为开了瓶红酒，使命山酒庄的红酒，他给丽兹和自己一人倒了一杯。饭后他们仍然坐在餐桌边，罗大为继续喝酒，但丽兹把手罩在酒杯上，表示不想再喝了。罗大为就给她煮了杯咖啡，倒在丽兹的那个马克杯里。窗外，那只小松鼠又来到露台的栏杆上啃松塔，这一回丽兹什么也没说。她跟罗大为谈起了家里过圣诞节的情形，她妈妈烤了一只大火鸡。

　　"太大了，后来我们又足足吃了两天。"

　　罗大为喝着酒，笑了笑。他吃不惯火鸡肉。在福莱的时候，他应邀去朋友家里过圣诞节，吃的就是烤火鸡。罗大为认为，火鸡的味道跟他老家的土鸡没法儿比。一周前，回到象城的小星从微信上给他发来一张照片，是她和木莲用砂锅炖的一只土鸡。节前她们去了趟罗家坳，回城前从邻居那儿买了只土鸡。只是看照片，罗大为也能闻到那馋人的香气。

丽兹谈到了她父母遇到的困难，农场人手不足——总是人手不足。因为夏秋两季的干旱，洋葱收成不好。牧草也储备不足，入冬前他们不得不提前宰杀了一批羊。丽兹告诉罗大为，她打算在新年过后回家帮忙。

"好主意。"罗大为说。

丽兹问他接下来有什么打算。罗大为摊开手挥了下，什么也没说，他没什么打算，所以也不知该说什么。偶尔他的女儿会在电话里问他："老爸，那本书，你打算什么时候写完啊？"像是在提醒他迷途知返。他在网上看到国内城镇化要提速换挡的消息后没多久，李师弟发来邮件，说他与朋友正打算投资房地产，邀请他回国大展宏图。师弟在邮件里说："我们已人到中年，这是最好的机会，也可能是最后的机会了，你若再赶不上，这一辈子就别指望发达了。"罗大为还一直没有回信。

两人一时无语，默默喝着各自手里的东西。过了一会儿后，丽兹说："我也有个故事……我从未讲给别人听过。"丽兹转动着手里的杯子，问道："你想听吗？"

罗大为喝着酒，看着丽兹杯子上的那行字："承认离弃罪过的，必蒙怜恤。"

"好啊，"罗大为捻着自己的胡须，道，"说来听听。"

"那是七年前的事了。史蒂夫把车开进山谷后的第二年，我跟着查尔斯·里奇去了坎卢普斯。查尔斯是史蒂夫的朋友，那年他在坎卢普斯找了份给人换屋顶的工作，他问我愿不愿意跟他去坎卢普斯待一阵。那阵子我在弗农过得很不好，于是我就跟他去了。那年坎卢普斯换屋顶的生意很好，查尔斯在冬天来临前赚到了一笔钱，我们就想着在坎卢普斯安顿下来，我们都觉得坎卢普斯不错。应该说我俩的运气相当好，先是我在位于川寇尔街的假日酒店找到了份工作，没多久我们又在距酒店大约三个街区的地方租到了一栋不错的小房子。我们的邻居也是对年轻夫妇，艾丽卡与本杰明。艾丽卡有一头漂亮的红头发，在一家医药资讯公司做接线员，本杰明是小学体育老师。他们结婚六年了，没有孩子。本杰明和查尔斯都喜欢钓鱼，我们很快就成了朋友，常常一起去露营、钓鱼。我记得那一年很暖和，十一月初，院子里草坪上的草还是绿的呢。本杰明提议下雪前再去亚当斯河谷那边露次营。我们就开车去了那儿。红鲑鱼洄游季刚刚过去，河边有不少死后变白的红鲑鱼的尸体。本杰明和查尔斯找到一处相对干净的地方钓鱼，他们各自钓到了几条白鲈鱼，查尔斯还钓到了一条很大的虹鳟鱼。日落时分，我们燃起篝火，吃烤鱼喝啤酒，聊得很高兴。啤酒喝完后，查尔斯就想起车里还有瓶红酒，那是他去给兄弟的酒庄干活儿时获赠的，他就起身去拿酒。可是他发现车锁了，他把全身上下的口袋掏遍了，也没找到车钥匙。我也起身去帐篷里找。艾丽卡和本杰明也加入进来，我们把周围都找了一遍，还是没找到。我们都有点喝多了。他们中的一个这时就说了——我忘了是谁说的了，可能是查尔斯，可能是本杰明，也有可能是艾丽卡。总之他们中的一个说，谁要是找到钥匙，谁就可以提一个要求，不管多不合理，其他人都得照做。这个提议令人兴奋，我们都欢呼起来，于是我们分头找钥匙。查尔斯和本杰明去了河边，艾丽卡在草地上找，我又去帐篷里找了一遍。后来，我看到篝火边有查尔斯的一件钓鱼背心，我就把那件背心拿过来抖了抖，先是掉出来一团钓鱼线，接着，钥匙掉了出来。我把钥匙举起来冲艾丽卡晃了晃，艾丽卡就把查尔斯和本杰明都叫了回来。他们回来后，我什么也没说，只是把正烤着的鱼翻过来接着烤。查尔斯去拿酒。酒拿来后，我们接着喝。艾丽卡一直很兴奋，她几次提醒我，问我到底有什么好主意。我一时没想出来，就说等喝完酒再说。天很快就黑了，而且很冷，气温下降得很快，酒也很快就喝完了。酒喝完后，他们三个都看着我。我们真的都有点喝多了。我想不出什么别的好主意，而且我觉得他们好像也期待我说这个，于是我就说了。我说，今晚我想和一个金发的家伙睡在一个帐篷里。查尔斯的头发是棕红色的，本杰明的头发是金色的。那个晚上就那样，我和本杰明，艾丽卡和查尔斯。

"那是我们最后一次一起去露营。

"两天后下了一场大雪，天气冷得很快，晚上能到零下二十多摄氏度，不再适合露营了。我和查尔斯，本杰明与艾丽卡，我们很少再见面。有时我们会在家门口碰到，我们就像从前那样打招呼，你们好吗？很好！你们怎么样？我们也很好。诸如此类的话。没多久，我住在希望镇的露西姑姑去世了，我就去希望镇参加她的葬礼，葬礼结束后我从希望镇跟着我父母回了弗农。我再没去过坎卢普斯。后来查尔斯也离开了那里，去了基洛纳。查尔斯去基洛纳后，给我打过一个电话，他还是在给人换屋顶。不同的是，在坎卢普斯，他换的屋顶几乎都是黑色的，坎卢普斯人喜欢黑屋顶，但基洛纳人和我们一样，除了黑色的屋顶，也喜欢灰色、褐色、蓝色或红色的屋顶。查尔斯说他受够了黑屋顶，他喜欢深蓝色的屋顶，红色、褐色、灰色的也还行。至于本杰明和艾丽卡，我们俩谁都没提起。不过，两年后，我们在电视里看到了他们，就像木莲在电视里看到袁宝、看到王小金那样，我们在电视里看到了艾丽卡与本杰明。电视里说，他们在过去的两年里常常去酒吧，在那儿结交新朋友，一般都是夫妻，或是情侣，大家聊得开心时，艾丽卡与本杰明会邀请新认识的朋友到家里去接着喝。有的人不会去，但有的人去了，去艾丽卡与本杰明家里接着喝。喝完酒，艾丽卡与本杰明会让他们找一只黑色的钱包，艾丽卡预先把钱包藏到了家里的某个地方。如果客人找到了，他们就可以提一个要求，不管多不合理，艾丽卡与本杰明都会照做。艾丽卡与本杰明当然也不会杀了他们，游戏终了之后，艾丽卡与本杰明会微笑着站在家门口与客人挥手作别，那将会是一个非常愉快的夜晚。如果客人拒绝找，或是他们没找到，那他们就得死。本杰明为此花三百五十美元买了一把帕拉公司生产的手枪，花十八美元买了一盒五十发装的子弹。他们被抓时，子弹还剩了大半盒。警察在艾丽卡与本杰明的院子里挖出了三对情侣的尸体。也就是说，在那两年里，有三对情侣没能找到那只黑色的钱包。查尔斯也从电视里看到了这件事，当晚他就打电话给我。他说，你看到了吗？上帝啊！艾丽卡与本杰明！！我说我看到了，艾丽卡与本杰明。查尔斯说，没想到啊。我说是啊，没想到。后来他就把电话挂了。那以后，我们再没通过电话，也没见过面。"

罗大为默默听着，默默喝酒。像丽兹后来一样，罗大为听完故事也什么都没问，什么都没说。生活里发生了太多事情，而且注定还会不停有事情发生，没什么好问的，也没什么好说的。罗大为早就注意到丽兹脚边那只装过饼干的纸袋，现在这纸袋里装着丽兹的睡衣和洗漱用品。丽兹随时会放下手中的杯子，站起来跟他告别。他想不出自己有什么理由可以拿来挽留她。他把目光投向窗外，那只小松鼠还在积雪冻硬的栏杆上啃松塔里的松子，或许松塔里已经没有松子了，小松鼠不甘心地把那只松塔抱起来，立在怀里啃着，它的尾巴在背后竖起来，像把铆足劲儿的刷子。

罗大为看着那只小松鼠，想，丽兹是对的，他的确不应该在那儿放松塔，他的确无权这样做。